Heibonsha Library

おばけずき

JN264838

平凡社ライブラリー

Heibonsha Library

おばけずき

鏡花怪異小品集

泉鏡花著
東雅夫編

平凡社

本書は平凡社ライブラリー・オリジナル編集です。

目次

Ⅰ 序篇……9
おばけずきのいわれ少々と処女作……11
Ⅱ 小説篇……21
夜釣……23
通い路……30
鎧……45
五本松……62
怪談女の輪……70
傘……78
Ⅲ 随筆篇……101
露宿……103
十六夜……124

間引菜……141
くさびら……169
春着……173
雛がたり……191
城崎を憶う……200
木菟俗見……213

Ⅳ 百物語篇

百物語篇……235
黒壁……237
妖怪《ばけもの》年代記……246
百物語……263
百物語（「雑句帖」より）……266
赤インキ物語……268
春狐談……280
『新選怪談集』序……288

『怪談会』序……290
一寸怪《ちよいとあやし》……291
妖怪《おばけ》画展覧会告条《こうじよう》……297
除虫菊――「身延の鶯」より……299

V

談話篇……331
柳のおりゅうに就て……333
たそがれの味……336
怪異と表現法……338
事実と着想……341
旧文学と怪談……346
古典趣味の行事――「七夕祭と盆の印象」……348

編者解説　東雅夫……354

I
序篇

おばけずきのいわれ少々と処女作

僕は随分な迷信家だ。何《いず》れそれには親ゆずりといったようなことがあるのは云う迄《まで》もない。父が熱心な信心家であったことも其《その》一つの原因であろう。僕の幼時には物見遊山に行くということよりも、お寺詣りに連れられる方が多かった。

僕は明《あきら》かに世に二つの大《おおい》なる超自然力のあることを信ずる。これを強いて一纏《ひとまと》めに命名すると、一を観音力《かんのんりき》、他を鬼神力《きじんりき》とでも呼ぼうか、共に人間はこれに対して到底不可抗力のものである。

鬼神力が具体的に吾人の前に現顕する時は、三つ目小僧ともなり、大入道ともなり、一本脚傘《からかさ》の化物ともなる。世に所謂《いわゆる》妖怪変化の類《たぐい》は、すべてこれ鬼神力の具体的現前に外ならぬ。

鬼神力が三つ目小僧となり、大入道となるように、亦《また》観音力の微妙なる影向《ようごう》のあるを見ることを疑わぬ。僕は人の手に作られた石の地蔵に、かしこくも自在の力ましますし、観世音に無量無辺の福徳ましまして、其功力《くりき》測るべからずと信ずるのである。乃至《ないし》一草一本の裡《うち》、或《あるい》は鬼神力宿り、或は観音力宿る。必ずしも白蓮《びやくれん》に観音立ち給い、必ずしも紫陽花《あじさい》に鬼神隠るというではない。我が心の照応する所境によって変幻極りない。僕が御幣を担ぎ、其《そ》を信ずるものは実にこの故である。

僕は一方鬼神力に対しては大なる畏《おそ》れを有《も》って居《い》る。けれども又一方観音力の絶大なる加護を信ずる。この故に念々頭々彼《か》の観音力を念ずる時んば、例えば如何《いか》なる形に於て鬼神力の現前することがあるとも、それに向って遂に何等《なんら》の畏れも抱くことがない。されば自分に取っては最も畏るべき鬼神力も、又或る時は最も親《したし》むべき友たることが少《すく》なくない。

さらば僕は如何に観音力を念じ、如何に観音の加護を信ずるかというに、由来が執拗なる迷信に執《とら》えられた僕であれば、固《もと》より或は玄妙なる哲学的見地に立って、そこに立命の基礎を作り、又或は深奥なる宗教的見地に居《お》って、そこに安心の臍《ほぞ》を定めるという世に所謂学者、宗教家達とは自《おのずか》ら其の信仰状態を異にする気の毒さはいう迄もない。

僕はかの観音経を読誦《どくじゅ》するに、「彼の観音力を念ずれば」という訓読法を用いないで、「念《ねん》彼観音力《ぴかんのんりき》」という音読法を用いる。蓋《けだ》し僕には観音経の文句——なお一層適切に云えば文句の調子——其ものが難有《ありがた》いのであって、その現《あらわ》してある文句が何事を意味しようとも、そんな事には少しも関係を有《も》たぬのである。この故に観音経を誦《じゅ》するも敢《あえ》て箇中の真意を闡明《せんめい》しようというようなことは、未だ嘗《かつ》て考え企てたことがない。否《い》な僕は斯《か》くの如き妙法に向って、斯くの如く考え斯くの如く企つべきものでないと信じて居る。僕は唯《ただ》かの自ら敬虔の情を禁じ能わざるが如き、微妙なる音調を尚《とうと》しとするものである。

そこで文章の死活が又屢々《しばしば》音調の巧拙に支配せらるる事の少からざるを思うに、文章の生命は慥《たし》かに其半《なかば》以上懸《かか》って音調（ふしがあると云う意味ではない。）の上にあることを信ずるのである。故に三下《さんさが》りの三味線で二上《にあが》りを唄うような調子はずれの文章は、既に文章たる価値《あたい》の一半を失ったものと断言することを得《う》。但し野良調子を張上げて田園がったり、お座敷へ出て失礼な裸踊りをするようなのは調子に合っても話が違う。ですから僕は水には音あり、樹には声ある文章を書きたいとかせいで居る。

話は少しく岐路《えだ》に入った、今再び立戻って笑わるべき僕が迷信の一例を語らねばならぬ。僕が横寺町《よこでらまち》の先生の宅にいた頃、「読売」に載すべき先生の原稿を、角の酒屋のポストに投入するのが日課だったことがある。原稿が一度なくなると復《また》容易に稿を更《あらた》め難いことは、我も人も熟《よ》く承知して居る所である。この大切な品がどんな手落で、遺失粗相などがあるまいものでもないと云う迷信を生じた。先《ま》ず先生から受取った原稿は、これを大事と肌につけて例のポストにやって行く。我が手は原稿と共にポストの投入口に奥深く挿入せられて暫《しばら》くは原稿を離れ得ない。やがて漸《よう》く稿を離れて封筒はポストの底に落ちる。けれどそれだけでは安心が出来ない。若《も》しか原稿はポストの周囲にでも落ちていないだろうかという危惧は、直ちに次いで我を襲うのである。そうしてどうしても三回、必ずポストを周って見る。それが夜ででもあればだが、真昼中狂気染《きちがいじ》みた真似をするのであるから、流石《さすが》に世間が憚《はばか》られる、人の見ぬ間を速疾《はや》くと思うので其の気苦労は一方《ひとかた》ならなかった。かくて兎も角にポストの三めぐりが済むとなお今一度と慥《たしか》める為に、ポストの方を振り返って見る。即ちこれ程の手数を経なければ、自分は到底安心することが出来なかったのである。

然《しか》るに或る時この醜態を先生に発見せられ、一喝「お前はなぜそんな見苦しい事をする。」と怒鳴られたので、原稿投函上の迷信は一時に消失してしまった。蓋《けだ》し自分が絶対の信用を捧ぐる先生の一喝は、この場合なお観音力の現前せるに外ならぬのである。これによって僕は宗教の感化力が其教義の如何《いかん》よりも、布教者の人格如何に関することの多いという実際を感じ得た。

僕が迷信の深淵に陥っていた時代は、今から想うても慄《ぞっ》然とするくらい、心身共にこれが為に縛られて仕舞い、一日一刻として安らかなることはなかった。眠ろうとするに、魔は我が胸に重《かさな》りきて夢は千々に砕かれる。座を起《た》とうとするに、足或は虫を蹈《ふ》むようなことはありはせぬかと、流石殺生の罪が恐しくなる。こんな有様で、昼夜を分たず、碌々《ろくろく》寝ることもなければ、起きるというでもなく、我在りと自覚するに頗《すこぶ》る朦朧の状態にあった。

丁度《ちょうど》この時分、父の訃に接して田舎に帰ったが、家計が困難で米塩の料は尽きる。為に屢々自殺の意を生じて、果ては家に近き百間堀という池に身を投げようとさえ決心したことがあった。而《し》かも斯くの如きは唯これ困窮の余《あまり》に出でたことで、他に何等の煩悶があってでもない。この煩悶の裡に「鐘声夜半録」は成った。稿の成ると共に直ちにこれを東京に郵送して先生の校閲を願ったが、先生は一読して直ちに僕が当時の心状を看破せられた。返事は折返し届いて、お前の筆端には自殺を楽《たのし》むような精神が仄見える。家計の困難を悲《かなし》むようなら、なぜ富貴の家には生れ来ぬぞ……其時先生が送られた手紙の文句はなお記憶にある……

其の胆の小なる芥子《けし》の如く其の心の弱きこと芋殻の如し、さほどに貧乏が苦しくば、安《いずくん》ぞ其始め彫闌《ちょうい》錦帳の中に生れ来らざりし。破壁残軒の下に生を享《う》けてパンを咬み水を飲む身も天ならずや。

馬鹿め、しっかり修行しろ、というのであった。これも亦信じて居る先生の言葉であったから、心機立ちどころに一転することが出来た。今日《こんにち》と雖《いえど》も想うて当時の事に到る毎に、心自ら寒からざるを得ない。

迷信譚は之《これ》で止めて、処女作に移ろう。

此《この》「鐘声夜半録」は明治二十七年恰《あたか》も日清戦争の始まろうという際に成ったのであるが、当時に於ける文士生活の困難を思うにつけ、日露開戦の当初にも亦或は同じ困難に陥りはせぬかという危惧からして、当時の事を覚えている文学者仲間には少からぬ恐慌を惹き起し、額を鳩《あつ》めた者もなきにしもあらずであったろう。

二十七八年戦争当時は実に文学者の飢饉歳《ききんどし》であった。未だ文芸倶楽部は出来ない時分で、原稿を持って行って買って貰おうという所はなく、新聞は戦争に逐《お》われて文学なぞを載せる余裕はない。所謂文壇餓殍《がひょう》ありで、惨憺極《きわま》る有様であったが、この時に当って春陽堂は鉄道小説、一名探偵小説を出して、一面飢えたる文士を救い、一面渇ける読者を医《いや》した。探偵小説は百頁から百五十頁一冊の単行本で、原稿料は十円に十五円、僕達はまだ容易に其恩典には浴し得なかったのであるが、当時の小説家で大家と呼ばれた連中まで争ってこれを書いた。先生これを評して曰く、（お救い米）

其後に漸《ようや》く景気が立ちなおってからも、一流の大家を除く外、殆《ほと》んど衣食に窮せざるものはない有様で、近江新報其他の地方新聞の続き物を同人の腕こきが、先を争うて殆ど奪い合いの形で書いた。否《い》な独り同人ばかりでなく、先生の紹介によって、先生の宅に出入する幕賓連中迄兀々《こつこつ》として筆をこの種の田舎新聞に執ったものだ。それで報酬はどうかというと一日一回三枚半で、一月が七円五十銭である。そこで活字が嬉しいから、三枚半で先ず……一回などという怪《け》しからん料簡方《りようけんがた》のものでない。一回五六枚も書いて、まだ推敲にあらずして横に拡《ひろが》った時もある。楽屋落ちのようだが、横に拡るというのは森田先生の金言で、文章は横に拡がらねばならぬということであり、紅葉先生のは上に重ならねばならぬというのであった。

其年即《すなわ》ち二十七年、田舎で窮していた頃、ふと郷里の新聞を見た。勿論《もちろん》金を出して新聞を購読するような余裕はない時代であるから、新聞社の前に立って、新聞を読んで居ると、それに「冠弥左衛門」という小説が載って居る。これは僕の書いたもののうちで、始めて活版になったものである。元来この小説は京都の日の出新聞から巌谷小波さんの処へ小説を書いてくれという註文が来てて、小波さんが書く間《ま》の繋《つなぎ》として僕が書き送ったものである。例の五枚寸延びという大安売、四十回ばかり休みなしに書いたのである。

本人始めての活版だし、出世第一の作が、多少上の部の新聞に出たことでもあれば、掲載済の分を、朝から晩まで、横に見たり、縦に見たり、乃至は襖一重鄰のお座敷の御家族にも、少々聞えよがしに朗読などもしたのである。ところが其後になって聞いてみると、其小説が載ってから完結になる迄に前後十九通、「あれでは困る、新聞が減る、どうか引き下げてくれ」という交渉が来たということである。これは巌谷さんの所へ言って来たのであるが、先生は、泉も始めて書くのにそれでは可憫《かわい》そうだという。慈悲心で黙って書かしてくだすったのであるという。それが絵ごとそっくり田舎の北國新聞に出て居る。即ち僕が「冠弥左衛門」を書いたのは、この前年（二十六年）であるから、丁度一年振りで、二度の勤めをして居る訳である。

そこで暫く立って読んで見て居ると、校正の間違いなども大分あるようだから、旁々《かたがた》ここに二度の勤めをするこの小説の由来も聞いて見たし、といって、まだ新聞社に出入ったことがないので、一向に様子もわからず、遠慮がち臆病がちに社に入って見ると、どこの受付でも、恐《こわ》い顔のおじさんが控えているが、ここにも紋切形のおじさんが、何の用だ、と例の紋切形を並べる。其時僕は恐る恐る、実は今御掲載中の小説は私の書いたものでありますが、校正などに間違いもあるし、予《かね》て少し訂正したいと思っていた処もありますから、何の報酬も望む所ではありませんが、一度原稿を見せて戴く訳には行きませんか。斯《こ》う持ちかけた。

実は内々これを縁に、新聞社の仕事でもないかと思わざるにしもあらずであった。ところが其返事は意外にも、「あの小説は京都の日の出から直接に取引をしたものであれば、他に少しも関係はありません」と剣もほろろに挨拶をされて、悄然新聞社の門を出たことがある。

されば僕の作で世の中に出た一番最初のものは「冠弥左衛門」で、この次に探偵小説の「活人形」というがあり、「聾の一心」というのがある。「聾の一心」は博文館の「春夏秋冬」という四季に一冊の冬に出た。そうして其次に「鐘声夜半録」となり、「義血侠血」となり、「予備兵」となり、「夜行巡査」となる順序である。

II 小説篇

夜釣

これは、大工、大勝《だいかつ》のおかみさんから聞いた話である。

牛込築土《うしごめつくど》前の、此の大勝棟梁のうちへ出入りをする、一寸《ちよつと》使える、岩次《いわじ》と云って、女房持《にようぼうもち》、小児《こども》の二人あるのが居た。飲む、買う、搏《ぶ》つ、道楽は少《すこし》もないが、ただ性来《しようらい》の釣《つり》好きであった。

また、それだけに釣がうまい。素人《しろうと》にはむずかしいという、鰻釣《うなぎつり》の糸捌《いとさば》きは中でも得意で、一晩出掛けると、湿地で蚯蚓《みみず》を穿《ほ》るほど一《ひと》かがりにあげて来る。

「棟梁、二百目《め》が三ぼんだ。」

大勝の台所口へのらりと投込むなぞは珍しくなかった。

が、女房は、まだ若いのに、後生願いで、おそろしく岩《いわ》さんの殺生を気にして居た。

霜月の末頃である。一晩、陽気違いの生暖《なまぬる》い風が吹いて、むっと雲が蒸して、火鉢の傍《そば》だと半纏《はんてん》は脱ぎたいまでに、悪汗《わるあせ》が浸《にじ》むような、其《その》暮方だった。岩さんが仕事場から――行願《ぎょうがん》寺内《じない》にあった、――路地うらの長屋へ帰って来ると、何かものにそそられたように、頻《しきり》に気《せ》の急く様子で、いつもの銭湯にも行かず、さくさくと茶漬で済まして、一寸《ちょっと》友だちの許《とこ》へ、と云って家《うち》を出た。

留守には風が吹募《ふきつの》る。戸障子ががたがた鳴る。引窓《ひきまど》がばたばたと暗い口を開《あ》く。空模様は、その癖、星が晃々《きらきら》して、澄切《すみき》って居ながら、風は尋常ならず乱れて、時々むくむくと古綿《ふるわた》を積んだ灰色の雲が湧上《わきあが》る。とぽつりと降る。降るかと思うと、颯《さつ》と又暴《あら》びた風で吹払《ふきはら》う。

次第に夜が更《ふ》けるに従って、何時《いつ》か真暗《まつくら》に凄くなった。

女房は、幾度も戸口へ立った。路地を、行願寺の門の外までも出て、通《とおり》の前後を眴《みまわ》した。人通りも、もうなくなる。……釣には行っても、めったにあけた事のない男だから、余計に気に懸けて帰りを待つのに。――小児たちが、また悪く暖《あたたか》いので寝苦しいか、変に二人とも寝そびれて、踏脱《ふみぬ》ぐ、泣き出す、着せかける、賺《すか》す。で、女房は一夜《いちや》まんじりともせず、烏《からす》の声を聞いたそうである。

然《さ》まで案ずる事はあるまい。交際《つきあい》のありがちな稼業の事、途中で友だちに誘われて、新《しん》宿《じゅく》あたりへぐれたのだ、と然《そ》う思えば済むのであるから。

言うまでもなく、宵のうちは、いつもの釣だと察して居た。内から棹《さお》なんぞ……鉤《はり》も糸も忍ばしては出なかったが——それは女房が頻《しきり》に殺生を留める処から、つい面倒さに、近所の車屋《くるまや》、床屋などに預けて置いて、そこから内証《ないしょう》で支度して、道具を持って出掛ける事も、女房は薄々知って居たのである。

処《ところ》が、一夜あけて、昼に成っても帰らない。不断そんなしだらでない岩さんだけに、女房は人一倍心配し出した。

さあ、気に成ると心配は胸へ滝の落ちるようで、——帯引緊《おびひきし》めて夫《おっと》の……という急き心《せごころ》で、昨夜《ゆうべ》待ち明《あか》した寝みだれ髪を、黄楊《つげ》の鬢櫛《びんぐし》で掻き上げながら、その大勝のうちはもとより、慌《あわた》だしく、方々心当りを探し廻った。が、何処《どこ》にも居ないし、誰《たれ》も知らぬ。

やがて日の暮《くれ》るまで尋ねあぐんで、——夜あかしの茶飯《ちゃめし》あんかけの出る時刻——神楽坂《かぐらざか》下、あの牛込見附《みつけ》で、顔馴染《かおなじみ》だった茶飯屋に聞くと、其処《そこ》で……覚束ないながら一寸心当りが付いたのである。

「岩さんは、……然うですね、——昨夜《ゆうべ》十二時頃でもございましたろうか、一人で来なすって——とうとう降り出しやがった。こいつは大降りに成らなけりゃいいがッて、空を見ながら、おかわりをなすったけ。ポツリポツリ降ったばかり。すぐに降りやんだものですから、可《い》い塩梅《あんばい》だ、と然う云ってね、また、お前さん、すたすた駈出《かけだ》して行《ゆ》きなすったよ。……へい、ええ、お一人。——他にゃ其の時お友達は誰も居ずさ。——変に陰気で不気味な晩でございました。ちょうど来なすった時、目白の九つを聞きましたが、いつもの八つころほど寂《ひっ》寞《そり》して、びゅうびゅう風ばかりさ、おかみさん。」

せめても、此だけを心遣《こころや》りに、女房は、小児たちに、まだ晩の御飯にもしなかったので、坂を駈け上《あが》るようにして、急いで行願寺内へ帰ると、路地口に、四つになる女の児と、五つの男の児と、廂合《ひあわい》の星の影に立って居た。

顔を見るなり、女房が、

「父さんは帰ったかい。」

と笑顔して、いそいそして、優しく云った。——何が什《ど》うしても、「帰った。」と言わせるようにして聞いたのである。

不可《いけ》ない。……

「ううん、帰りゃしない。」

「帰らないわ。」

と女の児が拗《す》ねでもしたように言った。

男の児が袖を引いて、

「父さんは帰らないけれどね、いつものね、鰻が居るんだよ。」

「ええ、え、」

「大きな長い、お鰻《とと》よ。」

「こんなだぜ、おっかあ。」

「あれ、およし、魚尺《うおじゃく》は取るもんじゃない——何処にさ……そして?」

と云う、胸の滝は切れ、唾《つ》が乾いた。

「台所の手桶に居る。」

「誰が持って来たの、——魚屋さん?……え、坊や。」

「ううん、誰だか知らない。手桶の中に充満《いっぱい》になって、のたくってるから、それだから、遁げると不可《いけな》いから蓋をしたんだ。」

「あの、二人で石をのっけたの、……お石塔《せきとう》のような。」

「何だねえ、まあ、お前たちは……」

と叱る女房の声は震えた。

「行ってお見よ。」

「お見なちゃいよ。」

「ああ、見るから、見るからね、さあ一所《いっしょ》においで。」

「私《わたい》たちは、父《おとつ》さんを待ってるよ。」

「出て見まちょう、」

と手を引合《ひきあ》って、もつれるようにばらばらと寺の門へ駈けながら、卵塔場《らんとうば》を、灯《ともしび》の夜の影に揃って、かわいい顔で振返《ふりかえ》って、

「おっかあ、鰻を見ても触っちゃ不可《いけな》いよ。」

「触るとなくなりますよ。」

と云いすてに走って出た。

女房は暗がりの路地に足を引《ひか》れ、穴へ摑込《つかみこ》まれるように、頸から、肩から、ちり毛《け》もと、ぞッと氷るばかり寒くなった。

あかりのついた、お附合《つきあい》の隣の窓から、岩さんの安否を聞こうとしでもしたのであろう。格子をあけた婦《おんな》があったが、何にも女房には聞えない。……

肩を固く、足がふるえて、その左側の家の水口へ。……

……行《ゆ》くと、腰障子《こししょうじ》の、すぐ中で、ばちゃばちゃ、ばちゃり、ばちゃばちゃと音がする。

……

手もしびれたか、きゅっと軋《きし》む……水口を開けると、茶の間も、框《かまち》も、だだっ広く、大きな穴を四角に並べて陰気である。引窓に射す、何の影か、薄あかりに一目見ると、唇がひッつった。……何《ど》うして小児の手で、と疑うばかり、大きな沢庵石が手桶の上に、ずしんと乗って、あだ黒く、一つくびれて、ぼうと浮いて、可厭《いや》なものの形に見えた。

くわッと逆上《のぼ》せて、小腕《こがいな》に引《ひき》ずり退《の》けると、水を刎《は》ねて、ばちゃばちゃと鳴った。

もの音もきこえない。

蓋を向うへはずすと、水も溢れるまで、手桶の中に輪をぬめらせた、鰻が一条《ひとすじ》、唯《ただ》一条であった。のろのろと畝《うね》って、尖った頭を惓《こ》うあげて、女房の蒼白い顔を、熟《じっ》と視《み》た。——と言うのである。

通い路

真個《まこと》に幽霊を視たと云う、信ずべき人の話を聞くと、絵に描《か》いた幻影《まぼろし》の、其《それ》とは違って、必ず裾《すそ》がある。分けて女のなど、道芝に置く霜にも較《たぐ》えつべき、白い爪尖《つまさき》さえ、――と云うのである。

あの靄《もや》、霞《かすみ》、陽炎《かげろう》の風情に、裳《もすそ》の宙に消えたのは、魂にあらず、霊にあらず、それが幻影と云うものかも知れぬ。

伊豆の伊東《いとう》温泉の、小松屋にあった事実で、出逢ったのは、剰《あまつさ》え白足袋を視た。

まだ年紀《とし》の少《わか》い、旧派俳優《きゅうはやくしゃ》の女形で、菊三《きくぞう》と云うのが、色恋の故ではなく、家庭の折合と、込入った贔屓《ひいき》さきの事情のために、世を果敢《はかな》む事があって、自殺をする気で、霜月のはじめ、時雨《しぐれ》の雲に漂うが如く、ふらふらと潮に揺られて彼処《かしこ》に行った――女形であるだけに、毒薬、短銃《ピストル》、そんなものの用意ではなく、剃刀《かみそり》を二挺《ちょう》、刃《は》を合《あわ》せて、荷物とも言わず、懐中に忍ばして居たとの事。

旅館に着いて、其の夜浴室で顔を合せて、すぐに言《ことば》を交して知己《ちかづき》に成ったのが、一人明大《めいだい》の学生で、此《これ》は春から持越しの脚気《かっけ》の療養のために来て居るのだ、と云う。……少《すくな》い哉《かな》、浴《よく》客《かく》は唯二人。

翌日、まだ霊岸島《れいがんじま》から積まれて来て、船から伊東《いとう》ヶ崎《さき》へおろされたのが、久しい間の神経衰弱、某大学の文科生で。これとも早速口を利《き》いて、晩は早《は》や一室に膳を三つ並べるように成った。脚気患者の酒を飲む事……神経衰弱の惚気《のろけ》る事……

脚気患者が酒を飲んで、神経衰弱が惚気ると云う此の様子で見ると、剃刀二挺持った菊三をはじめ、三人とも、死なば死ねかしだが、死ななければ死なないでも可《い》いのであろう。少くとも急いで自殺するほど迫った事情はないのであった。

間一日《なかいちにち》を置いて、ここに更《あらた》めて名告《なのり》を揚げるほどでもない、この伊豆の海に於ても、其の状恰《さまあたか》も木の葉に似て、凪《なぎ》の可い、のんきな日和には瓢箪ばかりが、と云いそうな六十噸《トン》に足りない汽船、然《しか》も其の名は宇宙を呑む、定期航海の乾坤丸《けんこんまる》は、ぽーぽーと凱歌の如き汽笛を鳴らして、沖の一方よりして一人の美女を伊東ヶ崎に齎《もた》らした。

此の婦《おんな》の、犀《さい》が転がったような黒く巌乗《がんじょう》な船体から、船橋《せんきょう》を渡って下りるのが、宛然《さながら》鵲《かささぎ》の橋にせかる一瀬《ひとせ》、銀河《あまのがわ》の岩を破って、下界に天降《あまくだ》るに髣髴《ほうふつ》として、其の褄捌《つまさば》きの友《ゆう》染《ぜん》も、錦葉《もみじ》の影を夕浪の綾。

此を真前《まっさき》に視たのは菊三で、彼は表二階《おもてにかい》の縁側の籐椅子に凭《かか》って、目の下の見霽《みはらし》の海を浪浪《なみ》枕《まくら》、仰向けに寝ながら眺めたれば、汽船の舷《ふなばた》が眉を圧《おさ》えて、其処《そこ》へ鼻筋を通るように、美人の裳《もすそ》がちらちらと蝶に成って伝わって、其の船橋を下りたのである。

嚔《くさめ》も成らず、むくりと起きて、夢から覚めた如く顔を撫でる、と早や海面は薄暗く、冬の入日《いりひ》の炬火《たいまつ》の燃ゆるが如き緋《ひ》の雲流るる舷《ふなべり》に、濃い紫の波を分けて漕寄《こぎよ》せる艀船《はしけ》の裡《うち》、狐も兎も頬被《ほおかぶ》りも交った中に、一個偉《ひとつおおい》なる星の冷く輝く、薄色の涼傘《ひがさ》が美しい。

「天降《あまくだ》りました、まるで天人《てんにん》です。」

縁から覗いて声を掛ける。……隣の室《しつ》には、脚気と衰弱が寄合って二人居た。——一人で、茫然として藤椅子の上に寝て居ただけ、女形の方は、まだしも自殺の神には見離されなかった、と言っても可《よ》かろう。

「歓迎《ウエルカム》！」

と寝はらばった衰弱が、どんと起直《おきなお》ると、脚気を標榜しつつある処の明大の学生は、拍手して、「でッかんしょ。」と叫んだ。

此《こ》から三人が、揃《そろ》って広室《ひろま》の真中へ並んで、各自《めいめい》に襟《えり》を寛《くつろ》げ、懐中《ふところ》を開いたのは、切腹の真似をしたのではない。女形の献策によって、世にも美しい一座の流星を、一《ひと》ツ屋《や》の棟に招ずる禁厭《まじない》をしたのである。

それか、あらぬか、様子が、別に汽船の中から心づもりに、此の館《うち》をさして来たのではないらしい……涼傘《ひがさ》を忘れたように肩に掛けて、然《さ》も土地不案内らしい、覚束《おぼつか》ない面色《おももち》で、白砂に立って温泉《いでゆ》の町の軒並びを見廻したのが、たとえば、一羽、群に離れた色鳥の、寂しくも塒《ねぐら》を求むる風情で、ずっと象牙を柄長にすぼめて、俯向《うつむ》いて、此の小松屋へ入った。

「入らっしゃいまし。」

女中がばらばらと出て、一人が、

「お一人様?」

「はい。」

と内端《うちば》な優しい声、然《しか》も、ものに怯えた、叱られて、はっとしたと云う、可哀《あわれ》に、身に染みる返事をして、其の霜を削ったような真白な自分の爪尖に俯向いた、頸《うなじ》が一際細《ひときわほっそ》りとして見えた。

「御容子《ごようす》ったらないんですよ。……お年紀《とし》よりか質素《じみ》な、ね、貴客《あなた》、黒縮緬《ちりめん》のお羽織を、ぞろりと召して、お姿の佳《よ》うございますこと。睫毛の濃い、鼻筋のお通んなすった、御発明《ごはつめい》らしい、そして情のおあんなさりそうな、唇の紅う濡々《ぬれぬれ》と遊ばした、もの優しい、すなおお髪《ぐし》の円髷《まるまげ》に、藤色鹿子《ふじいろかのこ》の手絡《てがら》をなすって——お一人様、ええ。」

と衣紋《えもん》を扱《しご》いて、此奴又猪首《こいつまたいくび》の女中が、

「……其のお声ったら——はアい。」と、一つえぐって仮声《こわいろ》を使う。

「でッかんしょ！」

と明大が又叫んだ。

「……一向、貴客《あなた》ね、口数をお利きなさいませんの。お召かえをなさいまし、はアい。お湯に入らっしゃいまし、はアい、とばかしね、貴客、旦那。」

「でッかんしょ。」

「……真個《まったく》、お一人様。はアい。まあ、お寂《さび》しくって入らっしゃいましょうねえ、はアい……。」

「でッかんしょ。」

今度は菊三まで引入《ひきい》れられて、三人斉《ひと》しく呼《よば》わったり。——と云うのであるから、翌日も朝から騒動《さわ》いで、起居《たちい》挙動《ふるまい》を女中に訊くと、三人が飯の頃は最《も》う散歩に出たと言う。

文科生が声繕《こわづくろ》いして、

「御散歩でございますか。」

「はアい。」と女形が此は出来《でか》した。

「でッかんしょ！」

裏の山へ、また海岸へ。……其の日は、一日薄日が射してどんよりと時雨模様の寒いのに、美女《たおやめ》はそぞろ歩行《ある》きすと云って出た。

「……ああ、薄《すすき》の枯れた中に、幻《まぼろし》の蝶が見える。」

と女形が、縁から伸上《のびあが》って、松原を離れて行《ゆ》く、其の姿を見て言ったのは、花は知らず、蹴出褄《けだしづま》の友染の風にそよいだ白い蝶。

傍から神経衰弱が、

「成程《なるほど》、銀河《あまのがわ》から下りる時、君の鼻柱を、ひらひらと渡った蝶だね。」

女形は、あきらかに、ひやひやとして、思わず色の白い小鼻を圧えた。

で、嘘のような真《まこと》であるが、実際彼は合せた二挺の剃刀の刃を解《ほど》いた……と云うものは、串戯《じょうだん》ではない、まだ死ぬ気で居た、自分の心に気をひいて、何となく其の美しい婦《おんな》も此処へ死ににに来て居そうで成らない。就ては、ものの、可慕しく、可懐さに、其の婦が山で死なば山で死に、海に死なば海で死のうと思ったからである。

二日何事もなく同じように過ぎた。其の間の婦のしょうそくは、矢張《やっぱ》り山に行き、海に行き、浴《ゆあみ》を済ませば、机に一人居て、書見をして居る、歌の本らしい、と言う。……

「何だ、歌よみか。」

と文科生が投出すように、

「それじゃ、死なないや、大丈夫だ。」

但《ただ》、其の二日の日が暮れてから、珍しく、木《こ》の葉の月の落ちるまで、夜の渚を辿って帰った。

三日めの事である。正午《ひる》から激しい北風《ならい》に成って、湯に入っても戸はびりびりと鳴り、がらがらと岩の湯舟も揺れるばかり、あわただしい日であったが――三日月も吹散らしたか、西は晴れながら影も見えず。――暮るれば、ちぎれちぎれの黒雲が飛んで、山の端に牙を鳴らす、大きな星は凄じいが、海も真暗な夜と成った。

寒さは寒し、吹荒《ふきすさ》ぶ戸外《おもて》の凄じさに、飲む酒の酔も廻らず、三人鼻を突合せて、ふと海の神の制止をうけたように、言葉の途絶えた時である。

廊下に、きょとついた跫音《あしおと》せわしく、急促《せかせか》と障子を開けると、膝より先へ、法然頭《ほうねんあたま》を突出したのは、予《かね》て人のいい小男《こおとこ》の当家の亭主で、

「ええ、皆様御評判の、あの、御婦人。」

と言いかけて、変な顔を尚《な》お変にして、

「……早く夕御飯をあがりましてな、一度御入浴で、へい、綺麗にお化粧の直りました処で、一寸戸外《ちょつとおもて》まで、とおっしゃって、実はな、帯を召しません、伊達巻をなすった切《きり》でありますので、些《ほん》の門口まで、と存じましたのが、唯今もってお帰りがございません。」

「何時だい。」と、でッかんしょが叫ぶように云った。

「へい。」

文科子《ぶんかし》が床の間の懐中時計を取った——此室《ここ》が其の部屋で——

「九時半だ。」

「だから、だから言わない事じゃないのだ。」

と、でッかんしょが引叱《ひッちか》るが如くに言った。

亭主きょとつき、

「へい、でございますが、まさか、と申しますのが、午《ひる》過ぎにもな、湯殿から直ぐに庭下

駄で、一寸《ちょいと》、裏木戸から松原まで、とおっしゃる処へ、手前《てまえ》参り合せましてございますがな、行燈《あんどん》部屋に掛古《かけふる》してございました、夏うちの誰方《どなた》かの海水帽、へい、あの麦藁の大《でっか》いのを、借りますよ、と取ってお被《かぶ》んなさいましてな。呀《や》、お似合《にあい》なさります、と手前申しましたれば、お転婆《てんば》をしますわ、と莞爾《にっこり》お笑いなさいました。あの唇が、笠の紐に、さて、山茶花《さざんか》が霧に散りますような、お美しい事で。」

此を聞いた時、女形は言知れない可哀《あわれ》を感じて、胸を衝くばかり涙が出た。

亭主は、然《さ》ようにお転婆をなさるくらいだから、よもや間違《まちがい》は、と云うのであった。が、聞いたものは、何となく、此あるために弥《いや》が上に不安に成った。

「……へい、尤《もっと》も男どもは両《りょう》三名。最早《もは》や駆出して居りますが、念のために、御婦人が御所持のお手廻りの品をば内見《ないけん》いたしとうございますに就きましては、貴方がた御《お》三名様のお立合いが願いたいのでございまして、御迷惑ながら。」

「望む所だ。」

と脚気が腕まくりをしたから、

「大変だ。」と神経も衰弱などして居られるものか。

「御主人、手後れに成っちゃ成らない、疾《はや》いが可《い》い。」

と女形も所帯崩して廊下を駆出す。

亭主はひょこひょこと先に立って、

「へいへい、御尤様《ごもっともさま》で。」

通抜けた帳場など、女中が居たり立ったりで、楼内《うちじゅう》凩《こがらし》の風に、燈《ひ》さえ吹白《ふきしろ》まされて居たのである。

離れの、其の座敷には、宿の女房が、寂《さみ》しそうに、然《さ》も心配そうに入口に坐って居た。が、其の瞳を凝らす翁格子《おきなごうし》の座蒲団に影もない。凄く明い座敷の広さ。——座の傍《かたわら》に、黒繻子《くろじゅす》に、浅葱《あさぎ》と銀で、歌留多《かるた》を縫った丸帯が冷々《ひやひや》と畳《たた》まって、上に黒縮緬の紋着の羽織が袖だたみに乗せてある。……

最初《はじめ》、其の袂を、と云うのであったが、男たちは遠慮した。

「おかみさんに願いましょう。」と女形が云った。

女房が膝行《いざり》寄って、おどおど八口《やつくち》から手を入れると、其《その》羽織がハッとも羞《はじ》したように袖が震えて、わなわなと成って、媚《なま》かしい裏の飜《ひるがえ》った時、三人は顔を見合って呼吸《いき》を詰めた。

が、何にもなく、真紅《まっか》に染まった、木の葉が一枚。

其処に、旅宿《やどや》が据えて置く、一閑張《いっかんばり》の机があって、信玄袋《しんげんぶくろ》の優しいのが、指の細さも思われる、弱々とした蝶結び、塩瀬《しおぜ》の裏は血に見えたが、薫《かおり》は春の野であった――化粧道具ばかり何にもない。懐紙に包んで、取交ぜたのが三十円余り、御勘定《ごかんじょう》と上書《うわがき》がしてあるのを見て、最《も》う亭主の手は震い出した。

三人は、続いて海岸へ飛出した、が、吹倒されそうな北風《ならい》である。

「ほう。」

「ほう……」

掛合せる声も千鳥に成って、磯のなぐれに、よろよろと蹌踉《よろめ》き、蹌踉く。

波の響きに磯馴松《そなれまつ》が撓《しな》った。

吹荒ぶ風の寒さの激しさに、女形は色気のない、水洟《みずばな》に手巾《ハンケチ》の頬被りと云う形で、

「慿《かか》う役が悪くっちゃ死切《しにき》れない。」と、そんな中でも、熟々《つくづく》思った。

提灯が二ツぐるぐるまいに舞ってるのが見える。風は剣の如く透通《すきとお》って、潮煙《しおけむり》の裡ながら、磯端に其の松葉巴《まつばどもえ》の紋なのが分る。此の紋は、慿《かか》る場合に。

三人は、驚破《すわ》や、其処に死体があろう、と胸を打った。

振返る背後《うしろ》の方《かた》に、砂丘の上へ乗出した、頼母《たのも》しい弓張提灯高《ゆみはりぢょうちんたか》らかなのは亭主が出馬だ。

「急げ。」

——急げ、と口々に声を掛けつつ、下男の其の松葉巴のぶら提灯に、風を泳いで行着《ゆきつ》く、とあわれ、鼻緒の色も見えた、女草履《おんなぞうり》を、如何にも内端《うちば》に脱いだのが、白小袖の対《つい》の扮装《なり》で、最惜《いとし》らしい鸊鷉《かいつぶり》が死んで抱合《だきあ》った風情がある。

弓張が追着《おいつ》いて、山の根を廻ったと云う、番頭も引返《ひきかえ》して、此処に落合《おちあ》った人数《にんず》が七人である。

「せめて死体でも……」

今は是非に及ばず、救う望みより悲哀《かなしさ》が先に立つ。張合《はりあい》も勇気も抜けながら、このなす事なき男たちの同勢は、糸瓜《へちま》の如く風に吹かれ、昆布の化けたように海岸を揉まれて伸《の》すと、前途《ゆくて》に瞳を突きそうに鋭い岩の尖端《とっぱし》の荒波を切って暗夜《やみ》に突出た処がある。土《ど》俗猪《ぞくしし》の牙《きば》と云う巌《いわ》で、一名段鼻《だんばな》と称するが、宛然《さながら》枯木の翼を羽搏《はう》つ烏天狗《からすてんぐ》の嘴《くちばし》である。

唯《と》、滝を崩すが如く寄せつつ返す浪の其の巌端《いわばな》に、鯱《しゃち》の眼の輝く如き、怪しき星の光に映るかと、薄ら青い影をおびて、点々黒い形《ぼツつり》がある。

「あ、彼処《あすこ》に死骸が。」

と殆《ほとん》ど直覚的に声を揚げる、と何を慌てたか、亭主はバラバラと石の飛ぶ中を一度遁《に》げた。巌を抱いて殆んど匍匐《ほふく》して——亭主は実際に這《は》った——辛うじて行着くと、果《はた》せる哉《かな》美人の亡骸《なきがら》、鼻筋の通った顔を横に、櫛笄《くしこうがい》は抜落ちながら、然《さ》まで乱れぬ円髷の雫を枕に、胸を抱《いだ》いた手が辷《すべ》って、乱れた襟とて、雪を欺く双《そう》の乳房、此の黒き巌角《いわかど》に玉を削るに異ならず、〆《し》めて居た、と云う伊達巻は摺抜《すりぬ》けて淡紅色《ときいろ》の腰紐ばかり、膝は崩さず、濡《ぬれ》しみづいた友染の花の撫子《なでしこ》を飛沫《しぶき》が来ては端を浸す、と、模様の蝶が翼を伏せる、と、どうどうと潮が引く時、幻にスッと浮く。……蒼く搦《から》んだ白脛《しらはぎ》は海松《みる》のまつわるかと思う、薄みどりの筋も透《とお》るまで、しなしなと柔かに痩せたのに、その白足袋は、沈んで浅瀬の底を掻いた断末魔の苦痛を見せて、夥多《おびただ》しい砂を包んで、此ばかりは土左衛門《どざえもん》の、浅ましいまで青腫《ば》れにぶくぶくと脹《ふく》れて居た。

唇を切《き》ったか、垂々《たらたら》と紅糸《べにいと》の雫は口の鮮血《なまち》である。

菊三をはじめ皆面《おもて》を蔽《おお》うた。

其の晩は宿のものと共に、三人揃って通夜《つや》した。検屍の果てた事は云うまでもない。宿帳《やどちょう》に記した土地住所《ところ》は素《もと》より浮雲の根なし事、規定のままに果敢《はかな》く山の根に葬《ほうむ》った。嫁菜《よめな》の一本《ひともと》、つわぶきの冷《つめた》い花を摘交《つみま》ぜて、手向《たむ》けて帰った夜である。

三人しんみりと成って、黙って湯に入って居た。が、女形が一人先に、気は沈んでも心《しん》は冷えても、温まった膚《はだ》に湯気を立てて、浴槽《ゆぶね》を揚《あが》って、外気の爽《さわやか》さの思われる、一処《ひとところ》湯殿の隅の硝子戸《がらす》を細目に開ける、と、昨夜《ゆうべ》に変る海の凪、砂《いさご》は白く松は黒い。が、四日月《よっかづき》が冷くかかって、月見草の枯れたのが骨の如く散らばった。

蔵の廂《ひさし》と松《まつ》ケ枝《え》に、その干棹《ほしざお》を渡して、其処に掛けて乾したのはお召《めし》縮緬の縦縞で、糸柳の縺《もつ》れたような、裏の紅絹《もみ》を翻《かえ》しながら、然《さ》も細《ほっそ》りとして見えたのは、忘れもしない、ずるずると……浪に嚙まれた婦《おんな》の小袖。

氷のような風が来て、無慙《むざん》や、磔柱《はたもの》にかかったかと思う、宙に開いて、両方へ張った両袖が棹を伝ってスッと寄ると、肩の上へ、棹を襟に、黒髪も艶々と、眉もはっきり、涼《すず》しい瞳で、瓜核顔《うりざねがお》の色白な鼻筋がスッと通る……片手を細《ほっそ》りと、胸は見えず、透通《すきとお》る衣《きぬ》のうらの痩せた月は、乳房を描く覆輪《ふくりん》にして、腰紐の水紅《とき》色がたらりと落ちつつ、砂の三尺《じゃく》高いあたりに、宙にぶら下ったのは、二ツの、重そうな、砂塗《まみ》れの白足袋であった。

「……足袋を脱がして……」

と手を震わす、と月の上から熟《じっ》と菊三の顔を見た。

「此、此《こ》、此《こ》、此《コツ》。」

此処《ここ》へか、此《これ》を見よか、我ながら、鶏《にわとり》のような声を出すや、よろよろと成って、ドンと出口の柱に打《ぶ》つかって、女形は目が眩《くら》んだ。

「足《た》、足《た》、足《た》……」

「たびを脱がしてとよ。」

揃って見たろう。——舌も縺れて、背後《うしろ》で二人の言うのを聞く、と外聞もない、べたりと這《は》った。

這ったのが、俳優《やくしゃ》である。素人が真似をせずに居るものか。……ぐなり、どたり、と腰を引摺り、手櫂《てがい》で漕いで、廊下を帳場へ這出《はいだ》した。

来かかる女中が、

「あら、まあ。」

「姉さん。」

「はアい。」

其の声にまたキャッと云った。

女形は思わず、唱名《しょうみょう》。——困るのは、凄かるべき話が何故《なぜ》か可笑《おかし》く聞える事である。

鎧

時は暮春《ぼしゅん》であった――

これから言おうとする山陰道の事と、丁《ちょう》ど同じ季節に当《あた》るのも一寸妙《ちょっとみょう》に思われる。……十六七の頃で。私は学塾の友だちが、病気保養のため帰省するのに誘われて、北陸道富山《とやま》へ出掛けた事がある。規律の立った公私の学校だと、そんな時ならない休暇はとれないはずだが、そこは塾というものの気安さに、親たちさえ承知なれば、いくらでも遊んで居られた。尤《もっと》も知らぬ他国を見るのも、学問の一つだからと、そんな言いぬけもあって、二月《ふたつき》ばかりその友だちの家《うち》になまけて居た。……

年久《としひさ》しいから、町はいま忘れたが、家は立山《たてやま》とひとしく名の高い、神通川《じんつうがわ》に近い邸町《やしきまち》で、土塀沢山《どべいだくさん》の町を出はずれると、堤防《どて》向《むこ》うは、すぐ大神通川の河原《かわら》であった。広い河原だから、石まじりにあちこちに畑が出来て居て、そこを屋敷田圃《たんぼ》と称したと思う。

家から近い。……それに私より二つ三つ年上だった友だちの病気というのが、少しおかしい、いや少しどころか大分《だいぶん》おかしい。五六人の女の思いが、人の妻も、娘も、妾《めかけ》も、下宿屋の若い女房《かか》さんまで、一斉に取《とり》ついて、蠱《こ》の如く悩ませる、と自《みず》から称して、時々七転八倒して人事不省と成る。――皆生霊《みないきりょう》である。死んだ怨念は一つもない。一つの身体《からだ》を、惚れた女の数だけに分け与えて、万遍なく可愛がってやればだけれども、それは出来ない相談であるとともに、苦しむ時は首も手足も五つに六つに切刻まれるばかり、絶痛だそうであった。お医者が弱った。病院に、その女親、叔父などが付添って、一月《ひとつき》あまりも騒いだ後で、もはやさしたる容体とも思われぬ。この上は郷里で御静養がお宜《よろ》しかろう。いわゆる敬して遠ざけた形で、退院させられた次第であった。もう、しかし痙攣も余程鎮まって、遠道でなければ散歩も出来たが、然《さ》ういった神経性の病気だから、賑やかな筋《すじ》の、わけて女の緋縮緬《ひぢりめん》のちらつく処は危険至極だから親たちも警戒する、また何時《いつど》那の新造《しんぞ》、那の年増が取憑《とりつ》くかも知れないと、そこは徹底したもので、病人自分でも避けるようにして居たから、一所《いっしょ》にぶらぶらあるきをする時というと、便宜で屋敷田圃へ出掛けたものである。

処《ところ》で言伝《いいつた》えがある。屋敷田圃は佐々成政《さっさなりまさ》の二の丸の跡だという。真偽は知らないが、河原の真中に小高い岡があって、草は生え次第、松も柳も姿らしいもののない、荒れ果てて大きな塚かと見えるのを、むかしの築山《つきやま》のなごりだともいった。

この岡から神通の水際《みぎわ》の間《あいだ》こそ……土地に名高い、あの、ぶらり火が燃えて、燃えつつ紫の黒髪の釣られたままに丈《たけ》に余るのと、青い女の面影の、往来《ゆきき》する処だそうで、月暗き夜、また雨のそぼ降る晩など、真夜中ともいわず、築山のいずれかに人が立って、(早百合姫《さゆりひめ》えのう、早百合姫、早百合姫。)——と続けて呼ぶと、成政の手に虐殺された愛妾《あいしょう》の怨念が、そのぶらり火と成って顕《あら》わるる事、昔も今も変らないと謂《い》って、実際土地の人々は、この荒廃離落した一郭を、忌み且《か》つ憚ったようである。

昼もさびしい……

私は——のちに五月雨《さみだれ》の頃、屋敷田圃に蛍狩《ほたるがり》に誘われた。……暗夜《やみ》は人の影と共に動き、蛍は女の姿と共に美しく流れた、が岡のあたりは、唯《ただ》雲の黒く垂下《たれさが》ったばかりだったのを覚えて居る。

さて、その暮春の一夕《いっせき》、その日は友だちの父に、客があって、いつもより後れた夕飯の前に、二人して其処《そこ》へ出た。土手を上《のぼ》る頃、うしろの屋敷町には、背戸《せど》、庭の若葉、樹立《こだち》を透いて、ちらちらと灯《ひ》が点《とも》れた。

春の日は遅々として、河原はまだ水の香《か》も暖かに、暮切《くれき》らない。桜はもう散ったあとだが、その花の精かと思う薄い花片《はなびら》が神通の流れに落つるか、立山の空に帰るか、三つ一つ、ひらひらと空を通る。……青麦が暗く菜の花が明るかった。

爪《つまだ》立ち上《のぼ》る小《こ》道《みち》の坂――むしろ段は、こまやかな草のまま、崩れながら、ゆるい螺《ら》旋《せん》に繞《めぐ》って、五つばかり廻ると頂《いただき》に成る、尖って居ない、矢張《やっぱり》草のまま平《たいら》である。二人は其処へ立った。

友達の方が、勿論、年も上だし、脊も高い。

夕暮の色は四方の山々、嶽々《たけだけ》に迫った。まだ暮切らないのに――不断はここへ上《のぼ》ると、忽《たちま》ち青い空も白い雲も目の下に飜《ひるが》える神通の流《ながれ》が、とうとうと音ばかりして、巨身の龍は、巌に玉を攫《つか》んだ爪一つ、波の鱗《うろこ》の一枚をもあらわさない。河原を籠めて一帯の濃い霞――夕靄が深くかかったのである。

幕ともいえよう、その霞、その靄は流れの波の際《きわ》に裾《すそ》をひいて、裾が靡《なび》いて、目の透かない大きな投網《とあみ》にも似れば、薄墨で染めた静《しずか》な几帳《きちょう》の趣《おもむき》もあった。

北国《ほっこく》の河原の石は、瀬に響いて鳴りながら、不思議に、そよりと吹く風もないのに、もはや峰を残して高く上《のぼ》り、裾はのびて、岡の道を次第に埋《うず》めようとして拡がった。

「あの霞は、屛風を立て廻すように見える、……河原も畑《はた》も、菜の花もこの岡も、皆絵《え》に成って、屛風に吸い込まれるように見えるね。」

「吸…吸い込まれては大変だぞ。」

背のひょろ高い友だちは、いつも血走ったような目を斜《なな》めに、腕まくりをして居た手を、紫がかった兵児帯《へこおび》にはさんで、瘦せた肩を聳《そび》やかしながら、

「大きな声をするなよ。」

と、たしなめるようにいって、

「君にも矢張《やっぱ》りそう見えるんだな。この霞は、まったく……土地じゃあ屛風霞というんだよ。秋は屛風霧さ。神通川に限って掛《かか》るんだ。——それで、この屛風霧の立つ時は、立山の神々が大川を通って、魚津《うおづ》、放生津《ほうじょうづ》、岩瀬の浜、有磯海《ありそうみ》か、どこか北海へ遊行する、往来の途中だというんだぜ。……どうかすると、霞の上へ、輝く冠だの、光る簪《かんざし》だの、黒い頭巾だのが覗く事がある。時々のその模様で、天気がいろいろに変るというんだ。——見給え、霞は、少しずつ上流へ動くようだね。いま、山へ帰る処だ。神通川に動く屛風の裡《なか》の神々には、勿論、袿《うちぎ》も、緋《ひ》の袴も、女神、山媛《やまひめ》も交って居るとさ。」

私は思わず踞《つくば》った。

「ああ然《そ》うだ。」

友達はにわかに思いついたように言った。

「この頃、健康のためにやって居る、深呼吸は、こんな時のためだ。僕は、ここから、あの霞を飲もう。……不思議にこの古英雄《こえいゆう》の高い岡に記念像のように立って、屛風霞に出あったのは、僕に、自然の賜わる処だ。ねえ君、然《そ》うじゃあないか。そしてからに、清らかに純な、山媛の気を吸ったら、僕の体内に虫のようにはびこる、あまたの女の生霊は、屹《きっ》と慴伏《しょうふく》しようと思う。……即ち一種の血清療法だ。然《そ》うだ、確《たしか》に然うだ、うむ、然うだ。」

と目を引《ひッ》つるし、ぶるぶると尖った頤《あご》をうなずかせて、そのまくり手にはめた、幅広《はばびろ》な黄《き》金《ん》の腕輪、――腕輪は、女たちの生霊が時々息抜きのために其の本体に帰って、更に男の体中に分入《わけい》ろうとする毎に、丁《ちょう》ど二の腕の折かがみから食い入ることを自会し得た。それを防禦する為だといって、強いて親達にねだって、蝶番《ちょうつがい》でパチンとして居た。――いま其の腕を長く大川《おおかわ》に向って差伸べつつ、黄金の色の、夕やみに早細《はやほそ》く幽《かすか》な菜の花に、きらりと競うのを、丁《ちょう》と敲《たた》くと、蝶番をゆるめ状《さま》に、

「山媛……来れ!――」

と、唇を反《そ》らして高らかに呼んで、ぴたりと骨盤に張肱《はりひじ》して、髪の毛を一振りふると、前屈みに目を瞬《みは》り、大口を霞に張った。

むかし奥州の炭焼が、怪しき魚を串焼に渇いて、潟《かた》の水を飲み干した勢《いきおい》も目《ま》のあたり。ひと含み胸を仰反《のけぞ》らして傲然と立って、スーッと呼吸《いき》を太く腹へ吸った。

と見ると、張子のように、ポンと足が浮いて地を離れた。身体《からだ》は宙に、凧の面くらった如く踊ったが、忽《たちま》ち垂直して、一丈ばかり空を切って、人礫《ひとつぶて》に成って、ドシンと落ちた。

私も吃驚《びっくり》して、しりをついた。血の冷えた腰もふわふわと綿に乗る、霞は近く来て、岡の頂を包んだ。

少年の色男は、霞を飲まんと欲して、霞に飲まれたのである。

血迷った声は、嬰児《あかご》の泣き声のようになって、私は友だちの名を叫びながら、ぐるぐると螺状《らじょう》の坂をまどい下《お》りた。岡の中腹三段目の菜畠《なばたけ》にその友だちは仰向《あおむけ》にぐったりして居た。口に綿を含んだのは、霞でない泡である。頂を一丈ばかり宙を乗って泳いだ丈《だけ》が、丁度、下へ――三坂《みさか》めのここへ落ちる寸法に成ったらしい。而《そう》して、落ちる時は真俯向《まうつむ》けだったが、こう仰向けに倒れたのは、途中で、とんぼ返りをしたに相違ない。

ただ身体を揺《ゆす》って、名を呼んだだけで、ウウウウと呻《うな》って息を返した。どこも怪我はしない、かすりきずもない。が、きょとんとして居た。それから、やたらに草の中を這廻《はいまわ》った。犬も狸も憑いたのではない。腕輪を捜したのである。

女の生霊より、いまなお解し得ないのは、胸を張り、身を反《そら》して、霞とともに山媛を吸おうとした男が、はずみで仰向けに町の方へ倒れるのに不思議はない。反対の神通川の霞の方へ、もんどり打って怪飛《けしと》んだことである。

「お爺《じい》さん、お爺さん。」

「…………」

「おい、爺さん。」

「…………」

「一寸、唐突《だしぬけ》だけれども、その荷物を手伝って持ってあげよう、出し給え。」

七十路《ななそじ》はもう越えて、八十にも近かろう。顔には皺《しわ》がないといっても可《い》い、余り皺で、数えようがないのである。色は鼠色に青味を帯びて、皮剝《かわはぎ》という魚《うお》に似て居る。白髪は煙に似て頸窪《ぼんのくぼ》に乱れ、両顋に蓬《おどろ》に垂れて左右にほうけた、これが、痩せさらぼうた手足に較《くら》べて、人一倍その顔ばかりを大きく見せて、どこか、仏に成り済ました、矢口《やぐち》の頓兵衛《とんべえ》を想わせる。

一度でも芝居を知ったものは、なお一つ、石屋《いしや》の弥陀六《みだろく》を思い出すであろう。それも土地の故である。

何故《なぜ》というに――

場所は京都から数えて松江まででさえトンネルの数《すう》は九十八に余ると聞えた、山陰道の中《うち》、しかも第一の嶮所と称えらるる、鎧駅《よろいえき》を出た千仞《せんじん》の崖道《がけみち》である。この幽僻《ゆうへき》なる絶海の漁村を右に見て、向って左の出崎に当る御崎村《みさきむら》とは、二つながら平家の落人《おちうど》が、幾百年以来、世にひそみ住むという僻境であるから。

老翁《ろうおう》は、腰も背も、よぼよぼとして、両杖を支《つ》いて居た。左手に支いたのは弓の折《ゆみのおれ》で、右手を縋《すが》ったのは荷の重さゆえ助けに拾いとったらしい竹切《たけぎれ》であった。紺の褪せた破風呂敷《やれぶろしき》に、づッしりと俵《たわら》ほど、ものを詰めたのを首筋に背負《しょ》った――一度鎧駅（この鎧駅に汽車の留《とま》った時、旅客は石の火《ひ》の見櫓《みやぐら》の最上層に立つ思いがしよう。）の崖縁の柵の根に、へたばって居て、この荷を咽喉首《のどくび》をしばって立とうとして、蟹が腹をかえしたように、手足をもがいたさまを思え。――よれよれの帯に網のかかった大籠をぶら下げ、それに叺《かます》を結《ゆい》つけたが、濡れものと見えて、水が浸《にじ》んで、そのためにめくら縞《じま》の素袷《すあわせ》のじんじん端折《ばしより》にした裾が、苧殻《おがら》の空脛《からずね》にひらつくのを恰《あたか》もちぎれた海松《みる》のように見せた。とともに、落武者のちぎれちぎれに裂け破れた草摺《くさずり》の状《さま》を偲《しのば》せたのは言うまでもない。その荷と荷の上へ、葱《ねぶか》の葉の覗いた茣《ご》蓙《ざ》巻《まき》を斜《はす》に背負《しょ》って、おまけに弁当をのせて、鯣《するめ》を一《ひと》くくり露出《むきだ》しにぶら下げたばかりか、姥貝《うばがい》の目刺《めざ》しと転柿《ころがき》を苞《つと》にしたのを挿して居たのである。

よぼよぼ、てくり、で、膝をがくがくと震わせ震わせ、腰の抜けた烏《からす》のように、じんじん端折の尾をはねて、蜈蚣《むかで》が穿《うが》ったような、崖下《がけさ》がりの細道を、堅く畝《うね》りつつ、しかし、ほかほかと五月の晴れた日を吸って、真青な海の方に辿って行く。

背後《うしろ》を慕って声を掛けたのは、流行の鳥打帽《とりうちぼう》に、新形の洋装して、虫類の採取箱の大形なのを肩にかけ、網をたたんで引添《ひっそ》って、きりりと身軽に、ゲエトルで脚を巻しめながら、くつは汚さず、陽炎《かげろう》に、艶やかに光った青年である。

「ね、一つ持とうよ、お爺さん。」

「…………」

たとえば、ものいわぬ猩々《しょうじょう》に似て、黒い鼻の穴で、和光の塵を吸うばかり、黙々として下りて行く。……

ここを見よ、弁天《べんてん》ヶ峰《みね》の山の端の巌間をのぞく、紺碧蒼藍なる目の下の海の色を――凪《な》ぎたりといえども荒波の巌を削る勢《いきおい》を。

その巌に縋り、壁に添って、一軒、二軒、或は三軒、茅屋《かやや》の日と水に輝くのが、山海の気に紫《むらさき》を籠めて、波の散る貝とともに玉を刻んだ景色である。崩れた籬《まがき》に山吹も散残《ちりのこ》る。しぶきを立てて、颯《さつ》とその小家《こいえ》を洗うと見る、渚は、白く卯《う》の花《はな》の咲くのである。

小船は見えつつ、牙を噛んで、漁村の口を守るらしい。

漕いで居るのは木《き》の葉もなかった。

出岬《でさき》の浦《うら》に、帆が見える。沖遠くして片帆のみ。

その時、壇の浦の戦いに亡《ほろ》びて、対馬《つしま》に逃げようとした平家の船の暴風のために漂わされて、その御崎に落ちたのは、門脇教盛《かどわきのりもり》、小宰相《こさいしょう》の局《つぼね》たち。この鎧村に流れたのは、上総五郎《かずさのごろう》忠光《ただみつ》、越中次郎盛綱《えっちゅうじろうもりつな》などであると聞く。上臈《じょうろう》また姫君のいかでその中にあらざるべき。あの、卯の花が、山吹が、ああ花桐も遠く咲いた。唯、そのために、青年は、ふと足を掬《すく》い取られるように誘われて——この景色を一目駅から見た、停車中の汽車の昇降台から、うっかり辷《すべ》るように下りて、老翁の後を、岨道《そばみち》に慕ったのである。

「ね、お爺さん。」

「…………」

「遠慮なく荷物をお出しよ。……おかしく思うだろうけれども、僕はね、京都の医科大学の学生なんだ。」

音調に誇《ほこり》を示した。

「学生もね、有名な、ある博士《はかせ》の家に居て、弟のようにしてもらって居る特待生なんだよ。」

声にも著しく誇を帯びた。

「先生の博士はね、非常に蝶がお好きなんだ。その採集に殆ど凝って居られるんだね。標本室には全国の蝶の種類が集って居ると言っていい。外国から取寄せられる蝶の絵を集めた書物なんぞ、一部で何千円という位なものだよ。――僕はね、卒業も直《じ》きなんだが、少し勉強を仕過ごして、頭を悪くしたもんだから、心気《しんき》を休めるために、旅行をし、かたがた博士の意を体して、実は伯耆《ほうき》の大山《だいせん》へ蝶をとりに行った帰途《かえり》なんだ。お爺さん、あの神峻嶮怪《しんしゅんけんかい》な名山に、どんな蝶が飛ぶと思うね。……浅葱《あさぎ》もあれば、雪もある、薄い桃色のさえ飛ぶじゃあないか。お爺さん。」

「…………」

「娘さんがあるかね、孫かね。真個《ほんとう》に見せたいくらいだよ。お婆さんだって喜ぶよ。それは綺麗で神々《こうごう》しいから。

そうだそうだ、綺麗で神々しいといえば、僕は何だか、お爺さんが——失礼したら御免よ。伝統を引いた勇士で、忠臣で、それで、美しいお嬢さん、むしろ姫君に……だね、身を以て仕えて居る人のように思われてならないんだ。たとえば、その時代の立《たて》ものであった、上総五郎忠光、越中の前司《ぜんじ》……」

青年はふと陽炎の裡に思った。

——越中の前司、来《きた》る敵を、なほ目も放たず、まぼりければ、猪俣《ゐのまた》あつぱれ、今一《ひと》度《たび》、くまんずるものを、人見近づかば、さりとも、よも落合《おちあは》ぬ事あらじと、おもひて、相待《あひまつ》処に、人見も次第に近づいたり、猪俣力足《ちからあし》をふんで、つゝ立あがり、思ひもかけぬ、越中の前司が、鎧の胸板、はつとついて、後なる沢田へ、のけにつきたふす、大の男の重鎧《おもきよろひき》着たりけるが、蝶の羽を、ひろげたるがごとくにて、おきんくと、しける処を、

——待て、博士に語って、記念のために、大山にて獲たる鎧蝶の一種大《だい》なるを、前司蝶《ぜんじちよう》か、盛俊《もりとし》蝶と呼ぶとしよう。箱の中へ心を遣《つか》って、前司も次郎もごったにした、不謹慎に、思い上りつつ、なお憧憬《あこがれ》の言葉を続けた。

「その人たちの有《あり》さまを、いま見るように思うんだよ、お爺さん、お爺さんは、次の駅の久谷《くたに》から乗ったんだね。」

然り、桃観峠《ももみとうげ》の絶壁に構えた、あとのその久谷の駅は、鎧の停車場《ステエシヨン》と双方に、弁天ヶ峰、荒神《こうじん》ヶ嶽《たけ》、両山に相対して切立《きった》ての台を立てて、その間の渓谷に、恰《あたか》も釣り橋の状《さま》をなして大陸橋を架けて居る。

丹波路、但馬《たじま》、また伯耆路、前夜をいずれかの湯の宿、あるいは旅館に宿《しゅく》したるものには、旅籠屋《はたごや》の男、女は、好意を以て、翌日の旅の奇勝を語るであろう。即ち余部《あまるべ》の陸橋である。汽車はゆるみなく馳《はし》るから、心なくして過ぐる目には、下に水なき橋の、ただ高く聳えたるガアドを渡るとのみ思うであろう。一たび窓によって差《さし》のぞくや、忽ち目くるめき、舌かわき、膝わななく。わが乗る車の下に、深い谷間なる、その余部の甍《いらか》の状《さま》を、蟠《わだか》まる大蛇の五彩の鱗《うろこ》の如く見て、橋は七色《しちしよく》の虹を渡る。煙は白き雲と成って、さかさまに轍《わだち》の腹を這うのであるから、人は飛行機によらずして居ながら青天《あおぞら》を飛ぶのである、わななく膝、くるめく目に、御崎は怪しき魚《うお》の如く波を砕き、鎧は美しき鳥に似て、岩角に翼をのぶる。

「あの久谷駅で、汽車がもう出ようとする間際に、十六七の少年の駅夫が、お爺さんの背《し》負《よ》って居る、その大きな風呂敷包みを、もろに引立てて、がしゃりと昇降口へ下《おろ》して突込んだっけね。そのあとへ――よろよろと両杖でいざるようにして、お爺さんが縋《すが》りついた。引ずる足の、腰を押して、急いで汽車へ押込みながら、（大丈夫か、お爺さん。）少年が声を掛けると、その深切《しんせつ》を嬉しそう、お爺さんは、ニコリとして、ものを言ったね、……言いましたね、……お爺さん。」

「………」

が、無論唖《おし》ではないのである。

「腹を立っては不可《いけ》ないがね――僕は違った座席から見て、ああ、中風症《よいよい》の老人が一人旅。するのも、させるのも、無法だと思ったっけ。――ふと、この変の伝説を思って、お爺さんの風采が目に浮ぶと、ああ、平家の一党である。美しい姫君にかしずくのであろう。優しい御台《みだい》をいたわるのであろう、娘と、孫を、玉の如く花の如く愛するのであろう――鎧村の人かも知れない。……ただそれは、ちょっとの思いつきに過ぎなかったんだけれど、鎧へ着いて、昇降口へ出て、この絶景を見た、目の前の柵の根から、のっそりお爺さんが立上って、おおと思ううちに、よろよろとこの崖道へかかった時は、空《くう》な思いつきが、真実になって、確にこれは、姫君、御台、嫁、孫、娘と信じたんだ。――帰って、お爺さんが、その辛労苦《しんろうくり》力《よく》した、その買ものを分けて、嬉しく楽しく話すのだろう。うらやましい。あやかりたい。

お爺さん、その労を授け給え。そしてその楽しみを分けたまえ。かしずく人、いたわる人、愛する人のために、この僻境の一《ひと》つ家《や》で、粉骨砕身する嬉しさは、法《のり》のために、道のために、菩薩のために、難行苦行するよりも尚《な》おありがたい。――それにしても、お爺さんをいたわった、あの駅夫は美少年だったね。僕は妬《や》ける……嫉《ねた》ましい。……僕は医学生だ。連れて、ともなってくれ給え。――ある時は売りにも来よう、めまい、立ちくらみ、腹胸《はらむね》のいたみ……売薬の効能書よりは、もっとむずかしい煩わしい病気にも立派に役に立つつもりだ。お爺さん。」

「…………」

かくても返事なき我耳《わが》を、医学生は自ら疑って、一息して立停《たちどま》った。

幾干の道を来りけん、日はいまだ斜ならねど、巌は潮の香にややかげった。

道の縺れたかげろうの末に、山吹の垣根に、あの卯の花を袖にして、緋のつつじの彷彿とした――夢のような姿を見た。――学校に通う娘は、ここでも袴ははくだろうに。――

峰は高い。浪の音は尚お響かずに、花桐の香の脈を伝って、芬《ぷん》と血に通った時である。

「お爺さん、医者がいらずば下男に代る……水を汲もう、断崖《がけ》を攀《よじ》て。……血を滴《た》らして、薪割もしよう、その葱を洗おう。僕の、姓、姓を西川というのも、この変の川に名がある。

過去の因縁であろうも知れない、一生を村に過しても可《い》い、お爺さん。」

と、自己陶酔に感傷して、声涙《せいるい》まさに到りつつ、

「ともなって、くれ給え。お爺さん、連れてってくれ。」

折から急な坂に爪立って、うしろから伸ばす手の、その襤褸《ぼろ》の袂《たもと》に届こうとしたと、同時であった。

屹《きっ》と振向いた老翁《じじい》の大なる青い顔に、きらりと一双《そう》の目が光った。

「うるせい。」

ひげ髪《かみ》が颯と揺れると、竹杖を片手に、衝《つ》と空《そら》ざまに高く指した。

医学生は、もんどり打って、腰から宙へ、鞠《まり》の如く縮んで飛んだ。その手足の、くるくると伸びた時、窪地一面、植棄ての小《ちい》さな菜畑の中へ真俯向《まうつむ》けに、のめずって落ちたのである。

雑樹の葉の茂《しげり》暗く、心も、朦々《もうもう》とした樹々の根と、竹藪の梢を二重《ふたえ》に隔てた、下の断崖《がけ》から、我胸《わが》に響いて聞えた。……

うら若い女の声で、

「じいやは……強いこと。」

「へ、へ、へ、人間は蝶々より、こなし易《よ》うがんすでの。」

五本松

衾《ふすま》に入ったのは十二時を聞いて小半時《こはんとき》経《た》った後で、秋の夜は長いから、それまでにいろいろな事があった。血気で好奇心の熾《さかん》な少年の為《す》る事は、自分と都合五人づれで、十一時過《すぎ》から天神山を指して登ったことである。

麓《ふもと》の町に澄渡った月の下に、まだ夜店が残って居た。三角形の行燈《あんどう》に、くだものと仮名を朱でかいた爺さんの店で、少しばかり売残った棗《なつめ》と、蒸栗《むしぐり》とを買って、ひえて冷《つめた》いのを手《て》ンでに袂に入れた。袂も重いほど、したしたと降るが如き夜露で、道すがら渡った小橋の欄干《らんかん》も、水を打ったようであった。

市《まち》の者が遊山場《ゆさんば》にするのであるから、坂も長くはない。又嶮《けわ》しくもないので、ただ処々《ところどころ》樹立《こだち》に入って暗くなり、森を潜《くぐ》って出ると明るくなる月夜の山道を、いずれも草の露に濡るる足を、重くも思わず浮かれて登る。

天神山《てんじんやま》と云う、其の巓《いただき》から道を転じて、愛宕《あたご》というのにかかって来た。是で臥龍山《がりゅうざん》の半腹を一廻《めぐ》りしたことになる。帰途になると、歩行《ある》くのに話の種子《たね》も途絶えたというもので、声を合せて謡《うた》をはじめた。

皆《みんな》で節《ふし》の揃うのも多度《たんと》はないから、おなじ歌ばかり繰返したのにも飽《あき》の来たので、後は思い思いに、軍歌、童謡、流行唄《はやりうた》、いかさまなぞめきも交って、人憚《はばか》らぬ高調子《たかぢょうし》、麓で聞いたら、猪狩《ししがり》の鯨波《とき》の声だと思うであろう、と然《そ》う思った時、山道の細い坂を一列になった、真《まッ》先《さき》に立って居た自分は、弗《ふ》と心着《こころづ》いた。

此《こ》の愛宕には、五本松《ごほんまつ》と云って、幾年経《ふ》るか、老松《ろうしょう》一株《しゅ》、岳《おか》の巓《いただき》に立って居るが、根から五本に別れて、梢《こずえ》が丸く繁って居る。

大屋根に上《あが》ると、土蜘蛛《つちぐも》の蟠《わだかま》ったような根から梢まで、間近にあからさまに見える。其の橋の上からでも、辻の角《かど》からでも、路地の中からでも、櫺子《れんじ》の窓からでも、凡《およ》そ全市街の要処要処、此松《このまつ》が見えて、景色を添えない処はない。

石燈籠《いしどうろう》を置くにも、遠景に此松を控え、池を造るにも、眺めに此松を添えると云ったようなもので、其の癖《くせ》慰みにあしらうべきものではなく、荒御霊《あらみたま》の魔神の棲家《すみか》であることを誰《たれ》も知らないものはない。尤《もつと》も幹の周囲《まわり》には注連《しめ》を飾って、傍《かたわら》に山伏の居る古寺《ふるでら》が一宇《う》ある。此の神木に対し、少しでも侮蔑を加えたものは、立処《たちどころ》に其《それ》の罰《ばち》を蒙《こうむ》るという、奇《く》しく怪しき物語は、口碑《こうひ》に伝って数うるに勝《た》えないが、其より、疑いもなく去年《こぞ》の秋。

塗師屋《ぬしや》の職人に源《げん》という俠気《きおい》が在って、大口を利く、豪傑《ごうけつ》がる、人を人とも思わぬのだから、神仏も何《なんに》もない。其癖《そのくせ》、春秋《はるあき》の社日《しやにち》の夜参詣《よまいり》、蓮如忌《れんによき》の山遊びなどは、欠《かか》した事がないのに、曰《いわ》く、俺様にかかっちゃ、天狗も馬の糞も何《なんに》もねえと、汚口《きたなぐち》を叩いて弥次郎兵衛《やじろべえ》のような太平楽《たいへいらく》。魔は夜中に騒《さわが》しいのを嫌うてえから、一番愛宕山を呼崩《よびくず》してくれべい、皆来《みんなき》ねえ、屁《ヘッぴ》放りの弱虫め、那様了簡《そんな》だから一人で寝るのだ、と罵《ののし》って、無理強いに連中《れんじゅう》を募った。

これが五人、件《くだん》の源さんが真先《まッさき》に立って、同じく天神山から鳴り下《くだ》って、愛宕へ懸ったのは丁度丑《ちょうどうし》の刻《こく》。

路《みち》が恁《か》く狭いのであるから、其時も一列になって下りて来たが、旋《やが》て五本松を通り過ぎ、麓の灯が足の下に見えた時、様《ざま》あ見《み》ろ、何《ど》うだ、魔なんざ身《み》もんだえも羽ばたきも出来るもんじゃあるめえがの、それ、と言って隊長傲然と振返《ふりかえ》ると、恁《こ》は如何に、誰《だあれ》も見えない。

——今まで背後《うしろ》に附着《くッつ》いて来たのが、四人とも影も形もなく、源、唯《ただ》一人になって居たから、あッと思った切《きり》。

手にも取られず、目にも見えないが、唯其《そ》の疾《はや》さは、鳶《とんび》が羽を伸ばした時ほどの、ものの気勢《けはい》に追懸《おッか》けられる。其の可恐《おそろ》しさに、丘とも謂《い》わず、崕《がけ》とも謂わず、狂い狂い逃げ廻ったが、前後不覚の間《あいだ》にも、あわれ、足疾鬼《そくしつき》も従うべからざる自転車に乗ったら、其の追う者から遁《のが》れて、人間界に帰る事が出来るだろう、と思い詰めて居たと、半年ばかり経《たっ》て源が本気になってから、前《さき》の世の事であったように思い出して語った。

其時の後の四人は、奈何《どう》して又《また》源が目から消えたというのに、一番最後《あと》の殿《しんがり》で歩行《ある》いて居た一人が、五本松の下でふッつりと鼻緒を切ったので、おや、と言って立停《たちどま》ると、何だ、何だ、というので、前へ立った三人言合《いいあわ》せたように気を揃えて、其のおや、の何なるかを怪《あやし》んで立停った、此の咄嗟《とっさ》の間《かん》に、源は何にも知らないで、平気で歩行いたから、少し離れて振返った時は、後の四人が立停った時だったのである。

四人は源を見失って、ついただ先へ帰ったものとばかり、別に怪まないで麓に下り、別れ別れに帰って寝た。夜中に源が家《うち》から尋ねて来たので、はじめて行方の知れないのに気が付いて、それから騒ぎ出したという。

心からでもあろう、然《しか》し夜《よ》も同じ時も同じ時、然《しか》も、言合せたような五人連《づれ》、自分は真先《まっさき》に立って居たから、異常はなくとも、あまり此処《ここ》で騒ぐのはよくないと、弗《ふ》と心に然《そ》う浮んだ。

訳を言って、唄うのを止《や》めさせよう、と思ったけれども、中には殊《こと》の外《ほか》臆病なのがあって、厭《いや》だというのを、是《これ》も些《ち》と無理強いに、負け惜《おし》みを出させて連れて来たので、自分と今一人《いまひとり》、高山という、是《これ》は殿《しんがり》を打って居た。二人は可《い》いが、慭《なまじ》っかな事言出《いいだ》して、此の山の中で、神経でも起されてはと思って、わざと言わずじまい。其儘《そのまま》自分だけは声を呑んだが、外連《ほかれん》は、こらしょの、こらさ、こらこらと好《いい》元気で、草木や山の香《か》が骨まで透《とお》る夜気《やき》にもめげず、麓へ下りたので、自分は吻《ほっ》という息を吐《つ》いた。

家《うち》に近い四辻《よつつじ》で、月明《つきあかり》に濡れた黒い姿で、横を向き、後《うしろ》になり、斜《ななめ》に立ち、手を挙げて、放《はな》れ放れに別れて帰った。

自分で戸締《とじまり》をして、二階へ上《あが》って衾《ふすま》を引被《ひっかつ》いだが、烈《はげ》しい夜露に浸された所為《せい》であろう、体は凡《すべ》て濡紙《ぬれがみ》で巻かれたようで、而《そう》して胸も背も冷たかった。

暗い木立の中を通す、一条《じょう》の月の光の明《あかる》い中を、山を貫いて歩行《ある》いて来た景色などを思い浮《うか》めながら、疲れてうとうとしたと思うと、瓦斯《がす》に犯されるような心持《こころもち》、唇がはしゃいで、頭《つむり》が赫々《かっかつ》と逆上《のぼせ》るので、うっとりしながら目を擦って起上《おきあが》る。

枕元に置いた金《かね》の火鉢に、寝るのだから埋《うず》んで置いた、ごつごつした大きな炭が、不残真《のこらずまっ》赤《か》になって烈々《れつれつ》となって燃える。

顔を向けると咽《む》せそうなのに、再び掻寄《かきよ》せて灰を浴せて、そのまま仰向けになったが、其時から目が冴えた、枕にした愛宕の山颪《やまおろし》は、五本松を潜って襲うが如く身に浸《し》みる。

ひっそりして物音もしない時、颯《さつ》とばかりに戸外《おもて》を駈けて行くものの気勢《けはい》がある。其《それ》とも思《おも》い料《はか》らず、ふと考えた、其の疾さは丁《ちょう》ど犬が全速力を籠めて四足《よつあし》で駈けるほどで、而《そ》して唯脚《ただあし》ばかりではない、凡《およ》そ鳶《とび》が伸《の》したばかりの翼を備えた物であろうと思い取った、更《さら》にその駈けて行ったのを、地を行《ゆ》くでもなく、又宙《ちゅう》を飛ぶでもなく、着かず放れず其の翼の尖《さき》、脚の裏がかすかに地に着いたほど、地の上一寸《すん》の所を矢の如くに過《よぎ》り去《さ》ったかのようである。

ものの音はただ一瞬間であったが、其の気勢《けはい》は脈々として長く、耳に残って消え失せない。

自分は其の形跡を窺おうと思って、衾から離れて出て、障子を開けて雨戸に手をかけたが、少し猶予《ためら》った。

月明りは板戸の隙から一筋入って、灯《ひ》を後《うしろ》にした寝衣《ねまき》の襟へさす、此の明るさでは、虫も見えよう、今戸を開けて、戸外《おもて》に甚麽《どんな》ものを見ようも知れぬ、と殆ど想像し得られない怪《あやし》い形を心に描いて逡巡《しゅんじゅん》したのである。

けれども、思切《おもいき》って一枚開けた、板戸一枚ががたりと入った、戸袋へどんと手頃な石塊《いしころ》を打当《うちあ》てた音がした。

目を眠って坐ったが、及腰《およびごし》に戸外《おもて》を透《すか》すと、誰も居ない、向《むこう》の屋根と其の隣の蔵があるばかり、何にもない、真昼のような月夜である。

もの音の過《よぎ》り去った、西の方《かた》なる町の果《はて》には、白々《しらしら》と霧がかかって居た。

落着《おちつ》いて、密《そっ》と静《しずか》に又雨戸を閉めて、障子には気が付かず、閉めると旋《やが》て、つかつかと引《ひっ》返《かえ》して、倒れるように衾に入って、襟を顔の半ばに引掛《ひっか》けて、熟《じっ》として居た。

木太刀《きだち》を打合《うちあ》う音、駈違《かけちが》い入乱《いりみだ》るる数百人の跫音《あしおと》、一《ひと》しきり止むと、女のひいひい泣く声がする。又太刀《たち》の音、足の音、一《ひと》しきり止《や》む、と又泣声がする。手に取るように聞える。が間近ではない。町を一つ隔てた山の麓の通りから、曩《さっき》渡った橋の上へかけて、推《お》しつ返しつ、恰《あたか》も軍《いくさ》が始ったようであった、其の不思議よりも、寧《むし》ろ是を聞いて居た自分を怪《あやし》まねばならぬ。

凡《およ》そ此の修羅《しゅら》の消息は、絶えず一二時間も続いたろう。果《はて》は聞き馴れて敢《あえ》て耳を欹《そばだて》ず、気も遠くなってうとうとすると、何という先触《さきぶれ》はなしに、唯彼《か》の高山というのが血だらけになって戸を敲《たた》いて来る、手も足も血塗《ちまみれ》になって来るから、戸を開けて入れてやらねばならない、と然《そ》う思い思い、うっとりとなって寝たものらしい。

起きると、我ながら慌《あわただ》しくなって駆《か》けて家を出て、然《さ》まで遠方ではなかった其人《そのひと》の下宿を尋ねた。

いつもの寝坊が早起もおかしいのに、机の前に、寝衣《ねまき》の儘茫《ままぼう》乎《っ》ともの思《おもい》をして坐って居たが、顔を見ると突然《いきなり》自分の名を呼んで、昨夕《ゆうべ》は何事もなかったか、と言った。渠《かれ》もよく寝付かれなかったので、これは礫《つぶて》も打たれず、怪禽《かいきん》の地を駆けるのも知らなかったが、修羅の消息は同じように聞いたのである。

而《そ》して恐ろしい様《よう》な顔をして見せた。両手とも赤いものに浸されて居た。顔を洗おうとして弗《ふ》と気が注《つ》いたと言った。掌《たなそこ》と甲《こう》は落《おと》したが、まだ洗い残した指と指との間は、十本とも斑《まだら》に黒ずんだ色の赤いものに塗《まみ》れて居たので、赤インキでもない、朱でもない、魚《うお》の腸《はらわた》の色でもないが、血じゃあるまい、けれども顔を見合《みあわ》せた時は、心々《こころごころ》に頷いた。

窓を開ければ五本松の梢が、向《むこう》の物干しの陰からほッかりと見えるのだけれど、何か憚《はばか》る処があって、其《その》二三日は垂籠《たれこ》めて居た、其《それ》だけで無事であった。

怪談女の輪

枕に就いたのは黄昏《たそがれ》の頃、之《これ》を逢魔《おうま》が時《とき》、雀色時《すずめいろどき》などという一日の内《うち》人間の影法師が一番ぼんやりとする時で、五時から六時の間に起《おこ》ったこと、私が十七の秋のはじめ。

部屋は四畳《よじょう》敷けた。薄暗い縦に長い一室、両方が襖《ふすま》で何室《どっち》も他の座敷へ出入《でいり》が出来る。詰《つま》り奥の方から一方の襖を開けて、一方の襖から玄関へ通抜《とおりぬ》けられるのであった。

一方は明窓《あかりまど》の障子がはまって、其外《そのそと》は畳《たたみ》二畳ばかりの、しッくい叩《だたき》の池で、金魚も緋鯉《ひごい》も居るのではない。建物で取廻《とりま》わした此《こ》の一棟の其池のある上ばかり大屋根が長方形に切開《きりひら》いてあるから雨水が溜って居る。雨落《あまおち》に敷詰めた礫《こいし》には苔が生えて、蛞蝓《なめくじ》が這《は》う、湿《し》けてじとじとする、内《うち》の細君が元結《もとゆい》をここに棄てると、三七二十一日《さんしちにじゅういちにち》にして化して足巻《あしまき》と名づける蟷《かま》螂《きり》の腹の寄生虫となるといって塾生は罵《ののし》った。池を囲んだ三方の羽目《はめ》は板が外《はず》れて壁があらわれて居た。室数《へやかず》は総体《そうたい》十七もあって、庭で取廻した大家《たいけ》だけれども、何百年の古邸《ふるやしき》、些《すこし》も手が入らないから、鼠《ねずみ》だらけ、埃《ほこり》だらけ、草だらけ。

塾生と家族とが住んで使っているのは三室《みま》か四室《よま》に過ぎない。玄関を入ると十五六畳《じゅうごろくじょう》の板敷、其《それ》へ卓子椅子《テエブルいす》を備えて道場といった格の、英漢数学の教場《きょうじょう》になって居る。外の蜘蛛の巣の奥には何が住んでるか、内の者にも分りはせなんだ。

其日から数えて丁度《ちょうど》一週間前の夜《よ》、夜学は無かった頃で、昼間の通学生は帰って了《しま》い、夕飯が済んで、私の部屋の卓子《つくえ》の上で、灯下《とうか》に美少年録《びしょうねんろく》を読んで居た。

一体塾では小説が厳禁なので、うっかり教師に見着《みつ》かると大目玉を喰うのみならず、此《この》以前も三馬《さんば》の浮世風呂を一冊没収されて四週間置放《ししゅうかんおきつぱな》しにされたため、貸本屋から厳談《げんだん》に逢って、大金を取られ、目を白くしたことがある。

其夜は教師も用達《ようたし》に出掛けて留守であったから、良落着《ややおちつ》いて読みはじめた。やがて、

二足つかみの供振《ともぶり》を、見返《みかへ》るお夏は手を上げて、憚様《はゞかりさま》やとばかりに、夕暮近《ぢか》き野路《のぢ》の雨、思ふ男と相合傘の人目稀《まれ》なる横澍《よこしぶき》、濡れぬ前《さき》こそ今はしも、

と前後も弁《わきま》えず読んで居ると、私の卓子《つくえ》を横に附着《つきつ》けてある件《くだん》の明取《あかりとり》の障子へ、ぱらぱらと音がした。

忍んで小説を読む内は、木にも萱《かや》にも心を置いたので、吃驚《びっくり》して、振返《ふりかえ》ると、又ぱらぱらといった。

雨か不知《しら》、時《とき》しも秋のはじめなり、洋灯《ランプ》に油をさす折に覗いた夕暮の空の模様では、今夜は真昼の様な月夜でなければならないがと思う内も猶其音《なおそのおと》は絶えず聞《きこ》える。おやおや裏庭の榎《えのき》の大木《たいぼく》の彼《あ》の葉《は》が散込《ちりこ》むにしては風もないがと、然《そ》う思うと、はじめは臆病で障子を開けなかったのが、今は薄気味悪くなって手を拱《こまぬ》いて、思わず暗い天井を仰いで耳を澄ました。

一分、二分、間《あいだ》を措《お》いては聞える霰《あられ》のような音は次第に烈しくなって、池に落込む小滴《こしぶき》の形勢《けはい》も交って、一時は呼吸《いき》もつかれず、ものも言われなかった。だが、しばらくして少し静まると、再びなまけた連続した調子でぱらぱら。

家の内は不残《のこらず》、寂《しん》として居たが、この音を知らないではなく、いずれも声を飲んで脈を数えて居たらしい。

窓と筋斜《すじかい》に上下差向《うえしたさしむか》って居る二階から、一度東京に来て博文館の店で働いて居たことのある、山田なにがしという名代《なだい》の臆病ものが、あてもなく、おいおいと沈んだ声でいった。同時に一室《ひとま》措いた奥の居室《へや》から震え声で、何でしょうね。更に、一寸《ちょっと》何でしょうね。止《や》むことを得ず、ええ、何ですか、音がしますが、と、之をキッカケに思い切って障子を開けた。

池はひっくりかえっても居らず、羽目板《はめいた》も落ちず、壁の破《やぶれ》も平時《いつも》のままで、月は形は見えないが光は真白《まつしろ》にさして居る。とばかりで、何事も無く、手早く又《また》障子を閉めた。音はかわらず聞えて留《や》まぬ。

処《ところ》へ、細君《さいくん》はしどけない寝衣《ねまき》のまま、寝かしつけて居たらしい、乳呑児《ちのみご》を真白な乳のあたりへしっかりと抱いて色を蒼《あお》うして出て見えたが、ぴったり私の椅子の下《もと》に坐って、石のように堅くなって目を睜《みは》って居る。

おい山田下《お》りて来い、と二階を大声で呼ぶと、ワッといいさま、けたたましく、石垣が崩れるようにがたびしと駈け下りて、私の部屋へ一所になった。いずれも一言《ひとこと》もなし。

此上何事《このうえなにごと》か起ったら、三人とも団子に化《な》ってしまったろう。

何だか此《この》池を仕切った屋根のあたりで頻《しきり》に礫《つぶて》を打つような音がしたが、ぐるぐる渦を巻いちゃあ屋根の上へ何十ともない礫がひょいひょい駈けて歩行《ある》く様だった。おかしいから、俺は門の処に立って気を取られて居たが、変だなあ、うむ、外は良《い》い月夜で、虫の這うのが見えるようだぜ、恐しく寒いじゃあないか、と折から帰って来た教師はいったのである。

幸い美少年録も見着《みつ》からず、教師は細君を連れて別室に去り、音も其《それ》ッ切《きり》聞えずに済んだ。

夜が明けると、多勢《おおぜい》の通学生をつかまえて、山田が其吹聴《そのふいちょう》といったらない。鵺《ぬえ》が来て池で行水を使ったほどに、事大袈裟《ことおおげさ》に立到《たちいた》る。其奴《そいつ》引捕《ひっとら》えて呉《く》れようと、海陸軍を志願で、クライブ伝、三角術《さんかくじゅつ》などを講じて居る連中が、鉄骨の扇、短刀などを持参で夜更まで詰懸《つめかけ》る、近所の仕出屋から自弁で兵糧《ひやく》を取寄《とりよ》せる、百目《め》蠟燭《ろうそく》を買入《かいい》れるという騒動。

四五日経《た》った、が豪傑連《ごうけつれん》何の仕出したこともなく、無事にあそんで静まって了《しま》った。扨其《さてその》黄昏には、少し風の心持《こころもち》、私は熱が出て悪寒《さむけ》がしたから掻巻《かいまき》にくるまって、転寝《うたたね》の内も心が置かれる小説の捜索をされまいため、貸本を蔵《かく》してある件《くだん》の押入に附着《くッつ》いて寝た。眠くはないので、ぱちくりぱちくり目を睜《あ》いて居ても、物は幻《まぼろし》に見える様になって、天井も壁も卓子《テエブル》の脚も段々消えて行《ゆ》く心細さ。

塾の山田は、湯に行って、教場にも二階にも誰《たれ》も居らず、物音もしなかった。枕頭《まくらもと》へ……ばたばたという跫音《あしおと》、ものの近寄る気勢《けはい》がする。

枕をかえして、頭《つむり》を上げた、が誰も来たのではなかった。

しばらくすると、再び、しとしとしとしとと摺足《すりあし》の軽い、譬《たと》えば身体《からだ》の無いものが、踵《きびす》ばかり畳を踏んで来るかと思い取られた。また顔を上げると何にも居らない。其時《そのとき》は前より天窓《あたま》が重かった、顔を上げるが物憂《ものう》かった。

繰返《くりかえ》して三度、また跫音がしたが、其時は枕が上らなかった。室内の空気は唯弥《ただいや》が上に蔽《おお》い重《かさな》って、おのずと重量が出来て圧《おさ》えつけるような！

鼻も口も切《せつな》さに堪えられず、手をもがいて空《くう》を払《はら》いながら呼吸《いき》も絶《た》え絶《だ》えに身を起した、足が立つと、思わずよろめいて向《むこ》うの襖へぶつかったのである。

其《その》まま押開《おしあ》けると、襖は開《あ》いたが何となくたてつけに粘気《ねばりけ》があるように思った。此処《ここ》では風が涼しかろうと、其《それ》を頼《たのみ》に恁《こ》うして次の室《ま》へ出たのだが矢張蒸暑《やっぱりむしあつ》い、押覆《おっかぶ》さったようで呼吸《い》苦《き》し《ぐる》い。

最《も》う一ツ向《むこ》うの広室《ひろま》へ行《ゆ》こうと、あえぎあえぎ六畳敷を縦に切って行くのだが、瞬く内に凡《およ》そ五百里も歩行《ある》いたように感じて、疲労して堪えられぬ。取組《とりすが》るものはないのだから、部屋の中央《まんなか》に胸を抱《いだ》いて、立ちながら吻《ほっ》と呼吸《いき》をついた。

まあ、彼《あ》の恐《おそろ》しい所から何《ど》の位離れたろうと思って怖々《こわごわ》と振返ると、ものの五尺とは隔たらぬ私の居室《いま》の敷居を跨《また》いで明々地《あからさま》に薄紅《うすくれない》のぼやけた絹に搦《から》まって蒼白い女の脚ばかりが歩《あ》行《る》いて来た。思わず駈け出した私の身体《からだ》は畳の上をぐるぐるまわったと思った。其《そ》のも一ツの広室《ひろま》を夢中で突切《つッき》ったが、暗がりで三尺の壁の処へ突当《つきあた》って行処《ゆきどころ》はない、此処で恐しいものに捕えられるのかと思って、あわれ神にも仏にも聞えよと、其壁《そのかべ》を押破《おしやぶ》ろうとして拳で敲《たた》くと、ぐらぐらとして開《あ》きそうであった。力を籠《こめ》て、向《むこ》うへ押して見たが効《こう》がないので、手許へ引くと、颯《さつ》と開《ひら》いた。

目を塞いで飛込もうとしたけれども、あかるかったから驚いて退《さが》った。

唯《と》見ると、床の間も何にもない。心持十畳ばかりもあろうと思われる一室《ひとま》にぐるりと輪になって、凡そ二十人余《にじゅうにんあまり》女が居た。私は目まいがした故《せい》か一人も顔は見なかった。又《また》顔のある者とも思わなかった。白い乳を出して居るのは胸の処ばかり、背向《うしろむき》のは帯の結目《ゆいめ》許《ばか》り、畳に手をついて居るのもあったし、立膝《たてひざ》をして居るのもあったと思うのと見るのと瞬《また》くうち、ずらりと居並んだのが一斉に私を見た、と胸に応《こた》えた、爾時《そのとき》、物凄い声音《こわね》を揃えて、わあといった、わあといって笑いつけた何とも頼《たのみ》ない、譬えようのない声が、天窓《あたま》から私を引抱《ひっかか》えたように思った。トタンに、背後《うしろ》から私の身体《からだ》を横切ったのは例のもので、其《その》女の脚が前へ廻って、眼さきに見えた。啊呀《あなや》という間に内へ引摺込《ひきずりこ》まれそうになったので、はッとすると前へ倒れた。熱のある身体《からだ》はもんどりを打って、元のまま寝床の上にドッと跳《おど》るのが身を空に擲《なげう》つようで、心着《こころづ》くと地震かと思ったが、冷《つめた》い汗は滝のように流れて、やがて枕について綿のようになって我に返った。奥では頻に嬰児《あかご》の泣声がした。

其《それ》から煩《わずら》いついて、何時《いつ》まで経っても治らなかったから、何もいわないで其の内をさがった。直ちに忘れるように快復したのである。

地方でも其《その》界隈は、封建の頃極めて風の悪い士町《さむらいまち》で、妙齢の婦人の此処へ連込《つれこ》まれたもの、また通懸《とおりかか》ったもの、況《ま》して腰元妾奉公《こしもとめかけぼうこう》になど行ったものの生きて帰った例《ためし》はない、とあとで聞いた。殊《こと》に件《くだん》の邸《やしき》に就いては、種々《しゅじゅ》の話があるが、却《かえ》って拵事《こしらえごと》じみるからいうまい。

教師は其《その》あとで、嬰児《あかご》が夜泣をして堪えられないということで直《じき》に余所《よそ》へ越した。幾度も住人《すみて》が変って、今度のは久しく住んで居るそうである。

傘

ここを――広坂《ひろさか》通り、県庁前と言って、目貫《めぬき》の場所だけれど、颯《さつ》と木がらしに落来《おちく》る木の葉は、今ごろ東京に散りしきる、柳、すずかけの葉のような町らしいものではない。すぐ界隈は昔の家中《かちゅう》、邸小路《やしきこうじ》で、庭はおのおの広し、例の公園に近いから、其処《そこ》に年経《としふ》る密樹鬱林《みつじゅうつりん》を吹払《ふきはら》って、深山路《みやまじ》の冬の風情《ふぜい》を其《そ》のままに、舞いかかって、ぱらぱら乱れる。風一条《かぜひとすじ》渡るごとに、此の大路を往来《ゆきき》する人の数よりも繁《しげ》く、空にも地にも吹散《ふきち》って、空蟬《うつせみ》のような楢《なら》、そめたる柞《ははそ》の葉が、はらはらと、灰色の軒《のき》を渡るかとすれば、吃驚《びっくり》するような朴《ほお》の葉の大きなのが、小猪《こじし》のように、がさがさがさと濡地《ぬれつち》を這って行《ゆ》く。櫨《はじ》、漆《うるし》の小さな紅《べに》が、夢の紅梅のように、ちらちらとまじるばかりで、今年はもみじには些《ち》と早い。初霜《はつしも》もまだ置かなそうである。――で、此《こ》の凩《こがらし》も、妙に生暖くて、そして、時々思い出すように時雨《しぐれ》が来た。

——朝飯《あさはん》の後《のち》、少時《しばらく》して、私は傘を借りて旅宿《りょしゅく》を出た。其の時は、門《かど》の柳にも、松にも、前の小川の水の流《ながれ》とともに、音がして降って居た。「旦那さん重たいでしょうね。」と女中が言ったが、姿が優《ゆう》なためと、お買被《かいかぶ》り下すっては恥入る。さし手が小男《こおとこ》で、脊の低い処へ番《ばん》傘《がさ》の太い大《おお》きいのに、女中が同情をしたのである。成程《なるほど》大い。唯《と》、杵《きね》を抱いたほどある。開けたり窄《すぼ》めたり、次手《ついで》に化けたりもしそうな、煤色《すすいろ》の此の古傘《ふるがさ》の、しかし轆轤《ろくろ》のまわりに、輪にして藤の花を繞《めぐ》らしたが、墨描《すみがき》の葉も、藍色の枝も、はや冬ざれたのを、婆娑《ばさ》と翳して、件《くだん》の流の板橋の破目《われめ》を渡りかけた、外套《がいとう》を被《き》た男は、栗鼠《りす》が葡萄棚を伝うに似て居る。送出《おくりだ》す女中を、ちょろりと見返って、「地震よけに成るね、瓦が落ちても大丈夫だ。」と、情《なさけ》なや、うっかり臆病を顕《あらわ》すと、「あら、旦那さん、雪の用心に丈夫にしてあるのですよ。」と言った。

まったく、雪を凌ぐための巌乗《がんじょう》さである。私は忘れたのではない、敢て番傘には限らない、土地の女たちが半ば伊達に持つ蛇目傘《じゃのめがさ》さえ、骨の太さは皆同じである。

馴れないと、一廉荷《いっかどに》に成る。半分は珍しく、面白さに、此《これ》を真直《まっすぐ》に翳《かざ》して、其処等《そこいら》の裏町、細小路《ほそこうじ》をあっちこっち、格子戸《こうしど》に竹《たけ》の子傘《こがさ》の雫《しずく》を切って、此頃《このごろ》とれさかる小鯛を売る魚屋の、値が出来たか、以前に変らず紺前垂《こんまえだれ》の真田《さなだ》の紐《ひも》から矢立《やたて》を抜いて、起身《たちみ》で帳面をつける処だの、破門《やぶれもん》の片扉《かたとびら》に半身《はんしん》で、御新造《ごしんぞ》が鰯《いわし》を買うと、此方《こなた》に、南瓜被《とうなすかぶ》りで菅笠《すげがさ》のまま、大股に蹲《しやが》み込んで、「しょッしょッしょッ、」と銀色に青光る小鰯を数うる状《さま》だのを、視《なが》めながら、歩《あ》行《る》くうち、大粒な雨かと思えば、落葉で、もう小雨《こさめ》に成って、大通りへ出たのであったが。

―――

擦違《すれちが》うほどでもなく、また寂しいほどでもない。三々五々《さんさんごご》に往《ゆき》かう人たちに、ふと何心《なにごころ》なく気が着くと、一人一人《ひとりひとり》、傘の持ち方が……ハテナ不思議と言って可《よ》い。

ここに、露を厭《いと》うとも見えない女房の、裾短《すそみじか》に、紺の鯉口を着たのが、手を恁《こ》う横に突出《つきだ》して、傘の蜻蛉《とんぼ》の糸を指に掛けて、ぶらりと宙に釣って行《ゆ》くのが来た。その横を行く、勤人《つとめにん》らしい洋服は、小脇から胸へ掛けて、傘の胴中《どうなか》を引挟《ひっぱさ》んでてくと通る。轆轤を腰骨に押当《おしあ》て、柄《え》を長く横すじかいに突出して行く職人がある。其《そ》の又蜻蛉と柄を両手に、胸前《むなさき》へ高く斜違《はすかい》に握って、来やがれと、捻じて顱巻《はちまき》にしそうな若衆《わかいしゅ》。皿まわしのように掌に立てた小僧が来る。引担《ひっかつ》いだのは三人五人、言うまでもない。……希有《けう》なのは肩にとんぼをつけて、柄を斜《はす》に矢大臣《やだいじん》の如く突立《つった》てたのがある、此《これ》がいい年をさっしゃった親仁《おやじ》さんで。……雨はもとより、ふわふわと生ぬるい風に浮いて、傘はさしても翳《さ》さないでも可《よ》かったのであるが、内端《うちは》らしい娘さえ尋常に、柄をすぼめて膝につけて持つのはない。袖を開いて大道《だいどう》へ横ざまに突っ張るのである。然《そ》うかと思うと、制帽の学生の二人、肩と肩で並んだのは、一人が洋傘《こうもり》を畳んで、ずるずると引摺《ひきず》って、一方の持った傘一つに相々傘《あいあいがさ》で行《ゆ》くのがある。あとへ続いたおなじ学生たちは、「猿が鉄砲かついだやれ担《かつ》いだ。」と揃って行《ゆ》く。在所《ざいしょ》から連立《つれだ》って、ぞろぞろ出た婆さんの、おお辛度《しんど》と、両手を腰へ、傘の両端《りょうはし》を取って、真中でとんとん屈腰《こごみごし》をたたくのに、連立って、按摩《あんま》の川渡りと云うみえで、頸窪《ぼんのくぼ》に横に背負《しょ》って、杖をついた爺《おやじ》どのは、元気だと（木）の字に見えよう、とぼとぼとして案山子《かかし》の形がある。恰《あたか》もこれが一叢《ひとむら》深き樹立《こだち》の梢に、空《そら》に真白な十字を掲げた天主教《てんしゅきょう》の会堂の前を辿るのを見たのも妙である。

申すまでもないが、一人として人間の横に這うのもなければ、空に飛跳《とびは》ねるものもない。傘ばかりは縦横無尽で、雲の中を怪しく落来《おちく》る木の葉の中に入乱《いりみだ》れて、異類異形の体《てい》がある。

この土地で、昔から魔所《ましょ》だと伝える、鞍《くら》ケ嶽《たけ》、黒壁谷《くろかべだに》の巌頭《がんとう》に天狗が居て、傘の印を結んで、市中を掻擾《かきみだ》すが如き趣《おもむき》があった。

「ああ、傘の大地震《おお》だ。」

私は柿の実のあかあかと色づいた、岐路《えだみち》へ避けて入って、うっかり呟《つぶや》いて、そしてひとりで苦笑した。

思うまい……地方はのん気なのである。

以前、私は東京へ来たてに、言ったような傘の持方をして、三代住んだ神田の叔父《おじ》さんに引叱《ひっちか》られた。

「江戸じゃあ、そんな傘の持ちようをしちゃあ不可《いけね》え、往来《おうらい》の邪魔に成《な》る。」

いかにも以《もっ》てお説《せつ》の通り。そんなのは往来のさまたげにも成れば、電車の中でも宙ぶらりんにぶら下げて、揺れる度に振廻《ふりまわ》して、乗客《じょうかく》の胸もつつけば、頬も叩き、目を掻払《かっぱら》う、厄介な連中《れんじゅう》に相違ない。

都会人は、傘の持《もち》かたに於《おい》て、一定の規律があって、自然に謙遜の徳を備えて居る。然《しか》ざるものが不作法に大手を振る。——と言うのだ。が、神田の叔父《おじ》き、少し無理だ。此は傘が幅《はば》ッたくて、土性骨《どしょうぼね》の太いために、もちおもって扱いかねるためである。

雪国だ。

焼原《やけはら》の住人が見ても、且《か》つ同情すべきである。

なぞと言ううちに、私も人が見ると、梢《こずえ》の柿を狙って居そうな持ちようをして居て、また一人で笑った。

けれども、其の余りに目について、荒れに荒れたる傘の状《さま》は、天狗のなせる業《わざ》ではなくとも、少《すく》なくとも黒雲《くろくも》のふるまいだった事が後《のち》に分《わか》った。

もう其のうちに、大分風《だいぶ》が出て、悪くなま暖《あったか》いのがどッどッと吹く。鬼川《おにがわ》と言う、称《な》は凄じいけれども、旅店の前の流《ながれ》のつづきで、もと其の川べりを学校へ通った可懐《なつか》しい思い出のある、一方土塀《どべい》きりで寂しい小川の処へかかると、此方《こちら》も、持《もち》おもりのした傘なりに、横ぶきに流の方へ吹《ふき》つけられて、ぶらぶら歩行《ある》きには些《ち》と骨が折れ過ぎた。

さすがは城下だ。石段に、襟白粉《えりおしろい》のこまかに伸びた、島田髷《しまだまげ》の葱《ねぎ》を洗う姿が見えるほどだから、風に吹落《ふきおと》されもしまいとは思ったが、すぐ宿の方へ引返した。

「お早いお戻り、……お帰りやす。」

「一寸《ちょっと》、わすれものをしましたよ。」

半日、ぶらつきそうな様子で出たのが、ものの三十分と経《た》たないから、少々極《きまり》が悪いため、なぞと言って、「返すよ」と傘を女中に渡して、玄関の、絵が雲に龍、彫《ほり》が波に兎《うさぎ》という衝《つい》立《たて》の裏へ入って廊下を渡った。

家内は植込《うえこみ》の松の硝子《がらす》にうつる、明障子《あかりしょうじ》に、姿見《すがたみ》に向って、一寸容子《ようす》のいい円髷《まるまげ》に結った髪結が鬢《びん》を撫でつけて居た処だった。(註、容子のいいのは髪結で。)

余計な事だが、しかし此も道中記の挿画の一枚である。但し自画《じが》だから、ひどく拙《まず》い。

いや、そんな事は何《ど》うでもいい。やがて、ごろんと寝転んだ。足を揃えて思う状伸《さまのば》した処は、さながら傘を倒した形だ。これに掻巻《かいまき》が掛った。贅沢な傘だ。

目の覚めた頃、電話が掛ったのを、家内《かない》が取次いで、好《すき》な御馳走《ごちそう》をしますから晩においでなさいって、と言う、私の従姉《いとこ》の家からである。

「雄《ゆう》ちゃんが電話に出ました。」

「ああ、お婿さんか。――五音《いん》の調子は何《ど》うだい。」

これは従姉の惣領が、四五日のうちに、ある良家《りょうか》の娘と結婚する。――式もあろうと言うので。……逗留の日取を延して、是非その披露目の席へ連るようにと、相談を受けて居た処だから。

「いま時の若い方に、誰が女に、お嫁さんごときに、胸をどきつかせる人があるもんですか。――お前さんじゃアあるまいし。」

「これは御挨拶だ。」

とゆいたての銀杏返《いちょうがえし》に、背中を向けて寝返りを打って、

「五音の調子は乱れないでも、陽気は些《ち》と狂ってるよ。それに大分《だいぶ》風立《かぜだ》つから、お光《みつ》さん(従姉の名。)はふさいで居るぜ。あの元気な人だが、風吹《かぜつぷき》と言うと一《いち》も二《に》もない、奥の仏間へ引込んで、夜具《やぐ》を引被《ひっかぶ》って寝るんだから可笑《おかし》い。」

「然《そ》う、私たちの雷様《かみなりさま》の時のようね。」

「不可《いけな》いよ。船中——いや、道中にて、左様な事は申さぬものさ。」

しかし、悪いことを言当《いいあ》てた。

其の従姉の家へ行《ゆ》くのに、連立《つれだ》って……雨は歇《や》んで居たが、雲が暗いから、用心に件《くだん》の藤の絵の番傘を一本だけ持って出た。——裏町の魚屋のたたきに、そうめん鮴《ごり》と言う此の土地の白魚《しらうお》が霜の如くちょぼちょぼ溢《こぼ》れて、桶に、潟《ひがた》の鮒《ふな》が押重《おしかさな》って霙《みぞれ》の泡を吹く処は、朝夕、日中の時雨も、もうやがて霰《あられ》の時節で、雪に近い。

その癖、変にまだ生暖《なまあつたか》く、黒雲は犀川《さいかわ》の空に満ちた。白山《はくさん》はもとより、おなじみの医王山《いおうぜん》、宝達《ほうだつ》ケ峰《みね》、御前《ごぜん》ケ嶽《たけ》、鞍ケ嶽の尾も隠れ、片鐙《かたあぶみ》も見えないで、不気味に、灰汁《あく》で墨を和《あ》えたようなのが、鯨《くじら》の如く累《かさな》って動いたが、いま時分、まさか（鳴る）なぞとは思わなかった。

大通りへ出て、太神宮様《だいじんぐうさま》へお参りした。——御手洗《みたらし》に預け申した、その番傘を小《こ》わきに、そこらに軒を並べた飲食店をうそうそと差覗《さしのぞ》いて、

「途中でも方々《ほうぼう》で見掛けたぜ。——到る処が天麩羅《てんぷら》だ。——此の頃此地《こっち》じゃあ、ひどくすきに成ったものと見えるね。以前はなかった事です……挙《こぞ》って天麩羅を嗜《たしな》む、これ何の兆《ちょう》ぞや。」

と皆まで言わせず、家内が袂《たもと》を引いて、

「太神宮様《だいじんぐう》で、説教は可笑《おかし》いね。」

一言《いちごん》もない。元来天麩羅を驕《おご》るでもなし、何処《どこ》と言って案内をするでもないから、せめて、先刻《せんこく》見た往来の人の傘の奇観さを、実地に説明をしようなぞと思ったが、目立つほど傘を持ったものは、今はない。続々通るお勤人《つとめにん》は、皆洋傘《こうもり》で、いずれも、ひけ時のお歴々だから失礼だと思って黙った。

いや果《はた》せる哉《かな》。従姉は、私たちが茶の間に入ったのを見ると、奥の仏間の襖を開けて、引《ひっ》かぶったばさばさ髪で、頸脚《えりあし》のいい人が、肩を押《おし》すくめて憤《おこ》ったように出て来た。

「やあ果せる哉……」

と、くすくす行《や》ると、従姉は、眉も口も一所にしかめて、睨むように顔を見て、

「勝手にお笑いなさい。」

それ切《きり》、串戯《じょうだん》も言わず、七輪《しちりん》を茶の間の隅へ持出して、大鉄鍋《おおてつなべ》を掛けながら、

「何《ど》うも、台所を引《ひっ》くり返して乱暴ですけど、火の用心が可恐《こわ》うござんしてね。……風の吹きます朝は、子供たちに弁当も持たせません、皆麵麭《パン》なんですの。」

と家内に話し、話し、板昆布《いたこぶ》を一枚、鳶《とび》の羽のように投込んだ。ふツふツと煮立つ処へ、

一升罎《しょうびん》から、たぶたぶと灌《そそ》ぐ。

「酒《さか》しおだね、……ああ、惜《おし》いなあ。」

「誰も飲《のま》せないとは申しません。——後でいくらでも差上げますから。」

と又邪慳《またじやけん》に叱って、

「何故でしょうねえ、何処のでも、のみ手と言うと、酒汐《さかしお》を惜しがりますのね。」

「意地が汚うございますこと。」

ヘッ、高慢な顔で煙草を吹かす。

薬味の葱の香《か》が立つと、め笊《ざる》に水を切って置いた、雪のような魚の切身を煮た。——これが、お約束の御馳走の、鱈《たら》であった。

「姉さんのは焼いた方。——あなたのは、煮なくっては不可《いけな》いから、その煮た方。……」

「鯛の尾頭つきだね。——御芳志千万 忝《かたじけな》く、……」

と反《そ》った魚《やつ》を睨みながら、フッと湯気を吹いて鱈の汁を頂戴した。——蔵の前の地袋をうしろに控えて、食卓台《ちゃぶだい》で、熱燗《あつかん》で、いい男の雄《ゆう》ちゃんも加わった。

「兄さん、兄さん、兄さん。」

俄然、お光《みつ》さんが茶の間から、けたたましく、地蹈鞴《ぢたたら》を踏んで来て、

「はい、お熱いの。」

と、身体《からだ》から揉出《もみだ》すように、うつくしく、忙《せわ》しく、花火のような笑《えみ》を溢《こぼ》して、

「ああ、嬉しい。」

「何《ど》うしたの。」

と真顔に成って愕然とすると、雄ちゃんも、きょとんとした。

「風が止みましたよ、……」

と頤《あご》で掬《すく》うように、私の顔を覗込《のぞきこ》んで、

「その、かァわァりぃ――」

と、ああ、気味の悪い。前髪を暗く、おばけの真似……

「……ごろごろ様が鳴って来たわよう。」

「え、」

「敵《かたき》が取れた。――ああ、嬉しい。」

ざざっと鉢前《はちまえ》にそそぐ雨の中に、土蔵の奥の方で、ごうと吼《うな》る。

「海の、方からァ、来ましたよ。」

鱈も、銚子《ちょうし》もソレ背負《しょ》って行け、と私はぐたりとして横に倒れた。雨は一息ずつ強く成る。

雷が続いて鳴った。

雷鳴と、雨との中に、あろう事か、おほほ、あはは、と従姉の笑う声がすると、蔵の中からどしんと投出《なげだ》した、――もう十一月だ、しまってあるのは其《そ》の筈《はず》で――蚊帳《かや》の畳《たた》んだのを一つ枕にさせた。私は頭で噛《かじ》りついた。

「おほほほほ。」

もう一つ持出して、かがったままで脊中へ掛けた。私は引きしめた。……冷《つめた》くって、寒くって、身ぶるいが出るが仕方がない。――までは可《い》いが、尚《な》お最《も》う一張《ひとはり》、これに綱をつけて、天井の釘へ渡して、丁度倒れた奴の胸の上の見当の処へ、ざわざわざわと釣上げた。

「兄さん、――御安心。」

何が安心、大《おお》きな西瓜《すいか》だ。いや、孤家《ひとつや》の圧石《おもし》だぞ。

「何《ど》うも……何とも、困ったお母さんだ。」

と、雄ちゃんが、止むことを得ず手伝わされたのが、茶の間へ引退《ひきさが》って歎息をすると、中《なか》仕切《じきり》に立って、従姉が覗き込んで、

「それで、男振《おとこぶり》さえよければ自来也《じらいや》なんだがね、惜《おし》い事……」

成程《なるほど》、三《み》くくりの古蚊帳《ふるがや》は、影を蟠《わだかま》らせて、皆大《おおい》なる蝦蟆《がま》である。……串戯《じょうだん》どころか。

私は血が冷え、膚粟立ち、地の底に領伏す気がした。が、いつにない事、うとうとした。一《いっ》体三《たいみ》銚子《ちょうし》ばかり立てつけて、既に陶然《とうぜん》とした処だ。雷鳴もまだ遠かった。且《か》つは冬至《とうじ》を過ぎて居る。さしたる事もあるまいと思った処へ――勇気のほどの逞《たくま》しい、従姉の綱手《つなで》が頼もしい。惣領をはじめ兄弟たちも、女まじりに自若《じじゃく》として居る。いくらか恐怖を薄めたろう。

うとうとしつつ、東京で、地震の二日前の、あの可恐《おそろし》い中に、凄く艶《えん》だった雷雨を思った。――客が来て居た。客は話しながら、いつか蒲団を摺辷《ずりすべ》って、身もだえをするように、薄羽織《うすばおり》と一所に袂を両方、かわるがわる絞って、腕を上げたり下げたり、帷子《かたびら》の膝を引張《ひっぱ》ったり、たくし上げたり、胸を開けて脇の下を煽《あお》いだり、手巾《ハンケチ》で額を拭いたり、見て居ても辛そうだ。いや、見られる方も苦しいほど蒸暑かった。その人の辞して帰った、午後二時半と言うのに、入道雲のまだ白いうちから鳴出《なりだ》した。甚《はなは》だ身勝手だが、その熱くて辛い客さえ帰すのではなかったと思った。底意地の悪い、執拗《しつこ》い、長い雷で、一雲《ひとくも》辛うじてごろごろとやや空を過ぎたと思うと、むくむくと湧出《わきで》るように、がらがらと又鳴出す。夜の十一時まで鳴り続いた。時には一息吐《つ》く間もあったが、十分《ぶん》とは間《あいだお》を措かず轟《とどろ》き渡った。その長い時の中《うち》、飯も食わず、茶も飲まず、煙草《たばこ》も吸えない。――お恥かしい話だけれど、家内とともに蚊帳ばかりを頼りにして、継《つ》ぎかえ、さしたす線香の煙の濛々《もうもう》と黒い中に、搔巻を被って手足を縮めて、へとへとに成って、ぐったりした。……夜の九時半頃がその絶頂で。――またこんな夕立《ゆうだち》に限って、蒸すばかり、鳴るばかり、光るばかりで、いきつく露に草の濡るるほども降らなかった雨が、忽《たちま》ちどっと加《くわわ》って、雷《らい》ははためき、電光《いなずま》は蚊帳を刺通《さしとお》す。突伏《つっぷ》して居る身体《からだ》が、つかみ立《た》てらるるようにわなないた。

格子戸《こうしど》が颯《さっ》と開《あ》いた。

観音来り給うと、夜具の襟に目を開いて蚊帳越《かやごし》に透かす、とパッと光る。あと思う電《いなびかり》の影に――電燈は用心のためスイッチを消して置く――光の浅葱《あさぎ》に影を照《てら》して、真黄色《まっきいろ》な女郎花《おみなえし》の花が土間の暗中《くらがり》に浮いた。その茎《くき》が、靡《なび》くように框《かまち》の板に据《すわ》ると、並んで、撓《しな》ったように、白地の浴衣《ゆかた》のうしろむきに掛けた腰が見える。模様も帯も分らなかった。――が藤紫《ふじむらさき》の切《きれ》が明《あか》るく映って、雫《しずく》の滴《したた》りそうな黒髪を、てんじんに結って居る。瓜核顔《うりざねがお》の、夕顔《ゆうがお》の花の傾く状《さま》にほのめいたのが、瞬く間を、又射返《いかえ》した電光に、蒼いばかり、横顔も頸も色が白い。おくれ毛も数えられた。

続けて五たびばかり、はたたがみした。

「お上《あが》んなさい、お上んなさい、お入り下さい。」

と息を切って、然《しか》も、その、よくもわからぬ女性《にょしょう》にさえ、救《すくい》を求めて呼んだのは、雨も、雷も、一度にひっそりとした後だったのである。

蚊帳の外に、――女中が水の流るるように、女郎花の濡枝《ぬれえだ》を、一束もって膝をついた。

「……お客様がおっしゃいます――深川《ふかがわ》のものですが、大層不沙汰《ぶさた》をいたしました。今日《こんにち》は、玉川《たまがわ》へ誘われましたから、道草に、咲きましたのを、お土産に、あのお目に掛けます。……少々遠方へ参らねばなりませんし、お暇乞《いとまごい》にお目にかかりたいのですけれど、吃驚《びっくり》して、不行儀《ふぎょうぎ》に駈込《かけこ》みましたような、こんな夕立ですし……またひどく降りそうですから。……それに、ともだちが、つれが、あの、大勢、辻に待って居りますから、すぐに失礼をいたします。あの……くれぐれも――とおっしゃって。……」

女中は偉い、豪気《ごうぎ》だ。……ちゃんと大雷《たいらい》の中で取次《とりつ》いで、気丈に口上《こうじょう》をつたえた――私たちは、その間《あいだ》、人の帰るのも夢中で居た。

「お前さん。」

「うむ。」

と言ったばかりである。深川には、もう亡くなったものの墓のほか、……さそくに然《そ》うした心当りの婦人はなかったのである。

女郎花ばかり、色に出たが、うちはな吾木香《われもこう》も三本《みもと》ばかり。――五草《いつくさ》、六草《むくさ》……水引草《みずひき》の微《かすか》な紅《くれない》が、爪紅《つまべに》のように添って居た。

わざと根やきをしないで活《い》けた。そして白衣《びゃくえ》の観世音の画像を掛けた。

その翌々日、前日の雷《らい》が、一団、一塊に成って、むらがり重なったかと思う入道雲が、白に、薄鼠《うすねずみ》に、錆びた色のへりを取って、可恐《おそろ》しく、覇王樹《シャボテン》の如く辰巳《たつみ》の一天《いってん》に聳《そび》えた。――地震であった。

女郎花は、崩れた壁とともに枯れたのを、そのままにしてあった。――此の土地へ来るにつけて、思いついて、桐油紙《とうゆがみ》に包んで提《さ》げた。菩提寺の土にするつもりであった。

住職に手を借りてと、訪れたが、それは留守で、ハイカラに結ったのが、赤い蹴出《けだ》しで、会釈《えしゃく》に出たから、何も言わずに卵塔《らんとう》の土を被せた。

それは、しかも昨日《きのう》の午《ひる》。

と、うとうとして居た。

ぱちぱちばらばらと凄い雨まじりの霰《あられ》の音。うつつが返って目を開《あ》くトタンに、蔵の網戸が青く映った。

思わず、蚊帳を翳《かざ》し、蚊帳を楯に、蚊帳を抱いて、ハッと起きる、と雷鳴とともに潜戸《くぐりど》がカラリと開いた——商屋《あきないや》だが、店の土間に、颯《さっ》と、女郎花が五本咲いた。……その茎から、枝から、葉から、黒髪の乱るるように、美しい色の雨が流れた。

「おい、途方もない降《ふり》だ。」

と、その真中に、駈込み状《ざま》の傘を、ひろげたなりで突立《つった》ったのは、三男《なん》の十三《じゅうぞう》の十坊《とんぼう》である。

蔵の屋根に、飛上《とびあが》ったような雷は、台所の屋根をがらがらがらがらと暴れて行く。しかし、そのあとは、ひったりと静《しずか》に成った。

「……雷は絶え間なく轟き渡り、雨は車軸を流すのであります。兇漢《きょうかん》は此《こ》の機に乗じて、貴婦人を奪わんといたします。しばらく画面の御静観を仰ぐであります。……タッタララ、タッタララ。」

と、膝まで、たくしあげた洋服の脛《はぎ》を、ちんちんもがもがと踊りながら、夜学がえりの、その十坊は雑巾で拭いて居る。

助かった。茶の間も更《あらた》めて陽気に成った。

私は熱い茶をのみながら、東京の……その雷雨の時の話をした。

信心家《しんじんか》の従姉が、息を詰めたのは言うまでもない。

「そんな事は、ありますまいがね。……今度の地震で、深川でなくなった人が、何《ど》うかしたわけで、此地《このち》へ帰りたくって、まえじらせを、自分で悟って、お頼みなすったかも知れませんわね——それとも、墓に居る人が、焼けることを知って、草葉の蔭でも、遁げたのかも知れませんよ。」

「これ即《すなわ》ち、科学を超越した不思議であります。……タッタラララ、タッタラララ。」と蟹の脚のような突張った大胡坐《おおあぐら》で、片手づかみに、金鍔《きんつば》と、木のパイプを、ちゃんぽんに煙草を吹かせる。工業学校の三年生は、兄弟中《じゅう》の豪傑である。

「なま意気な口を利いて……お前、未成年だからってんじゃあないか。——巡査《おまわり》さんに、其の吸口《すいくち》を咎められたら、何と言うんだ。……兄さん、呆れるじゃありませんか。——急にひどい雨に成ったって、臆面のなさったら、交番へ飛込《とびこ》んで、巡査さんに傘の世話をして貰って来たんですとさ。」

「それ、警官の職たるやだね……われわれ人民を保護するのが。……」

「お黙り。そのパイプを叱られたら何《ど》うするんです。」

十坊は、胸を伸《のば》し、頤を張って、蛸《たこ》の嘯《うそぶ》くが如く、顔を皺だらけに真仰向《まあおの》けに煙を吹《ふか》した。

「衛生保健のため、此の器具を用いてですな。……深呼吸をするのでありますす、と、答うるであります。第一巻の終り、……タッタラララ。――東京の小父《おじ》さん。」

と、けろりとして、

「僕のいま借りて来た傘に、女郎花が描《か》いてありますよ。」

と、澄《すま》して言って、又けろりとした。

座は顔を見合せた。

「お巡査《まわり》さんの曰《いわ》くです――今此《こ》の派出所に、保護中の一婦人の所持した傘が爰《ここ》にある。交番へ来て傘をかせと言ったのは、君がはじめてだから、試《こころみ》に、本職の一存を以て貸して遣ッ。が、今夜でのうても、明早朝は必ず返さんと不可《いか》んぞ。ああん!と、そこで、……町《ちょう》、処《ところ》、姓名、身分《みぶん》、学校をききききき、話したんですがね。かくの如き暗夜《あんや》をですね、傘をすぼめて持ったまま、どしゃ降りにかかわらず、それをささないで、髪から裾まで雫を流し、うろうろと派出所の前を通る……女郎花の花が、宙を伝うように、ハッキリ見えた。美人で盛《せい》装《そう》して居るんじゃ。裾模様かと思ったら傘の絵だ。と言ってね。さすがに常識を以てせざるを得ざる所の警官も、一種の奇蹟に打たれたらしく、独り思うにあきたらずしてか、僕に話しました。――狂女《きょうじょ》である。……話のうちに、カーテンの奥で美人のすすり泣く声がしました。寝て居るのか、倒れて居るのか、足ばかりが板へ出て、紅《あか》い切れが血のように搦《から》んで、真白で、跣足《はだし》でした。映画は細《こまか》い。悲歎に胸を打って苦《くるし》むように、つまさきが震うであります。……」

「十坊、十坊、その傘を見せないか。」

と、お婿さんが沈んで言った。

「ようし、きた。」

「ああ、お待ち。——気味が悪い。」

「私も凄い、可恐《こわ》いんですもの。」

と家内も落すように煙管《きせる》を置く。

十坊は、てれたように、堅くなって、ごしごし頸窪《ぼんのくぼ》を掻いて居た。

わずか一日の事である。——披露の席には、罷出《まかりで》る約束して——帰りしなに、私がさきへ

取って、番傘の藤の花を開いた。

よって、他の女郎花の模様を確《たしか》めようとしたのである。

雨は歇《や》んで居たが、空合《そらあい》だから、家内は別に借りて出た。

雄ちゃんと、十三《じゅうぞう》が電車まで送って来た。豪傑の方は、空次第《そらしだい》で、すぐにも遠走《とおツぱし》りに傘を

かえすつもりで、借りたのを持って先に立ったのである。

武蔵《むさし》ヶ辻《つじ》と言うので、夜更けに電車を待った。

待つうちに、雨は、一《ひと》しきり再び車軸を流した。

ここに待合《まちあわ》す人たちの、十二三人《にん》が一斉《いっせい》に、角《かど》の大問屋《おおどんや》の、既に鎖《とざ》した軒下に、雨を凌いだ、その傘の形は、渋《しぶ》も、油《あぶら》も、色こそかわれ、皆確《しか》と柄《え》を両手に、廂《ひさし》さがりの俯向けに取って、敵に向《むか》う楯の如く、槍ぶすまに似てそそぐ雨に、張《はり》をば合《あわ》せ、柄を揃うる。……その中に、藤が掲んで、三つおいて、女郎花の蛇目傘が立った。

颯《さっ》と、生ぬるい風が強く吹添《ふきそ》うと、電車のまだ来ないうちに、雨は小歇《こやみ》をした。が、大粒なのが、ばらばらとかかる。

「十坊、……その傘を一寸お見せよ。」

何故か、一人、傘をさしもせず、杖にして、軒に立ったお婿さんが、仰々しいほど更《あらたま》った声を掛けて、線路へ出て、十坊のと持ちかえると、街燈に透《すか》しながら、怙《こ》うさし開いたが、次第に、その轆轤《ろくろ》深く顔を入れた。

私は衝《つ》と寄った。たしかに女郎花の絵を見たらば、一寸、家内には憚ったが、十坊をすすめても、狂女を見舞おうと思ったのである。

其時であった。

「玉《たま》とかいて、あッ（玉）とかいてある。」

言《ことば》が、女郎花に、雲をもれた星の色を青く添えると、パッと風が、旋風《つむじ》のようなのが、空へ颯と巻取《まきと》った。青いとんぼが、ひらひらと屋根を行《ゆ》く。

「やあ、馬《ば》鹿《か》兄《あに》、何をする。」

驚いたのは十坊で、球《たま》のりの宙乗《ちゅうのり》の如く飛上《とびあが》る拍子に、傘は地にバサッと落ちて、名にしおう武蔵ヶ辻の、辻をかなたへ、くるくると地《ぢ》を摺《す》って舞って飛ぶ。

「嫁で夢中だ。しっかりしろい。」

と高足駄《たかあしだ》を踏みならしながら、

「タッタラララ。」

と素飛《すっと》んで追って行《ゆ》く。

待合せた人々は、や、や、と声を掛けながら、いずれも、思わず傘の柄を丁《ちょう》と取った。

「小父さん。」

と縋《すが》るように、お婿さんが、悲痛な声で、

「結婚はやめます、小父さん、僕は、玉と言うくろとと、秘密に約束して居たんです。東京へ連れてって下さい。小母《おば》さん――玉川へ身を投げます。」

もの狂わしい状《さま》であった。……赤燈《せきとう》の電車が、黒雲《くろくも》に乗るように来た。――私は雄ちゃんを連れて乗った。

駈戻《かけもど》って、女郎花ばかり一束にかついだ状の、十坊の、泥田に篦鷺《へらさぎ》の立ったような形を見ながら、……赤《あか》電車と言うがここらの景色にはそぐわない、燈《とう》の桃色の電車にたよって、薄い電光の、次第に幽《かすか》に成る影を、傘の藤を袖にして、旅宿《りょしゅく》に帰る。……

わたしの友だちが――此《これ》を話した。

Ⅲ　随筆篇

露　宿

二日の真夜中――せめて、ただ夜の明《あ》くるばかりをと、一時千秋《ひとときせんしゅう》の思《おもい》で待つ――三日の午前三時、半ばならんとする時であった。……

殆《ほとん》ど、五分置き六分置きに揺返《ゆりかえ》す地震を恐れ、また火を避け、はかなく焼出《やけだ》された人々などが、おもいおもいに、急難《きゅうなん》、危厄《きやく》を逃げのびた、四谷見附《よつやみつけ》そと、新公園の内外《うちそと》、幾千万の群集は、皆苦き睡眠《ねむり》に落ちた。……残らず眠ったと言《い》っても可い。荷と荷を合せ、ござ、莚《むしろ》を鄰《となり》して、外濠を隔てた空の凄じい炎の影に、目の及ぶあたりの人々は、老《おい》も若きも、算《さん》を乱して、ころころと成って、そして萎《なえ》たように皆倒れて居た。

――言うまでの事ではあるまい。昨日……大正十二年九月一日《じつ》午前十一時五十八分に起《おこ》った大《おお》地震このかた、誰《たれ》も一睡もしたものはないのであるから。

麹町《こうじまち》、番町《ばんちょう》の火事は、私たち鄰家二三軒《にさんげん》が、皆跣足《はだし》で逃出して、此の片側の平家《ひらや》の屋根から瓦が土煙を揚げて崩るる向側《むこうがわ》を駈抜けて、いくらか危険の少なそうな、四角《よつかど》を曲った、一方が広庭を囲んだ黒板塀《くろいたべい》で、向側が平家の押潰れても、一二尺《いちにしゃく》の距離はあろう、其の黒塀に真俯向《まうつむ》けに取り縋《すが》った。……手のまだ離れない中《うち》に、さしわたし一町とは離れない中六番町《なかろくばんちょう》から黒煙《くろけむり》を揚げたのがはじまりである。——同時に、警鐘を乱打した。が、恁《か》くまでの激震に、四谷見附の、高い、あの、火の見の頂辺《てっぺん》に活《い》きて人があろうとは思われない。私たちは、雲の底で、天が摺半《すりばん》鐘を打つ、と思って戦慄《せんりつ》した。——「水が出ない、水道が留まった」と言う声が、其処《そこ》に一団に成って足と地とともに震える私たちの耳を貫いた。息つぎに水を求めたが、火の注意に水道の如何《いかん》を試みた誰《たれ》かが、早速《さそく》に警告したのであろう。夢中で誰とも覚えて居ない。其《そ》の間近な火は樹に隠れ、棟に伏って、却《かえ》って、斜《ななめ》の空はるかに、一柱《いっちゅう》の炎が火を捲いて真直《まっすぐ》に立った。続いて、地軸も砕くるかと思う凄じい爆音が聞えた。婦《おんな》たちの、あっと言って地に領伏《ひれふ》したのも少《すく》なくない。その時、横町を縦に見通しの真空《まぞら》へ更《さら》に黒煙が舞《まい》起《おこ》って、北東の一天が一寸《いっすん》を余さず真暗に代ると、忽《たちま》ち、どどどどどどどと言う、陰々たる律を帯びた重く凄い、殆ど形容の出来ない音が響いて、炎の筋を蜿《うね》らした可恐《おそろし》い黒《くろ》雲《くも》が、更に煙の中を波がしらの立つ如く、烈風に駈廻る！……ああ迦具土《かぐつち》の神の鉄車《てっしゃ》を駆って大都会を焼亡《やきほろぼ》す車輪の轟くかと疑われた。――「あれは何の音でしょうか。」――「然《さ》ようう何の音でしょうな。」近鄰の人の分別だけでは足りない。其処に居合わせた禿頭白髯《とくとうはくぜん》の、見も知らない老紳士に聞く私の声も震えれば、老紳士の脣の色も、尾花《おばな》の中に、たとえば、なめくじの這う如く土気《つちけ》色《いろ》に変って居た。

――前のは砲兵工廠の焚《や》けた時で、続いて、日本橋本町《にほんばしほんちょう》に軒を連ねた薬問屋《くすりどいや》の薬ぐらが破裂したと知ったのは、五六日も過ぎての事。……当時のもの可恐《おそろし》さは、われ等《ら》の乗漾《のりただよ》う地の底から、火焔《かえん》を噴《は》くかと疑われたほどである。

が、銀座《ぎんざ》、日本橋をはじめ、深川《ふかがわ》、本所《ほんじょ》、浅草《あさくさ》などの、一時《いちじ》に八ケ所、九ケ所、十幾ケ所から火の手の上ったのに較べれば、山の手は扨《さ》て何でもないもののようである、が、それは後《のち》に言う事で、……地震とともに焼出した中六番町の火が……いま言った、三日の真夜中に及んで、約二十六時間。尚《な》お熾《さかん》に燃えたのであった。

しかし、其の当時、風は荒かったが、真南《まみなみ》から吹いたので、聊《いささ》か身がってのようではあるけれども、町内は風上《かざかみ》だ。差《さし》あたり、火に襲わるる懼《おそれ》はない。其処で各自《めいめい》が、かの親不知《おやしらず》、子不知《こしらず》の浪を、巌穴《いわあな》へ逃げる状《さま》で、衝《つ》と入っては颯《さっ》と出《で》つつ、勝手許《かってもと》、居室《いま》などの火を消して、用心して、それに第一たしなんだのは、足袋と穿《はき》もので、驚破《すはは》、逃出すと言う時に、わが家への出入りにも、硝子《がらす》、瀬戸ものの欠片《かけら》、折釘《おれくぎ》で怪我をしない注意であった。そのうち、隙を見て、縁台《えんだい》に、薄《うす》べりなどを持出した。何が何《ど》うあろうとも、今夜は戸外《おもて》にあかす覚悟して、まだ湯にも水にもありつけないが、吻《ほっ》と息をついた処へ——

前日みそか、阿波《あわ》の徳島から出京《しゅっきょう》した、浜野英二《はまのえいじ》さんが駈けつけた。英語の教鞭を取る、神田三崎町《かんだみさきちょう》の第五中学へ開校式に臨んだが、小使《こづかい》が一人梁《はり》に挫《ひし》がれたのと摺れ違いに逃出したと言うのである。

あわれ、此こそ今度の震災のために、人の死を聞いたはじめてであった。——ただ此にさえ、一同は顔を見合わせた。

内《うち》の女中の情《なさけ》で。……敢て女中の情と言う。——此の際、台所から葡萄酒を二罎《にびん》持出すと言うに到っては生命《いのち》がけである。けちに貯えた正宗《まさむね》は台所へ皆流れた。葡萄酒は安値《やす》いのだが、厚意《こころざし》は高価《たか》い。ただし人目がある。大道《だいどう》へ持出して、一杯でもあるまいから、土間《どま》へ入って、框《かまち》に堆《うずたか》く崩れつんだ壁土《かべつち》の中《なか》に、あれを見よ、蕈《きのこ》の生えたような瓶から、逃腰で、茶碗で呷《あお》った。言うべき場合ではないけれども、まことに天《てん》の美禄《びろく》である。家内も一口した。不断一滴も嗜《たしな》まない、一軒となりの歯科の白井さんも、白い仕事着のままで傾けた。

これを二碗《にわん》と傾けた鄰家の辻井さんは向う顱巻膚脱《はちまきはだぬ》ぎの元気に成って、「さあ、こい、もう一度揺《ゆす》って見ろ。」と胸を叩いた。

婦《おんな》たちは怨《うら》んだ。が、結句《けっく》此がために勢《いきお》づいて、莫蓙《ござ》縁台を引摺《ひきず》り引摺り、とにかく黒塀について、折曲《おりまが》って、我家《わがや》我家の向うまで取って返す事が出来た。

襖障子《ふすましょうじ》が縦横に入乱れ、雑式《ぞうしき》家具の狼藉として、化性《けしょう》の如く、地の震うたびに立ち跳《おど》る、誰《たれ》も居ない、我が二階家《にかいや》を、狭い町の、正面に熟《じっ》と見て、塀越のよその立樹《たちき》を廂《ひさし》に、桜のわくら葉《ば》のぱらぱらと落ちかかるにさえ、婦は声を発《た》て、男はひやりと肝を冷して居るのであった。が、もの音、人声さえ定かには聞取れず、たまに駈る自動車の響《ひびき》も、燃え熾《さか》る火の音に紛れつつ、日も雲も次第《しだい》次第に黄昏《たそが》れた。地震も、小《お》やみらしいので、風上とは言いながら、模様は何《ど》うかと、中六《なかろく》の広通《ひろどお》りの市《いち》ケ谷《や》近い十字街《じゅうじがい》へ出て見ると、一度やや安心をしただけに、口も利けず、一驚《いっきょう》を喫《きっ》した。

半町《はんちょう》ばかり目の前を、火の燃通る状《さま》は、真赤《まっか》な大川《おおかわ》の流るるようで、然《しか》も凪《な》ぎた風が北に変って、一旦九段上《くだんうえ》へ焼け抜けたのが、燃返って、然《しか》も低地から、高台へ、家々の大巌《おおいわ》に激して、逆流して居たのである。

もはや、……少々なりとも荷もつをと、きょときょとと引返した。が、僅《わずか》にたのみなのは、火先《ひさき》が僅ばかり、斜《ななめ》にふれて、下《しも》、中《なか》、上《かみ》の番町を、南はずれに、東へ……五番町の方へ燃進む事であった。

火の雲をかくした桜の樹立《こだち》も、黒塀も暗く成った。旧暦七月二十一日ばかりの宵闇《よいやみ》に、覚《おぼ》束《つか》ない提灯の灯《ひ》一つ二つ、婦たちは落人《おちうど》が夜《よ》鷹蕎麦《たかそば》の荷に踞《かが》んだ形で、溝端《どぶばた》で、のどに支《つか》える茶漬を流した。誰ひとり昼食《ひる》を済まして居なかったのである。

火を見るな、火を見るな、で、私たちは、すぐ其《そ》の傍《わき》の四角《よつかど》に彳《たたず》んで、突通しに天を浸す炎の波に、人心地もなく酔って居た。

時々、魔《ま》の腕《うで》のような真黒《まっくろ》な煙が、偉《おお》い《い》なる拳をかためて、世を打ちひしぐ如くむくむく立つ。其処だけ、火が消えかかり、下火《したび》に成るのだろうと、思ったのは空《そら》頼みで「ああ、悪いな、あれが不可《いけ》え《ね》。……火の中へふすぶった煙の立つのは新しく燃えついたんで……」と通りかかりの消防夫《しごとし》が言って通った――

(――小稿《しょうこう》……まだ持出しの荷も解かず、框をすぐの小間《こま》で……ここを草《そう》する時……

「何《ど》うしました。」

と、はぎれのいい声を掛けて、水上《みなかみ》さんが、格子《こうし》へ立った。私は、家内と駈出して、ともに顔を見て手を握った。――悉《くわし》い事は預《あずか》るが、水上さんは、先月三十一日に、鎌倉稲瀬川《いなせがわ》の別荘に遊んだのである。別荘は潰れた。家族の一人《いちにん》は下敷に成んなすった。が、無事だったのである。——途中で出あったと言って、吉井勇《よしいいさむ》さんが一所《いっしょ》に見えた。これは、四谷に居て無事だった。が、家の裏の竹藪に蚊帳を釣って難を避けたのだそうである——)

——前のを続ける。……

其処《そこ》へ——

「如何《いかが》。」

と声を掛けた一人があった。……可懐《なつかし》い声だ、と見ると、弴《とん》さんである。

「やあ、御無事で。」

弴さんは、手拭《てぬぐい》を喧嘩《けんか》被《かぶ》り、白地の浴衣の尻端折《しりぱしょり》で、いま逃出したと言う形だが、手を曳いて……は居なかった。引添《ひきそ》って、手拭を吉原《よしわら》かぶりで、艶《えん》な蹴出《けだ》しの褄端折《つまばしょり》をした、前髪のかかり、鬢《びん》のおくれ毛、明眸皓歯《めいぼうこうし》の婦人がある。しっかりした、さかり場の女中らしいのが、もう一人後についていている。

執筆の都合上、赤坂の某旅館に滞在した、家は一堪《ひとたま》りもなく潰れた。——不思議に窓の空《くう》所《しょ》へ橋に掛った襖を伝って、上《あが》りざまに屋根へ出て、それから山王様《さんのうさま》の山へ逃上《にげあが》ったが、其処も火に追われて逃るる途中、おなじ難に逢って焼出されたため、道傍《みちばた》に落ちて居た、此の美人を拾って来たのだそうである。

正面の二階の障子は紅《くれない》である。

黒塀の、溝端の莫蓙へ、然《さ》も疲れたように、ほっと、くの字に膝をついて、婦連《おんなれん》がいたわって汲《く》んで出した、ぬるま湯で、軽く胸をさすった。その婦の風情は媚《なまめ》かしい。

やがて、合方《あいかた》もなしに、此の落人は、すぐ横町《よこちょう》の有島家《ありしまけ》へ入った。ただで通す関所ではないけれど、下六同町内《しもろくどうちょうない》だから大目に見て置く。

次手《ついで》だから話そう。此《これ》と対《つい》をなすのは浅草の万《まん》ちゃんである。お京《きょう》さんが、円髷《まるまげ》の姉《あね》さんかぶりで、三歳《みッつ》のあかちゃんを十の字に背中に引背負《ひっしょ》い、たびはだし。万ちゃんの方は振分《ふりわけ》の荷を肩に、わらじ穿《ばき》で、雨のような火の粉の中を上野《うえの》をさして落ちて行くと、揉返《もみかえ》す群集が、

「似合います。」

と湧いた。ひやかしたのではない、まったく同情を表《ひょう》したので、

「いたわしいナ、畜生。」

と言ったと言う——真個《ほんとう》か知《し》らん、いや、嘘でない。此は私の内へ来て（久保勘《くぼかん》）と染め

た印半纏《しるしばんてん》で、脚絆《きやはん》の片あしを挙げながら、冷酒《ひやざけ》のいきづきで御当人の直話《じきわ》なのである。

「何《ど》うなすって。」

少時《しばらく》すると、うしろへ悠然として立った女性《によしよう》があった。

「ああ……いまも風説《うわさ》をして、案じて居ました。お住居《すまい》は渋谷《しぶや》だが、あなたは下町へお出掛けがちだから。」

と私は息をついて言った、八千代《やちよ》さんが来たのである、四谷坂町《さかまち》の小山内《おさない》さん（阪地《はんち》滞在中）の留守見舞に、渋谷から出て来なすったと言う。……御主人の女の弟子が、提灯を持って連立った。八千代さんは、一寸《ちよつと》薄化粧か何かで、鬢も乱さず、杖を片手に、しゃんと、きちんとしたものであった。

「御主人は？」

「……冷蔵庫に、紅茶があるだろう……なんか言って、呆《あき》れっ了《ちま》いますわ。」

是《これ》は偉い！……画伯の自若たるにも我折《がお》った。が、御当人の、すまして、これから又《また》渋谷まで火を潜《くぐ》って帰ると言うには舌を巻いた。

「雨戸をおしめに成らんと不可《いけ》ません。些《ちつ》と火の粉が見えて来ました。あれ、屋根の上を飛びます。……あれがお二階へ入りますと、まったく危うございますで、ございますよ。」と余所《よそ》で……経験のある、近所の産婆さんが注意をされた。

実は、炎に飽《あ》いて、炎に背《そむ》いて、此の火たとい家を焚《や》くとも、せめて清《すず》しき月出《い》でよ、と祈れるかいに、天の水晶宮《ぐう》の棟は桜の葉の中に顕われて、朱を塗ったような二階の障子が、いま其の影にやや薄れて、凄《すご》くも優しい、威《い》あって、美しい、薄桃色に成ると同時に、中天《ちゆうてん》に聳《そび》えた番町小学校の鉄柱の、火柱の如く見えたのさえ、ふと紫にかわったので、消すに水のない劫火は、月の雫《しずく》が冷《さま》すのであろう。火勢は衰えたように思って、微《かすか》に慰められて居た処であったのに――

私は途方にくれた。――成程《なるほど》ちらちらと、……

「ながれ星だ。」

「いや、火の粉だ。」

空を飛ぶ――火事の激しさに紛れた。が、地震が可恐《おそろし》いため町にうろついて居るのである。二階へ上《あが》るのは、いのち懸《がけ》でなければ成らない。私は意気地なしの臆病の第一人《だいいちにん》である。然《そ》うかと言って、焚《も》えても構いませんと言われた義理ではない。

浜野さんは、其の元園町《もとぞのちよう》の下宿の様子を見に行って居た。――気の毒にも、其の宿では沢山の書籍と衣類とを焚いた。

家内と二人で、——飛込もうとするのを視《み》て、

「私がしめてあげます。お待ちなさい。」

白井さんが懐中電灯をキラリと点《つ》けて、そう言って下すった。私は口吃《きつ》しつつ頭《こうべ》を下げた。

「俺《わし》も一番《ひとつ》。」

で、来合わせた馴染《なじみ》の床屋の親方が一所に入った。

白井さんの姿は、火よりも月に照らされて、正面の縁に立って、雨戸は一枚ずつがらがらと閉《しま》って行く。

此の勢《いきおい》に乗って、私は夢中で駈上《かけあが》って、懐中電燈の灯《あかり》を借りて、戸袋の棚から、観世音《かんぜおん》の塑像《そぞう》を一体、懐中し、机の下を、壁土の中を探って、なき父が彫ってくれた、私の真鍮の迷子札《まいごふだ》を小さな硯《すずり》の蓋にはめ込んで、大切にしたのを、幸いに拾って、これを袂《たもと》にした。

私たちは、其《それ》から、御所前《ごしょまえ》の広場を志《こころざ》して立退《たちの》くのに間《ま》はなかった。火は、尾《お》の二筋《ふたすじ》に裂けた、燃ゆる大蛇《おろち》の両岐《ふたまた》の尾の如く、一筋は前《さき》のまま五番町へ向い、一筋は、別に麴町の大通《おおどおり》を包んで、此の火の手が襲い近《ちかづ》いたからである。

「はぐれては不可《いけな》い。」

「荷を棄てても手を取るように。」

口々に言い交《かわ》して、寂然《しん》とした道ながら、往来《ゆきき》の慌《あわただ》しい町を、白井さんの家族ともろともに立退《たちの》いた。

「泉《いずみ》さんですか。」

「はい。」

「荷もつを持って上げましょう。」

おなじむきに連立った学生の方《かた》が、大方居《おおかたい》まわりで見知越《みしりごし》であったろう。言うより早く引《ひっ》担《かつ》いで下すった。

私は、其の好意に感謝しながら、手に持ちおもりのした慾を恥じて、やせた杖をついて、うつむいて歩行《ある》き出した。

横町の道の両側は、荷と人と、両側二列《ふたならび》の人のたたずまいである。私たちより、もっと火に近いのが先んじて此の町内へ避難したので、……皆茫然《ぼうぜん》として火の手を見て居る。赤い額、蒼い頬——辛うじて煙を払った糸のような残月《ざんげつ》と、火と炎の雲と、埃《ほこり》のもやと、……其の間を地上に綴《つづ》って、住める人もないような家々の籬《まがき》に、朝顔の蕾は露も乾いて萎《しお》れつつ、おしろいの花は、緋《ひ》は燃え、白きは霧を吐いて咲いて居た。

公園の広場は、既に幾万《いくまん》の人で満ちて居た。私たちは、其の外側の濠《ほり》に向った道傍《みちばた》に、ようよう地のままの蓆《むしろ》を得た。

「お邪魔をいたします。」

「いいえ、お互様。」

「御無事で。」

「あなたも御無事で。」

つい、鄰に居た十四五人《じゅうしごにん》の、殆ど十二三人が婦人の一家は、浅草から火に追われ、火に追われて、ここに息を吐《つ》いたそうである。

見ると……見渡すと……東南に、芝《しば》、品川《しながわ》あたりと思うあたりから、北に千住《せんじゅ》浅草と思うあたりまで、此の大都《だいと》の三面《さんめん》を弧《こ》に包んで、一面の火《ひ》の天《てん》である。中を縫いつつ、渦を重ねて、燃上って居るのは、われらの借家に寄せつつある炎であった。

尾籠《びろう》ながら、私はハタと小用《こよう》に困った。辻便所《つじべんじょ》も何《なん》にもない。家内が才覚して、此の避難場に近い、四谷の髪結さんの許《もと》をたよって、人を分け、荷を避けつつ辿って行《ゆ》く。……ずいぶん露地を入組《いりく》んだ裏屋《うらや》だから、恐るおそる、それでも、崩《くず》れ瓦《がわら》の上を踏んで行きつくと、戸は開《あ》いたけれども、中に人気は更にない。おなじく難を避けて居るのであった。

「さあ、此方《こっち》へ。」

馴染《なじみ》がいに、家内が茶の間へ導いた。

「どうも恐縮です。」

と、うっかり言って、挨拶して、私たちは顔を見て苦笑した。

手を浄めようとすると、白濁《しろにご》りでぬらぬらする。

「大丈夫よ――かみゆいさんは、きれい好《ず》きで、それは消毒が入って居るんですから。」

私は、とる帽《ぼう》もなしに、一礼して感佩《かんぱい》した。

夜《よ》が白《しら》んで、もう大釜《おおがま》の湯の接待をして居る処がある。

この帰途《かえり》に、公園の木の下で、小枝に首をうなだれた、洋傘《パラソル》を畳《たた》んだばかり、バスケット一つ持たない、薄色の服を着けた、中年の華奢《きやしゃ》な西洋婦人を視た。――紙づつみの塩煎餅《しおせんべい》と、夏蜜柑《なつみかん》を持って、立寄って、言《ことば》も通ぜず慰めた人がある。私は、人のあわれと、人の情《なさけ》に涙ぐんだ――今も泣かるる。

二日《ふつか》――此の日正午のころ、麴町の火は一度消えた。立派に消口《けしぐち》を取ったのを見届けた人があって、もう大丈夫と言う端《はし》に、待構えたのが皆帰支度《かえりじたく》をする。家内も風呂敷包《ふろしきづつみ》を提《さ》げて駈け戻った。女中も一荷《ひとに》背負《しょ》ってくれようとする処を、其処が急所だと消口を取った処から、再び猛然として煤《すす》のような煙が黒焦げに舞上《まいあが》った。渦も大《おお》きい。幅も広い。尾と頭を以って撃った炎の大蛇《おろち》は、黒蛇《くろへび》に変じて剰《あまつさ》え胴中《どうなか》を蜿《うね》らして家々を巻きはじめたのである。それから更に燃え続け、焚《や》け拡《ひろ》がりつつ舐《な》め近づく。

一度内へ入って、神棚と、せめて、一間《ひとま》だけもと、玄関の三畳の土を払った家内が、又此《こ》の野天《のでん》へ逃戻《にげもど》った。私たちばかりでない。——皆もう半ば自棄《やけ》に成った。

もの凄いと言っては、浜野さんが、家内と一所に何か缶詰のものでもあるまいかと、四谷《よつや》通《どおり》へ夜に入って出向いた時だった。……裏町、横通りも、物音ひとつも聞えないで、静まり返った中に、彼方此方《あちらこちら》の窓から、どしんどしんと戸外《おもて》へ荷物を投げて居る。火は此処の方が却って押《おし》つつまれたように激しく見えた。灯《ひ》一つない真暗な中に、町を歩行《ある》くものと言っては、まだ八時と言うのに、殆ど二人のほかはなかったと言う。

缶詰どころか、蠟燭も、燐寸《マッチ》もない。

通りかかった見知越の、みうらと言う書店の厚意で、茣蓙を二枚と、番傘《ばんがさ》を借りて、砂の吹きまわす中を這々《ほうほう》の体《てい》で帰って来た。

で、何につけても、殆どふて寝でもするように、疲れて倒れて寝たのであった。

却説《さて》――その白井《しらい》さんの四歳《よッつ》に成る男の児の、「おうちへ帰ろうよ、帰ろうよ。」と言って、うら若い母さんとともに、私たちの胸を疼《いた》ませたのも、その母さんの末の妹の十一二に成るのが、一生懸命に学校用の革鞄《かばん》一つ膝に抱いて、少女のお伽《とぎ》の絵本を開けて、「何です。こんな処で。」と、叱られて、おとなしくたたんで、ほろりとさせたのも、宵の間で。……今はもう死んだように皆睡った。――

深夜。

二時を過ぎても鶏《とり》の声も聞えない。鳴かないのではあるまい。燃え近づく火の、ぱちぱちぱち、ごうごうどッと鳴る音に紛るるのであろう。唯此時《ただこのとき》、大路《おおじ》を時に響いたのは、粛然たる騎馬のひづめの音である。火のあかりに映るのは騎士の直剣の影である。二人三人《ふたりみたり》ずつ、いずくへ行くとも知らず、いずくから来るとも分かず、とぼとぼした女と男と、女と男と、影のように辿《ただよ》い徜徉《さまよ》う。

私はじっとして、又ただひとえに月影を待った。

白井さんの家族が四人、――主人はまだ焼けない家を守ってここにはみえない――私たちと、……浜野さんは八千代さんが折紙をつけた、いい男だそうだが、仕方がない。公園の囲《かこい》の草畝《くさあぜ》を枕にして、うちの女中と一つ毛布《けっと》にくるまった。これに鄰《とな》って、あの床屋子《とこやし》が、子供弟子づれで、仰向けに倒れて居る。僅《わずか》に一坪たらずの処へ、荷を左右に積んで、此の人数《にんず》である。もの干棹《ほしざお》にさしかけの莫蓙の、しのぎをもれて、外にあふれた人たちには、傘をさしかけて夜露を防いだ。

が、夜風も、白露も、皆夢である。其の風は黒く、其の露も赤かろう。

唯《と》、ここに、低い草畝の内側に、露とともに次第に消え行く、提灯の中に、ほの白く幽《かすか》に見えて、一張の天幕《テント》があった。——昼間赤い旗が立って居た。此の旗が音もなく北の方へ斜《なな》めに靡《なび》く。何処か大商店の避難した……其の店員たちが交代に貨物の番をするらしくて、暮《く》れ方《がた》には七三《しちさん》の髪で、真白《まっしろ》で、この中で友染模様の派手な単衣《ひとえ》を着た、女優まがいの女《おんな》店員二三人の姿が見えた。——其の天幕《テント》の中で、此の深更《しんこう》に、忽《たちま》ち笛を吹くような、鳥の唄うような声が立った。

「……泊って行けよ、泊って行けよ。」

「可厭《いや》よ、可厭《いや》よ、可厭《いやあ》よう。」

声を殺して、

「あれ、おほほほほ。」

やがて接吻《キッス》の音がした。天幕《テント》にほんのりとあかみが潮《さ》した。が、やがて暗く成って、もやに沈むように消えた。魔の所業《なすわざ》ではない、人間の挙動《ふるまい》である。

私は此《これ》を、難《なん》ずるのでも、嘲《あざ》けるのでもない。況《いわん》や決して羨むのではない。寧《むし》ろ其の勇気を称《たた》うるのであった。

天幕《テント》が消えると、二十二日の月は幽《かすか》に煙を離れた。が、向《むこ》う土手《どて》の松も照らさず、此の莫蓙の庇にも漏れず、煙を開いたかと思うと、又閉《とざ》される。下へ、下へ、煙を押して、押分けて、松の梢にかかるとすると、忽《たちま》ち又煙が、空へ、空へとのぼる。斜面の玉女《ぎょくじょ》が咽《むせ》ぶようで、悩ましく、息ぐるしそうであった。

衣紋を細く、円髷《まげ》を、おくれ毛のまま、ブリキの缶に枕して、緊乎《しっか》と、白井さんの若い母さんが胸に抱いた幼児《おさなご》が、怯えたように、海軍服でひょっくりと起きると、ものを熟《じっ》と視て、みつめて、むくりと半ば起きたが、小さい娘さんの胸の上へ乗って、乗ると辷《すべ》って、ころりと俵にころがって、すやすやと其のまま寝た。

私は膝をついて総毛立《そうけだ》った。

唯今《ただいま》、寝《ね》おびれた幼《おさない》のの、熟《じっ》と視たものに目を遣《や》ると、狼とも、虎とも、鬼とも、魔とも分らない、凄じい面《つら》が、ずらりと並んだ。……いずれも差置《さしお》いた荷の恰好が異類異形の相《そう》を顕《あらわ》したのである。

最も間近かったのを、よく見た。が、白い風呂敷の裂けめは、四角にクワッとあいて、しかも曲《ゆが》めたる口である。結目《むすびめ》が耳である。墨絵の模様が八角《はっかく》の眼《まなこ》である。たたみ目が皺一つずつ、いやな黄味《きみ》を帯びて、消えかかる提灯の影で、ひくひくと皆揺れる、狒々《ひひ》に似て化猫《ばけねこ》である。

私は鵺《ぬえ》と云うは此かと思った。

其《そ》の鄰《となり》、其の鄰、其の上、其の下、並んで、重《かさな》って、或《あるい》は青く、或は赤く、或は黒く、凡《およ》そ臼《うす》ほどの、変な、可厭《いや》な獣《けもの》が幾つともなく並んだ。

皆可恐《おそろし》い夢を見て居よう。いや、其の夢の徴《しるし》であろう。

其の手近なのの、裂目の口を、私は余りの事に、手でふさいだ。ふさいでも、開《あ》く。開いて垂れると、舌を出したように見えて、風呂敷包が甘渋《あましぶ》くニヤリと笑った。

続いて、どの獣の面も皆笑った。

爾時《そのとき》であった。あの四谷見附の火《ひ》の見櫓《みやぐら》は、窓に血をはめたような両眼を睜《みひら》いて、天に冲《ちゅう》する、素裸《すはだか》の魔の形に変じた。

土手の松の、一樹《いちじゅ》、一幹《いっかん》。啊呍《あうん》に肱《ひじ》を張って突立《つッた》った、赤き、黒き、青き鬼に見えた。

が、あらず、それも、後《のち》に思えば、火を防がんがために粉骨したまう、焦身《しょうしん》の仁王の像であった。

早《は》や、煙に包まれたように息苦しい。

私は婦人と婦人との間を拾って、密《そっ》と大道《だいどう》の夜気《やき》に頭を冷そうとした。――若い母さんに触るまいと、ひょいと腰を浮かして出た、はずみに、此の婦人の上にかざした蛇目傘《じゃのめがさ》の下へ入って、頭が支《つか》えた。ガサリと落すと、響《ひびき》に、一時《ひととき》の、うつつの睡《ねむり》を覚《さま》すであろう。手を其の傘に支《ささ》えて、ほし棹にかけたまま、ふらふらと宙に泳いだ。……この中でも可笑《おかし》い事がある。

――前刻《さっき》、草あぜに立てた傘が、パサリと、ひとりで倒れると、下に寝た女中が、

「地震。」

と言って、むくと起返《おきかえ》る背中に、ひったりと其の傘をかぶって、首と両手をばたばたと動かした……

いや、人ごとではない。

私は露を吸って、道に立った。

火の見と松《まつ》との間を、火の粉が、何の鳥か、鳥とともに飛び散った。

が、炎の勢《いきおい》は其の頃から衰えた。火は下六番町《しもろくばんちょう》を焼かずに消え、人の力は我が町を亡《ほろ》ぼ

さずに消した。

「少し、しめったよ。起きて御覧、起きて御覧。」

婦人たちの、一度に目をさました時、あの不思議な面《めん》は、上臈《じょうろう》のように、翁《おきな》のように、稚児《ちご》のように、和《なご》やかに、やさしく成って莞爾《にっこり》した。

朝日は、御所の門に輝き、月は戎剣《じゅうけん》の閃影《せんえい》を照らした。

——江戸のなごりも、東京も、その大抵は焦土と成《な》んぬ。茫々たる焼野原《やけのはら》に、ながき夜を鳴きすだく虫は、いかに、虫は鳴くであろうか。私はそれを、人に聞くのさえ憚らるる。しかはあれど、見よ。確《たしか》に聞く。浅草寺《あさくさでら》の観世音は八方《はっぽう》の火の中に、幾十万《いくじゅうまん》の生命《いのち》を助けて、秋の樹立《こだち》もみどりにして、仁王門、五重の塔とともに、柳もしだれて、露のしたたるばかり厳《おごそか》に気高く焼残《やけのこ》った。塔の上には鳩が群れ居《むい》、群れ遊ぶそうである。尚《な》お聞く。花屋敷《しき》の火をのがれた象は此の塔の下に生きた。象は宝塔を背にして白い。

普賢《ふげん》も影向《ようごう》ましますか。

若有持是観世音菩薩名者《じゃくうじぜかんぜおんぼさつみょうしゃ》。

設入大火《せつにゅうたいか》。火不能焼《かふのうしょう》。

由是菩薩《ゆぜぼさつ》。威神力故《いじんりきこ》。

十六夜

一

きのうは仲秋十五夜《ちゅうしゅうじゅうごや》で、無事平安な例年にもめずらしい、一天澄渡《いってんすみわた》った明月《めいげつ》であった。その前夜のあの暴風雨をわすれたように、朝から晴れ晴れとした、お天気模様で、辻へ立って日を礼《れい》したほどである。おそろしき大地震《おおじしん》、大火の為に、大都《だいと》は半《なかば》、阿鼻焦土《あびしょうど》となんぬ。お月見でもあるまいが、背戸《せど》の露草は青く冴えて露にさく。……廂《ひさし》破れ、軒漏《のきも》るにつけても、光りは身に沁む月影のなつかしさは、せめて薄《すすき》ばかりも供えようと、大通りの花屋へ買いに出すのに、こんな時節がら、用意をして売っているだろうか。……覚束《おぼつか》ながると、つかいに行《ゆ》く女中が元気な顔して、花屋になければ向う土手《むこうどて》へ行って、葉ばかりでも折《お》っぺしょって来ましょうよ、といった。いうことが、天変によってきたえられて徹底している。

　女でさえその意気だ。男子《だんし》は働かなければならない。――ここで少々小声になるが、お互に稼がなければ追っ付かない。……

　既に、大地震の当夜から、野宿の夢のまださめぬ、四日の早朝、真黒《まっくろ》な顔をして見舞に来た。……前《ぜん》に内にいて手まわりを働いてくれた浅草《あさくさ》ッ娘《こ》の婿の裁縫屋《したてや》などは、土地の浅草で丸焼けに焼け出されて、女房には風呂敷を水びたしにして髪にかぶせ、おんぶした嬰児《あかんぼ》には、ねんねこを濡らしてきせて、火の雨、火の風の中を上野《うえの》へ遁《に》がし、あとで持ち出した片手さげの一荷《いっか》さえ、生命《いのち》の危うさに打っちゃった。……何《なん》とかや――いと呼んでさがして、漸《よう》く竹の台でめぐり合い、そこも火に追われて、三河島《みかわしま》へ遁げのびているのだという。いつも来る時は、縞もののそろいで、おとなしづくりの若い男で、女の方が年下の癖に、薄手の円髷《まげ》でじみづくりの下町好《したまちごの》みでおさまっているから、姉女房《あねにょうぼう》に見えるほどなのだが、「嬰児が乳を呑みますから、私《あっし》は何《ど》うでも、彼女《あれ》には実《み》に成《な》るものの一口も食わせとうござんすから。」――で、さしあたり仕立ものなどの誂《あつらえ》はないから、忽《たちま》ち荷車《にぐるま》を借りて曳《ひ》きはじめた――これがまた手取《てっと》り早い事には、どこかそこらに空車《あきぐるま》を見つけて、賃貸《ちんが》しをしてくれませんかと聞くと、焼《や》け原《はら》に突き立った親仁《おやじ》が、「かまわねえ、あいてるもんだ、持ってきねえ。」と云ったそうである。人ごみの避難所へすぐ出向いて、荷物の持ち運びをがたりがたりやったが、いい立て前になる。……そのうち場所の事だから、別に知《し》り合《あい》でもないが、柳橋《やなぎばし》のらしい芸《げい》妓《しゃ》が、青山の知辺《しるべ》へ遁げるのだけれど、途中不案内《ふあんない》だし、一人じゃ可恐《こわ》いから、兄さん送って下さいな、といったので、おい、合点と、乗せるのでないから、そのまま荷車を道端にうっちゃって、手をひくようにしておくり届けた。「別嬪《べっぴん》でござんした。」ただでもこの役はつとまる所をしみじみ礼をいわれた上に、「たんまり御祝儀を。」とよごれくさった半纏《はんてん》だが、威勢よく丼《どんぶり》をたたいて見せて、「何《なに》、何《なに》をしたって身体《からだ》さえ働かせりゃ、彼女《あれ》に食わせて、乳はのまされます。」と、仕立屋さんは、いそいそと帰っていった。――年季を入れた一《いっ》ぱしの居職《いじょく》がこれである。

それを思うと、机に向ったなりで、白米《はくまい》を炊いてたべられるのは勿体《もったい》ないと云ってもいい。非常の場合だ。……稼がずには居られない。

社にお約束の期限はせまるし、……実は十五夜《めいげつ》の前の晩あたり、仕事にかかろうと思ったのである。所が、朝からの吹き降《ふぶ》りで、日が暮れると警報の出た暴風雨である。電燈は消えるし、どしゃ降りだし、風はさわぐ、ねずみは荒れる。……急ごしらえの油の足りない白《しら》ちゃけた提灯一具《ひとつ》に、小さくなって、家中《うちじゅう》が目ばかりぱちぱちとして、陰気に滅入《めい》ったのでは、何《なん》にも出来ず、口もきけない。払底《ふってい》な蠟燭の、それも細くて、穴が大きく、心《しん》は暗し、数でもあればだけれども、秘蔵の箱から……出して見た覚えはないけれど、宝石でも取出すような大切な、その蠟燭の、時よりも早くじりじりと立って行《ゆ》くのを、気を萎《なや》して、見詰めるばかりで、かきもの所の沙汰《さた》ではなかった。

二

戸をなぐりつける雨の中に、風に吹きまわされる野分声《のわきごえ》して、「今晩――十時から十一時までの間に、颶風《ぐふう》の中心が東京を通過するから、皆さん、お気を付けなさるようにという、ただ今、警官から御注意がありました。――御注意を申します。」と、夜警当番がすぐ窓の前を触れて通った。

さらぬだに、地震で引傾《ひっかし》いでいる借屋《しゃくや》である。颶風の中心は魔《ま》の通るより気味が悪い。――胸を引緊《ひきし》め、袖《そで》を合せて、いすくむと、や、や、次第に大風《おおかぜ》は暴《あ》れせまる。……一《ひと》しきり、一しきり、ただ、辛《から》き息をつかせては、ウウウ、ヒューとうなりを立てる。浮き袋に取付いた難破船の沖のように、提灯一つをたよりにして、暗闇にただようううち、さあ、時かれこれ、やがて十二時を過ぎたと思うと、気の所為《せい》か、その中心が通り過ぎたように、ごうごうと戸障子をゆする風がざッと屋の棟を払って、やや軽くなるように思われて、突《つ》っ伏《ぷ》したものも、僅《わずか》に顔を上げると……何《ど》うだろう、忽《たちま》ち幽怪《ゆうかい》なる夜陰《やいん》の汽笛が耳をえぐって聞ちかに聞えた。「ああ、(ウウ)が出ますよ。」と家内があおい顔をする。——この風に——私は返事も出来なかった。

カチ、カチ、カカチ

カチ、カチ、カカチ

雨にしずくの拍子木が、雲の底なる十四日の月にうつるように、袖の黒さも目に浮かんで、四五軒北なる大銀杏《おおいちょう》の下に響いた。——私は、霜に睡《ねむり》をさました剣士のように、付け焼き刃に落ちついて聞きすまして、「大丈夫だ。火が近ければ、あの音が屹《きっ》とみだれる。」……カチカチカチ。「静かに打っているのでは火事は遠いよ。」「まあ、そうね。」という言葉も、果てないのに、「中六《なかろく》」「中六」と、ひしめきかわす人々の声が、その、銀杏の下から車輪の如く軋《きし》って来た。

続いて、「中六が火事ですよ。」と呼んだのは、再び夜警の声である。やあ、不可《いけな》い。中六と言へば、長い梯子《はしご》なら届くほどだ。然《しか》も風下《かざしも》、真下《ました》である。私たちは黙って立った。青ざめた女の瞼《まぶた》も決意に紅《くれない》を潮《ちょう》しつつ、「戸を開けないで支度をしましょう。」地震以来、解いた事のない帯だから、ぐいと引しめるだけで事は足りる。「度々で済みません。――御免なさいましょ。」と、やっと仏壇へ納めたばかりの位牌を、内中《うちじゅう》で、此ばかりは金色《こんじき》に、キラりと風呂敷に包む時、毛布《けっと》を撥《は》ねてむっくり起上《おきあが》った――下宿を焼かれた避難者の浜野君が、「逃げると極《き》めたら落着きましょう。いま火の様子を。」とがらりと門口の雨戸を開けた。可《こ》恐《わ》いもの見たさで、私もふッと立って、框《かまち》から顔を出すと、雨と風とが横なぐりに吹《ふき》つける。処《ところ》へ――靴音をチャチャと刻んで、銀杏の方から来なすったのは、町内の白井氏で、おなじく夜警の当番で、「ああもう可《よ》うございます。漏電ですが消えました。――軍隊の方《かた》も、大勢見えていますから安心です。」「何とも、ありがとう存じます――分けて今晩は御苦労様です……後《のち》に御加勢にまいります。」おなじく南《みなみ》どなりへ知らせにおいでの、白井氏のレインコートの裾の、身にからんで、煽るのを、濛々たる雲の月影に見おくった。

この時も、戸外《おもて》はまだ散々であった。木はただ水底《みなそこ》の海松《みる》の如くうねを打ち、梢が窪んで、波のように吹乱《ふきみだ》れる。屋根をはがれたトタン板と、屋根板が、がたん、ばりばりと、競《かけ》を追ったり、入りみだれたり、ぐるぐると、踊り燥《さわ》ぐと、石瓦《いしかわら》こそ飛ばないが、狼藉とした缶詰のあき殻《がら》が、カラカランと、水鶏《くいな》が鉄棒《かなぼう》をひくように、雨戸もたたけば、溝端《みぞばた》を突駛《つッぱし》る。溝に浸《つか》った麦藁帽子が、竹の皮と一所《いっしょ》に、プンと臭って、真っ黒になって撥上《はねあ》がる。……もう、やけになって、鳴きしきる虫の音を合方《あいかた》に、夜行《やこう》の百鬼《ひやつき》が跳梁跋扈《ちようりようばつこ》の光景で。――この中を、折れて飛んだ青い銀杏の一枝《ひとえだ》が、ざぶりざぶりと雨を灌《そそ》いで、波状《はじよう》に宙を舞う形は、流言の鬼の憑《つき》ものがしたように、「騒ぐな、おのれ等《ら》――鎮《しず》まれ、鎮まれ。」と告《の》って圧《お》すようであった。

「私も薪雑棒《まきざつぽう》を持って出て、亜鉛《トタン》と一番、鎬《しのぎ》を削って戦おうかな。」と喧嘩過ぎての棒ちぎりで擬勢《ぎせい》を示すと、「まあ、可《よ》かったわね、ありがたい。」と嬉しいより、ありがたいのが、斯《こ》うした時の真実《しんじつ》で。

「消して下すった兵隊さんを、ここでも拝みましょう。」と、女中と一所に折り重なって門《かど》を覗いた家内に、「怪我をしますよ。」と叱られて引込《ひきこ》んだ。

三

誠にありがたがるくらいでは足りないのである。火は、亜鉛板《トタン》が吹っ飛んで、送電線に引《ひき》掛《かか》ってるのが、風ですれて、線の外被《がいひ》を切ったために発したので。警備隊から、驚破《すわ》と駈《かけ》つけた兵員達は、外套も被《き》なかったのが多いそうである。危険を冒して、あの暴風雨の中を、電柱を攀《よ》じて、消しとめたのであると聞いた。――颶風《はやて》の過ぎる警告のために、一人《いちにん》駈けまわった警官も、外套なしに骨までぐしょ濡れに濡れ通って——夜警の小屋で、余りの事に、「おやすみになるのに、お着替がありますか。」といって聞くと、「住居《すまい》は焼けました。何もありません。——休息に、同僚のでも借りられればですが、大抵はこのまま寝ます。」との事だったそうである。辛労が察しらるる。

雨になやんで、葉うらにすくむ私たちは、果報といっても然るべきであろう。

暁方《あかつきがた》、僅《わずか》にとろりとしつつ目がさめた。寝苦《ねぐるし》い思いの息つぎに朝戸を出ると、あの通り暴《あ》れまわったトタン板も屋根板も、大地に、ひしとなってへたばって、魍魎《もうりょう》を跳《おど》らした、ブリキ缶、瀬戸のかけらも影を散らした。風は冷《つめた》く爽《さわやか》に、町一面《まちいちめん》に吹きしいた真蒼《まつさお》な銀杏《いちょう》の葉が、そよそよと葉のへりを優しくそよがせつつ、芬《ぷん》と、樹の秋の薫を立てる。……

早起きの女中がざぶざぶ、さらさらと、早《はや》、その木《き》の葉をはく。……化けそうな古箒《ふるぼうき》も、唯見《とみ》ると銀杏の簪《かんざし》をさした細腰《さいよう》の風情がある。——しばらく、雨ながら戸に敷いたこの青葉は、そのままにながめたし。「晩まで掃《は》かないで。」と、留《と》めたかった。が、時節がらである。落ち葉を掃かないのさえ我儘《わがまま》らしいから、腕を組んでだまって視《み》た。

裏の小庭で、雀と一所に、嬉しそうな声がする。……昨夜《ゆうべ》、戸外《おもて》を舞静《まいしず》めた、それらしい、銀杏の折れ枝が、大屋根を越したが、一坪ばかりの庭に、瑠璃《るり》淡《あわ》く咲いて、もう小さくなった朝顔の色に縋《すが》るように、たわわに掛った葉の中に、一粒、銀杏《ぎんなん》の実のついたのを見つけたのである。「たべられるものか、下卑《げび》なさんな。」「なぜ、何《ど》うして?」「いちじくとはちがう。いくら食いしん坊でも、その実は黄色くならなくっては。」「へい。」と目を丸くして、かざした所は、もち手は借家の山《やま》の神《かみ》だ、が、露もこぼるる。枝に、大慈の楊柳《ようりゅう》の俤《おもかげ》があった。

——ところで、前段にいった通り、この日はめずらしく快晴した。

……通りの花屋、花政《はなまさ》では、きかない気の爺《じい》さんが、捻鉢巻《ねじはちまき》で、お月見のすすき、紫苑《しおん》、女郎花《おみなえし》も取添《とりそ》えて、おいでなせえと、やって居た。葉に打つ水もいさぎよい。可《よ》し、この様子では、歳時記どおり、十五夜の月はかがやくであろう。打ちつづく悪鬼《あっき》ばらい、屋《おく》を圧する黒雲をぬぐって、景気なおしに「明月《めいげつ》」も、しかし沙汰過《さたす》ぎるから、せめて「良夜《りょうや》」とでも題して、小篇を、と思ううちに……四五人のお客があった。いずれも厚情、懇切のお見舞である。

打ち寄れば言う事よ。今度の大災害につけては、先《さき》んじて見舞わねばならない、焼け残りの家の無事な方が後になって——類焼をされた、何とも申しようのない方《かた》たちから、先手を打って見舞われる。壁の破れも、防がねばならず、雨漏りも留《と》めたし、……その何よりも、火をまもるのが、町内の義理としても、大切で、煙草盆一つにも、一人はついて居なければならないような次第であるため、ひっ込みじあんに居すくまって、小さくなっているからである。

四

早く、この十日ごろにも、連日の臆病づかれで、寝るともなしにころがっていると、「鏡《きょう》さんはいるかい。——何は……いなさるかい。」と取次ぎ……というほどの奥はない。出合わせた女中に、聞きなれない、こう少し掠《かす》れたが、よく通る底力のある、そして親しい声で音《おと》づれた人がある。

「あ、長《ながし》さん。」私は心づいて飛び出した。はたして松本《まつもと》長であった。

この能役者は、木曾の中津川に避暑中だったが、猿楽町《さるがくちょう》の住居はもとより、宝生《ほうしょう》の舞台をはじめ、芝《しば》の琴平町《ことひらちょう》に、意気な稽古所の二階屋があったが、それもこれも皆灰燼《かいじん》して、留守の細君《さいくん》——（評判の賢婦人《けんぷじん》だから厚礼《こうれい》して）——御新造《ごしんぞ》が子供たちを連れて辛うじて火の中をのがれたばかり、何にもない。歴乎《れっき》とした役者が、ゴム底の足袋に巻きゲートル、ゆかたの尻《しり》ばしょりで、手拭《てぬぐい》を首にまいてやって来た。「いや、えらい事だったね。——今日も焼けあとを通ったがね、学校と病院に火がかかったのに包まれて、駿河台《するがだい》の、あの崖を攀じ上って逃げたそうだが、よく、あの崖が上られたものだと思うよ。ぞっとしながら、つくづく見たがね、上がろうたって上がれそうな所じゃない。女の腕に大勢の小児《こども》をつれているんだから――いずれ人さ、誰かが手を取り、肩をひいてくれたんだろうが、私は神仏のおかげだと思って難有《ありがた》がっているんだよ。――ああ、装束《しょうぞく》かい、皆《みん》な灰さ――面だけは近所のお弟子が駈けつけて、残らずたすけた。百幾つというんだが、これで宝生流の面目《めんぼく》は立ちます。装束は、いずれ年がたてば新しくなるんだから。」と蜀江《しょっこう》の錦《にしき》、呉《ご》漢《かん》の綾《あや》、足利絹《あしかがぎぬ》もものともしないで、「よそじゃ、この時節、一本《いっぽん》お燗《かん》でもないからね、ビールさ。久しぶりでいい心持《こころもち》だ。」と熱燗を手酌《てじゃく》で傾けて、「親類うちで一軒でも焼けなかったのがお手柄だ。」といって、うれしそうな顔をした。うらやましいと言わないまでも、結構だとでもいうことか、手柄だといって讃めてくれた。私は胸がせまった。と同時に、一芸《いちげい》に達した、いや――従兄弟《いとこ》だからグッと割《わり》びく――たずさわるものの意気を感じた。神田児《かんだっこ》だ。彼は生抜《はえぬ》きの江戸児《えどっこ》である。

その日、はじめて店をあけた通りの地久庵《ちきゅうあん》の蒸籠《せいろう》をつるつると平《たいら》げて、「やっと蕎麦にありついた。」と、うまそうに、大胡坐《おおあぐら》を掻いて、また飲んだ。

印半纏《しるしばんてん》一枚に焼け出されて、いささかもめげないで、自若として胸をたたいて居るのに、なお万《まん》ちゃんがある。久保田さんは、まる焼けのしかも二度目だ。さすがに浅草の兄さんである。

つい、この間も、水上《みなかみ》さんの元禄長屋《げんろくながや》、いや邸《やしき》（註、建って三百年という古家《ふるいえ》の一つがこれで、もう一つが三光社前《さんこうしゃまえ》の一棟《ひとむね》で、いずれも地震にびくともしなかった下六番町《しもろくばんちょう》の名物である。）へ泊りに来ていて、寝ころんで、誰《たれ》かの本を読んでいた雅量は、推服に値する。

ついて話しがある。（猿《さる》どのの夜寒《よさむ》訪《と》ひゆく兎《うさぎ》かな）で、水上さんも、私も、場所はちがうが、両方とも交代夜番のせこに出ている。町の角一つへだてつつ、「いや、御同役《ごどうやく》いかがでござるな。」と互に訪《と》いつ訪われつする。私があけ番《ばん》の時、宵のうたたねから覚めて辻へ出ると、ここにつめていた当夜の御番《ごばん》が「先刻、あなたのとこへお客がありましてね、門《かど》をのぞきなさるから、ああ泉《いずみ》をおたずねですかと、番所《ここ》から声を掛けますと、いや用ではありません――番だというから、ちょっと見に来ました、といってお帰りになりました。戸をあけたままで、お宅じゃあ皆さん、お寝《やす》みのようでした。」との事である。

「どんな人です。」と聞くと、「さあ、はっきりは分りませんが、大きな眼鏡を掛けておいででした。」ああ、水上さんのとこへ、今夜も泊りに来た人だろう、万ちゃんだな、と私はそう思った。久保田さんは、大きな眼鏡を掛けている。——所がそうでない。来たのは滝君《たきくん》であった。評判のあの目が光ったと見える。これも讃称にあたいする。

五

——さてこの日、十五夜の当日も、前後してお客が帰ると、もうそちこち晩方《ばんがた》であった。例年だと、その薄《すすき》を、高楼《たかどの》——もちとおかしいが、この家で二階だから高いにはちがいない。その月の出の正面にかざって、もと手《で》のかからぬお団子だけは堆《うずたか》く、さあ、成金《なりきん》、小判《こばん》を積んで較べて見ろと、飾るのだけれど、ふすまは外《はず》れる。障子の小間《こま》はびりびりと皆破《やぶ》れる。雑《ざつ》と掃き出したばかりで、煤《すす》もほこりも其のままで、まだ雨戸を開けないで置くくらいだから、下階《した》の出窓下《でまどした》、すすけた簾《すだれ》ごしに供えよう。お月様《つきさま》、おさびしゅうございましょうがと、飾る。……その小さな台を取りに、砂で気味の悪い階子《はしご》段を上がると、……プンとにおった。焦げるようなにおいである。ハッと思うと、こう気のせいか、立てこめた中に煙が立つ。私はバタバタと飛びおりた。「ちょっと来て見ておくれ、焦げくさいよ。」家内が血相して駈けあがった。「漏電じゃないか知ら。」——一日《いちにち》の地震以来、たばこ一服、火の気のない二階である。「畳をあげましょう。浜野さん……御近所の方、おとなりさん。」「騒ぐなよ。」とはいったけれども、私も胸がドキドキして、壁に頰を押しつけたり、畳を撫でたり、だらしはないが、火の気を考え、考えつつ、雨戸を繰《く》って、衝《つ》と裏窓をあけると、裏手の某《ぼう》邸《てい》の広い地尻《じじり》から、ドス黒いけむりが渦を巻いて、もうもうと立ちのぼる。「湯どのだ、正体は見届けた、あの煙だ。」というと、浜野さんが鼻を出して、嗅いで見て、「いえ、あのにおいは石炭です。一つ嗅いで来ましょう。」と、いうことも慌てながら戸外《おもて》へ飛び出す。

——近所の人たちも、二三人、念のため、スイッチを切って置いて、畳を上げた、が何事もない。「御安心なさいまし、大丈夫でしょう。」という所へ、浜野さんが、下駄を鳴《なら》して飛んで戻って、「ずかずか庭から入りますとね、それ、あの爺さん。」という、某邸の代理に夜番に出て、いねむりをしいしい、むかし道中をしたという東海道の里程を、大津からはじめて、幾里何町と五十三次、徒歩《てく》で饒舌《しゃべ》る。……安政の地震の時は、おふくろの腹にいたという爺さんが、「風呂を焚いていましてね、何か、嗅ぐと矢《や》っ張《ぱ》り石炭でしたが、何《なん》か、よくきくと、たきつけに古新聞と塵埃《ごみ》を燃《も》したそうです。そのにおいが籠ったんですよ。大丈夫です。——爺さんにいいますとね、(気の毒でがんしたのう。)といっていました。」箱根で煙草をのんだろうと、笑いですんだから好《い》いものの、薄に月は澄《すみ》ながら、胸の動悸は静まらない。あいにくとまた停電で、蠟燭のあかりを借りつつ、燈《ともしび》と共に手がふるう。……なかなかに稼ぐ所ではないから、いきつぎに表《おもて》へ出て、近所の方に、ただ今の礼《れい》を立話《たちばな》しでして居ると、人どよみを哄《どっ》とつくって、ばらばら往来がなだれを打つ。小児《こども》はさけぶ。犬はほえる。何だ。何だ。地震か火事か、と騒ぐと、馬だ、馬だ。何だ、馬だ。主《ぬし》のない馬だ。はなれ馬か、そりゃ大変と、屈竟《ぐっきょう》なのまで、軒下へパッと退《の》いた。放れ馬には相違ない。引手《ひきて》も馬方《うまかた》もない畜生が、あの大地震にも縮まない、長い面《つら》して、のそりのそりと、大八車《だいはちぐるま》のしたたかな奴を、たそがれの塀の片暗夜《かたやみ》に、人もなげに曳《ひ》いて伸《の》して来る。重荷に小《こ》づけとはこの事だ。その癖、車は空《から》である。

が、嘘か真《まこと》か、本所《ほんじょ》の、あの被服廠《ひふくしょう》では、つむじ風の火の裡《なか》に、荷車《にぐるま》を曳いた馬が、車ながら炎となって、空《そら》をきりきりと廻ったと聞けば、ああ、その馬の幽霊が、車の亡魂《ぼうこん》とともに、フト迷って顕われたかと、見るにもの凄いまで、この騒ぎに持ち出した、軒々《のきのき》の提灯の影に映ったのであった。

こういう時だ。在郷軍人が、シャツ一枚で、見事に轡《くつわ》を引留《ひきと》めた。が、この大きなものを、せまい町内、何処へつなぐ所もない。御免だよ、誰もこれを預からない。そのはずで。……然《そ》うかといって、どこへ戻す所もないのである。少しでも広い、中六《なかろく》へでも持ち出すかと、曳き出すと、人をおどろかしたにも似ない、おとなしい馬で、荷車の方が暴れながら、四角《よつかど》を東へ行《ゆ》く。……

酔《よ》っ払《ぱら》ったか、寝込んだか、馬方め、馬鹿にしやがると、異説、紛々《ふんぷん》たる所へ、提灯片手に息せいて、馬の行った方から飛び出しながら「皆さん、昼すぎに、見付けの米屋へ来た馬です。あの馬の面に見覚えがあります。これから知らせに行きます。」と、商家の中僧《ちゅうぞう》さんらしいのが、馬士《まご》に覚え、とも言わないで、呼ばわりながら北へ行く。

町内一《いっ》ぱいのえらい人出《ひとで》だ、何《なん》につけても騒々しい。


こう何うも、番ごと、どしんと、駭《おど》ろかされて、一々《いちいち》びくびくして居たんでは行《や》り切《き》れない。さあ、もって来い、何でも、と向《むこ》う鱭巻《はちまき》をした所で、馬の前へは立たれはしない。

夜ふけて、ひとり澄む月も、忽《たちま》ち暗くなりはしないだろうか、真赤《まっか》になりはしないかと、おなじ不安に夜を過ごした。

その翌日——十六夜《いざよい》にも、また晩方《ばんがた》強震があった——おびえながら、この記をつづる。
時に、こよいの月は、雨空に道行きをするようなのではない。こうごうしく、そして、やさしく照って、折りしもあれ風一《かぜひと》しきり、無慙《むざん》にもはかなくなった幾万の人たちの、焼けし黒髪かと、散る柳、焦《こ》げし心臓かと、落つる木《こ》の葉の、宙にさまようと見ゆるのを、撫《な》で慰《なぐ》さむるように、薄霧《うすぎり》の袖《そで》の光《ひか》りを長く敷いた。

間引菜

わびしさ……侘《わび》しいと言うは、寂《さび》しさも通越《とおりこ》し、心細さもあきらめ気味の、げっそりと身にしむ思《おもい》の、大方《おおかた》、こうした時の事であろう。

——まだ、四谷見《よつやみ》つけの二夜《ふたよ》の露宿《ろじゆく》から帰ったばかり……三日《みつか》の午後の大雨に、骨までぐしょ濡れに成って、やがて着かえた後《のち》も尚《な》お冷々《ひえびえ》と湿っぽい、しょぼけた身体《からだ》を、ぐったりと横にして、言合《いいあ》わせたように、一張差置《ひとはりさしお》いた、真《しん》の細い、乏しい提灯に、頭と顔をひしと押着《おッつ》けた処は、人間唯髯《ただひげ》のないだけで、秋の虫と余りかわりない。

ひとえに寄縋《よりすが》る、薄暗い、消えそうに、ちょろちょろまたたく……灯《あかり》と言っては此一《このひと》点《つ》で、二階も下階《した》も台所も内中《うちじゆう》は真暗《まつくら》である。

すくなくも、電燈が点《つ》くように成ると、人間は横着で、どうしてあんなだったろうと思う、が其《それ》はまったく暗かった。——実際、東京はその一時《いちじ》、全都が火の消えるとともに、此の世から消えたのであった。

大焼原《おおやけはら》の野《の》と成った、下町《したまち》とおなじ事、殆《ほとん》ど麴町《こうじまち》の九分《くぶ》どおりを焼いた火の、ややしめり際《ぎわ》を、我が家《いえ》を逃出《にげで》たままの土手の向越《むこうご》しに見たが、黒煙《くろけむり》は、残月《ざんげつ》の下に、半天《はんてん》を蔽うた忌《いま》わしき魔鳥《まちよう》の翼に似て、焼残る炎の頭《かしら》は、その血のしたたる七つの首のようであった。

……思出《おもいだ》す。……

あらず、碧《あお》く白き東雲《しののめ》の陽の色に紅《くれない》に冴えて、其の真黒《まつくろ》な翼と戦う、緋《ひ》の鶏《とり》のとさかに似たのであった。

これ、夜のあくるにつれての人間《にんげん》の意気《いき》である。

日が暮れると、意気地はない。その鳥より一層もの凄い、暗闇《やみ》の翼に蔽われて、いま燈《ともしび》の影に息を潜《ひそ》める。其の翼の、時々どッと動くとともに、大地は幾度もぴりぴりと揺れるのであった。

驚破《すわ》と言えば、駈出《かけだ》すばかりに、障子も門《かど》も半ばあけたままで。……框《かまち》の狭い三畳に、件《くだん》の提灯に縋《すが》った、つい鼻の先は、町も道も大きな穴のように皆暗《みなくら》い。——暗さはつきぬけに全都《ぜんと》の暗夜《やみ》に、荒海《あらうみ》の如く続く、とも言われよう。

虫のようだと言ったが、ああ、一層《いっそ》、くずれた壁に潜んだ、波の巌間《いわま》の貝に似て居る。

——此を思うと、大《おお》なる都の上を、手を振って立って歩行《ある》いた人間は大胆《だいたん》だ。

鄰家《となり》はと、穴から少し、惁《こ》う鼻の尖《さき》を出して、覗くと、おなじように、提灯を家族《みんな》で袖で包んで居る。魂なんど守護するように——

ただ四角《よつかど》なる辻の夜警のあたりに、ちらちらと燈《ひ》の見えるのも、うら枯れつつも散残《ちりのこ》った百日紅《ひゃくじつこう》の四五輪《しごりん》に、可恐《おそろし》い夕立雲《ゆうだちくも》の崩れかかった状《さま》である。

と、時々その中から、黒く抜出《ぬけだ》して、跫音《あしおと》を沈めて来て、門《かど》を通りすぎるかとすれば、閃々《きらきら》と薄《すすき》のようなものが光って消える。

白刃《しらは》を提《さ》げ、素槍《すやり》を構えて行《ゆ》くのである。こんなのは、やがて大吐《おおしか》られに叱られて、束《たば》にしてお取上《とりあ》げに成ったが……然《そ》うであろう。

——記録は慎まなければ成らない。——此のあたりで、白刃の往来するを見たは事実である。……けれども、敵《かたき》は唯《ただ》、宵闇の暗さであった。

其の暗夜《やみよ》から、風が颯《さっ》と吹通《ふきとお》す。……初嵐《はつあらし》……可懐《なつかし》い秋の声も、いまは遠く遥《はるか》に隅田川《すみだがわ》を渡る数万《すまん》の霊の叫喚である。……蠟燭がじりじりとまた滅入《めい》る。

あ、と言って、其の消えかかるのに驚いて、半ばうつつに目を開く、女たちの顔は蒼白い。

疲れ果てて、目を睜《みは》りながらも、すぐ其《それ》なりにうとうとする。呼吸《いき》を、燈《ともしび》に吸わるるように見える。

がさり……

裏町、表通り、火を警《いまし》むる拍子木《ひょうしぎ》の音も、石を噛《か》むように軋《きし》んで、寂然《しん》とした、台所で、がさりと陰気《いんき》に響く。

がさり……

鼠《ねずみ》だ。

「叱《しっ》……」

がさり……

いや、もっと近い、つぎの女中部屋の隅《すみ》らしい。

がさり……

「叱……」

と言う追う声も、玄米の粥《かゆ》に、缶詰の海苔《のり》だから、しつこしも、粘りも、力もない。

がさり。

畜生、……がさがさと引いても逃げる事か、がさりとばかり悠々《ゆうゆう》と遣《や》って居る。

気に成るから、提灯を翳《かざ》して、「叱。」と女中部屋へ入った。が、不断《ふだん》だと、魑魅《ちみ》を消す光《こう》明《みよう》で、電燈を燦《ぱっ》と点《つ》けて、畜生を礫《つぶて》にして追払《おいはら》うのだけれど、此の灯《あかり》の覚束《おぼつか》なさは、天井から息を掛けると吹消《ふっけ》されそうである。ちょろりと足許《あしもと》をなめられはしないかと、爪立《つまだ》つほどに、心《しん》が虚《きょ》して居るのだから、だらしはない。

それでも少時《しばらく》は、ひっそりして音を潜めた。

先ずは重畳《ちょうじょう》、抗《むか》って歯向《はむか》ってでも来られようものなら、町内の夜番《よばん》につけても、竹箒《たかぼうき》を押《おっ》取《と》って戦わねば成らない処を、恁《こ》う云《い》う時は敵手《あいて》が逃げてくれるに限る。

「ああ、地震だ。」

幽《かすか》ながら、ハッとして框まで飛返《とびかえ》って、

「大丈夫大丈夫。」

ほっとする。動悸のまだ休まらないうちである。

がさり。

二三尺《にさんじゃく》、今度は——荒庭の飛石のように、包んだままの荷がごろごろして居る。奥座敷へ侵入した。——此を思うと、いつもの天井を荒廻るのなどは、ものの数ではない。

既に古人《こじん》も言った——物之最小而可憎者《もののもっともしようにしてにくむべきは》、蠅与鼠《はえとねずみ》である。蠅以痴《はえはちをもってし》。鼠以黠《ねずみはきつをもってす》。其害《そのものをが》物則鼠過於蠅《いするはすなわちねずみはえにすぐ》。其攫人則蠅過於鼠《そのひとをみだすはすなわちはえねずみにすぐ》……しかも駆蠅難於駆鼠《はえをかるはねずみをかるよりもかたし》。――鼠を防ぐことは、虎を防ぐよりも難《かた》い……と言うのである。

同感だ。――が、満更然《まんざらそ》うでもない。大家《たいか》高堂《こうどう》、手が届かず、従って鼠も多ければだけれども、小さな借家《しゃくや》で、壁の穴に気をつけて、障子の切り張りさえして置けば、化《ば》けるほどでない鼠なら、むざとは入らぬ。

いつもは、気をつけて居るのだから、台所、もの置は荒しても、めったに畳は踏ませないのに、大地震の一揺《ひとゆ》れで、家中《うちじゅう》、穴だらけ、隙間だらけで、我家《わがや》の二階でさえ、壁土《かべつち》と塵埃《ほこり》と煤《すす》と、襖障子の骨だらけな、大きなものを背負って居るような場合だったから堪《たま》らない。

「勝手にしろ。――また地震だ。……鼠なんか構っちゃ居られない。」

あくる日、晩飯の支度前に、台所から女中部屋を掛けて、女たちが頻《しきり》に立迷《たちまよ》って、ものを捜す。――君子《くんし》は庖厨《ほうちゅう》の事になんぞ、関しないで居たが、段々茶の間に成り、座敷に及んで、棚、小棚《こだな》を掻きまわし、抽斗《ひきだし》をがたつかせる。棄《す》てても置かれず、何《ど》うしたと聞くと、「どうも変なんですよ。」と不思議がって、わるく真面目な顔をする。ハテナ、小倉《おぐら》の色紙や、鷹の一軸《いちじく》は先祖からない内だ。うせものがした処で、そんなに騒ぐには当るまいと思った。が、さて聞くと、いや何《ど》うして……色紙や一軸どころではない。――大切な晩飯の菜《さい》がない。

車麩《くるまぶ》が紛失して居る。

皆さんは、御存じであろうか……此品《このしな》を。……あなた方が、女中《ねえ》さんに御祝儀を出してめしあがる場所などには、決してあるものではない。かさかさと乾いて、渦に成って、称《よ》ぶ如く真中《まんなか》に穴のあいた、ここを一寸束《ちよつと》にして結《ゆわ》えてある……瓦煎餅《かわらせんべい》の気の抜けたようなものである。粗《ざつ》と水に漬けて、ぐいと絞って、醬油で掻廻せば直《す》ぐに食べられる。……私たち小学校へ通う時分に、弁当の菜が、よく此《これ》だった。

「今日のお菜《かず》は？」

「車麩。」

と、からかうように親たちに言われると、ぷっとふくれて、がっかりして、そしてべそを掻いたものである。其癖《そのくせ》、学校で、おのおのを覗きっくらをする時は「蛇《じや》の目の紋だい、清正《きよまさ》だ。」と言って、負《まけ》おしみに威張《いば》った、勿論、結構なものではない。

紅葉《こうよう》先生の説によると、「金魚麩は婆《ばば》の股《もも》の肉だ。」そうである。

成程《なるほど》似て居る。

安下宿《やすげしゆく》の菜《さい》に此の一品《ひとしな》にぶつかると、

「また婆の股だぜ。」

「恐れるなあ。」

で同人《どうにん》が嘆息した。――今でも金魚麩の方は辟易《へきえき》する……が、地震の四日《よっか》五日《いつか》めぐらい迄は、此の金魚麩さえ乾物屋で売切れた。また「泉《いずみ》の干瓢鍋《かんぴょうなべ》か。車麩か。」と言って友だちは嘲笑する。けれども、淡泊で、無難で、第一倹約で、君子の食うものだ、私は好《すき》だ。が言うまでもなく、それどころか、椎茸《しいたけ》も湯皮《ゆば》もない。金魚麩さえないものを、些《ちっ》とは増《まし》な、車麩は猶更《なおさら》であった。

……すでに、二日の日の午後、火と煙を三方《さんぼう》に見ながら、秋の暑さは炎天より意地が悪く、加うるに砂煙《さえん》の濛々《もうもう》とした大地に茣蓙《ござ》一枚の立退所《たちのきじょ》から、軍《いくさ》のような人ごみを、抜けつ、潜りつ、四谷の通りへ食料を探しに出て、煮染屋《にしめや》を見つけて、崩れた瓦、壁泥《かべどろ》の堆《うずたか》いのを踏んで飛込《とびこ》んだが、心あての昆布《こぶ》の佃煮は影もない。鯊《はぜ》を見着《みつ》けたが、買おうと思うと、いつもは小清潔《こぎれい》な店なんだのに、其の硝子蓋《がらすぶた》の中は、と見るとギョッとした。真黒に煮られた鯊の、化けて頭の飛ぶような、一杯に跳上《はねあが》り飛廻《とびまわ》る蠅《はえ》であった。あおく光る奴も、パッパッと相《あい》まじわる。

咽喉《のど》どころか、手も出ない。

蠅も蛆《うじ》も、とは、まさか言いはしなかったけれども、此の場合……きれい汚いなんぞ勿体《もったい》ないと、立《たち》のき場所の周囲から説《せつ》が出て、使《つかい》が代って、もう一度、その佃煮に駈けつけた時は……先刻《さき》に見着けた少しばかりの缶詰も、それも此も売切れて何にもなかった。——第一、もう店を閉《とざ》して、町中寂《しん》然として、ひしひしと中《うち》に荷をしめる音がひしめいて聞えて、鎖《とざ》した戸には炎《ひ》の影が暮れせまる雲とともに血をそそぐように映ったと言うのであった。

繰返すようだが、それが二日で、三日の午《ひる》すぎ、大雨に弱り果てて、まだ不安ながら、破《やぶれ》家《や》へ引返してから、薄い味噌汁に蘇生《よみがえ》るような味を覚えたばかりで、缶づめの海苔と梅干のほか何にもない。

不足を言えた義理ではないが……言った通り干瓢も湯皮も見当らぬ。ふと中六《なかろく》の通りの南《なん》外堂《がいどう》と言う菓子屋の店の、この処、砂糖《さとう》気もしめり気も塩気《しおけ》もない、からりとして、ただ箱《はこ》道具《どうぐ》の乱れた天井に、つつみ紙の糸を手繰《たぐ》って、くるくると廻りそうに、右の車麩のあるのを見つけて、おかみさんと馴染《なじみ》だから、家内が頼んで、一《ひと》かがり無理に譲って貰ったのでた。

——少々おかかを驕《おご》って煮た。肴《さかな》にも菜《さい》にも、なかなか此の味は忘れられない。

——此の日も、晩《ばん》飯の楽《たのし》みにして居たのであるから。……私は実は、すき腹《ばら》へ余程こたえた。

あの、昨夜《ゆうべ》の（がさり）が其《そ》れだ。

「鼠だよ、畜生め。」

それにしても、半分煮たあとが、輪にして雑《ざっ》と一斤入《いっきんいれ》の茶の缶ほどの嵩《かさ》があったのに、何処を探しても、一片《ひときれ》もないどころか、果《はて》は踏台《ふみだい》を持って来て、押入の隅を覗き、縁《えん》の天井うらにつんだ古傘《ふるがさ》の中まで掻きさがしたが、欠《かけ》らもなく、粉《こな》も見えない。

「不思議だわね。変だ。鼠ならそれまでだけれど……」

可厭《いや》な顔をして、女たちは、果《はて》は気味を悪がった。——尤《もっと》も引続《ひきつづ》いた可恐《おそろし》さから、些《ち》と上《うわ》ずっては居るのだけれど、鼠も妖《よう》に近いのでないと、恁《こ》う吹消《ふきけ》したようには引けそうもないと言うので、薄気味を悪がるのである。

「何《ど》うかして居るんじゃないか知《し》ら。」

追っては、置場所《おきばしょ》を忘れたにしても、余りな忘れ方だからと、女たちは我《われ》と我身《わがみ》をさえ覚束ながって気を打《う》つのである。且《か》つあやかしにでも、憑《つ》かれたような暗い顔をする。

その目の色のただならないのを見て、私も心細く寂しかった。

いかに、天変の際《さい》と雖《いえど》も、麩《ふ》に羽が生えて飛ぶ道理がない。畜生、鼠の所業《しわざ》に相違あるまい。

この時の鼠の憎さは、近頃、片腹痛《かたはらいた》く、苦笑をさせられる、あの流言蜚語《りゅうげんひご》とかを逞《たくま》しゅうして、女小児《おんなこども》を脅《おびや》かす輩《ともがら》の憎さとおなじであった。……

……たとえば、地震から、水道が断水したので、此辺《このへん》、幸いに四五箇所残った、むかしの所謂《いわゆる》、番町《ばんちょう》の井戸へ、家毎《いえごと》から水を貰いに群《むれ》をなして行《ゆ》く。……忽《たちま》ち女には汲ませないと言う邸《やしき》が出来た。毒を何《ど》うとかと言触《いいふ》らしたがためである。其の時の事で。……近所の或《ある》邸へ……此の界隈を大分《だいぶ》離れた遠方から水を貰いに来たものがある。来たものの顔を知らない。不安の折だし、御不自由まことにお気の毒で申し兼ねるが、近所へ分けるだけでも水が足りない。外町《ほかまち》の方《かた》へは、と言って其の某邸《ぼうてい》で断った。――あくる朝、命の水を汲もうとすると、釣瓶《つるべ》に一杯、汚い獣《けもの》の毛が浮いて上《あが》る……三毛猫の死骸が投込《なげこ》んであった。その断られたものの口惜《くやし》まぎれの悪戯《いたずら》だろうと言うのである。――朝の事で。……

すぐ其の晩、辻の夜番《よばん》で、私に怘《こ》う言って、身ぶるいをした若い人がある。本所《ほんじょ》から辛うじて火を免《のが》れて避難をして居る人だった。

「此の近所では、三人死にましたそうですね、毒の入った井戸水を飲んで……大変な事に成りましたなあ。」

いや何《ど》うして、生《うま》れかかった嬰児《あかんぼ》はあるかも知らんが、死んだらしいのは一人もない。

「飛《とん》でもない――誰にお聞きに成りました。」

「じき、横町《よこちょう》の……何《なん》の、車夫《わかいしゅ》に――」

もう其の翌日、本郷《ほんごう》から見舞に来てくれた友だちが知って居た。

「やられたそうだね、井戸の水で。……何《ど》うも私たちの方も大警戒だ。」

実の処は、単に其の猫の死体と云うのさえ、自分で見たものはなかったのである。

天明六《てんめいろく》、丙午年《ひのえうまどし》は、不思議に元日も丙午で此の年、皆虧《かいき》の蝕《しょく》があった。春よりして、流言妖語《ようご》、壮《さかん》に行われ、十月の十二日には、忽ち、両水道に毒ありと流伝し、市中の騒動言うべからず、諸人水《しょにんみず》に騒ぐこと、火に騒ぐが如し。――と此の趣が京山《きょうざん》の（蜘蛛の糸巻）に見える。……諸葛武侯《しょかつぶこう》、淮陰侯《わいいんこう》にあらざるものの、流言の智慧《ちえ》は、いつも此のくらいの処らしい。

しかし五月蠅《うるさ》いよ。

鉄の棒の杖をガンといって、尻まくりの逞《たくま》しい一分刈《いちぶがり》の凸頭《でこあたま》が「麹町《こうじまち》六丁目が焼《やけ》とるで！今ぱっと火を吹いた処だ、うむ。」と炎天に、赤黒い、油ぎった顔をして、目をきょろりと、肩をゆがめて、でくりと通る。

一晩内へ入って寝たばかりだ。皆ワッと言って駈出《かけだ》した。

「お急《せ》きなさるな、急《せ》くまい。……いま火元を見て進《しん》ぜる。」

と町内第一の古老で、紺と白の浴衣《ゆかた》を二枚重ねた禅門《ぜんもん》。予《かね》て禅機《ぜんき》を得た居士《こじ》だと言うが、悟《さとり》を開いても迷っても、南が吹いて近火《きんか》では堪らない。暑いから胸をはだけて、尻端折《しりはしょ》りで、すたすたと出向《でむか》われた。かえりには、ほこりの酷《ひど》さに、すっとこ被《かぶり》をして居《お》られたが、

「何の事じゃ、おほほ、成程、焼けとる。燬《ぱっ》と火の上《あが》った処じゃが、焼原《やけはら》に立っとる土蔵じゃて。あのまま駈廻《かけまわ》っても近まわりに最《も》う焼けるものは何にもないての。おほほ。安心《あんしん》安心。」

それでも、誰《たれ》もが、此の御老体に救われた如くに感じて、尽《ことごと》く前者の暴言を怨んだ。――処で、その鉄棒《かなぼう》をついた凸《でこ》がと言《い》うと、右禅門の一家、……どころか、忰《せがれ》なのだからおもしろい。

文政《ぶんせい》十二年三月二十一日、早朝より、乾《いぬい》の風烈《はげ》しくて、盛《さかり》の桜を吹き乱し、花片《はなびら》とともに砂石《させき》を飛ばした。……巳刻半《みのこくはん》、神田《かんだ》佐久《さく》間町河岸《まちようがし》の材木納屋《ざいもくなや》から火を発して、広さ十一里三十二町半を焼き、幾千の人を殺した、橋の焼けた事も、船の焼けた事も、今度の火災によく似て居る。材木町《ざいもくちょう》の陶器屋の婦《つま》、嬰児《あかご》を懐《ふところ》に、六歳になる女児《おんなのこ》の手を曳《ひ》いて、凄《すさまじ》い群集のなかを逃れたが、大川端《おおかわばた》へ出て、うれしやと吻《ほっ》と呼吸《いき》をついて、心づくと、人ごみに揉立《もみた》てられたために、手を曳いた児《こ》は、身《み》なしに腕一つだけ残った。女房は、駭《おどろ》きかなしみ、哀歎《あいたん》のあまり、嬰児《あかご》と其の腕ひとつ抱きしめたまま、水に投じたと言う。悲惨なのもあれば、船

に逃れた御殿《ごてん》女中が、三十幾人、帆柱《ほばしら》の尖《さき》から焚《や》けて、振袖《ふりそで》も褄《つま》も、炎とともに三百石積《さんびやっこくづみ》を駈けまわりながら、水に紅《あか》く散ったと言う凄惨なのもある。その他、殆ど今度とおなじようなのが幾らもある。中には其のままらしいのさえ少《すく》なくない。

余事だけれど、其の大火に——茅場町《かやばちよう》の髪結床《かみゆいどこ》に平五郎《へいごろう》と言う床屋があって、人は皆彼《かれ》を（床平《とこへい》）と呼んだ。——此《これ》が焼けた。——時に其の頃、奥州の得平《とくへい》と言うのが、膏薬《こうやく》の呼売《よびうり》をして歩行《ある》いて行われた。

（奥州、仙台、岩沼の、得平が膏薬は、

あれや、これやに、利かなんだ。

皹《あかぎれ》なんどにゃ、よく利いた。）

そこで床平が、自分で焼あとへ貼出《はりだ》したのは——

（何《ど》うしよう、身代《しんだい》、今の間に、床平が焦《こ》う焼けた。

水や、火消《ひけし》じゃ消えなんだ。

暁方《あけがた》なんどにゃ、やっと消えた。）

行《や》ったな、親方。お救米《すくいまい》を噛みながら、江戸児《えどっこ》の意気思うべしである。

此のおなじ火事に、霊岸島《れいがんじま》は、かたりぐさにするのも痛々しく憚《はばか》られるが、あわれ、今度の被服廠《ひふくしょう》あとで、男女の死体が伏重《ふしかさ》なった。ここへ立ったお救小屋《すくいごや》へ、やみの夜は、わあッと言う泣声、たすけて――と言う悲鳴が、地の底からきこえて、幽霊が顕《あら》われる。しきりもない小屋内《こやうち》が、然《さ》らぬだに、おびえる処《ところ》、一斉《いちどき》に突伏《つっぷ》す騒ぎ。やや気の確《たしか》なのが、それでも僅《わずか》に見留《みと》めると、黒髪を乱した、若い女の、白い姿で。……見るまに影になって、フッと消える。

その混乱のあとには、持出《もちだ》した家財金目《かざいかなめ》のものが少《すく》なからず紛失した。娯楽ものの講談に、近頃大立《おおだて》ものの、岡引《おかっぴき》が、つけて、張って、見さだめて、御用と、捕ると、其の幽霊は……女《わか》い女《おんな》とは見たものの慾目《よくめ》だ。実は六十幾歳の婆々《ばば》で、かもじを乱し、白《しろ》ぬのを裸身《はだかみ》に巻いた。――背中に、引剝《ひっぺ》がした黒塀の板を一枚背負《しょ》って居る。それ、トくるりと背後《うしろ》を向きさえすれば、立処《たちどころ》に暗夜《やみ》の人目に消えたのである。

私は、安直な巻莨《まきたばこ》を吹かしながら、夜番《よばん》の相番《あいばん》と、おなじ夜の弥次《やじ》たちに此の話をした。

三日とも経《た》たないに……

「やあ、えらい事に成りました。……柳原《やなぎはら》の焼あとへ、何《ど》うです。……夜鷹《よたか》より先に幽霊が出ます。……若い女の真白《まっしろ》なんで。――自警隊の一《ある》豪傑がつかまえて見ると、それが婆《ばばあ》だ。かつらをかぶって、黒板……」

と、黄昏《たそがれ》の出会頭《であいがしら》に、黒板塀《くろいたべい》の書割《かきわり》の前で、立話《たちばなし》に話しかけたが、ここまで饒舌《しゃべ》ると、私の顔を見て、変な顔色《かおつき》をして、

「やあ、」

と言って、怒ったように、黒板塀に外《そ》れてかくれた。

実は、私は、此の人に話したのであった。

こんなのは、しかし憎気《にくげ》はない。

再び幾日の何時ごろに、第一震以上《だいいっしんいじょう》の揺かえしが来る、その時は大海嘯《おおつなみ》がともなうと、何処かの予言者が話したとか。何の祠《ほこら》の巫女《みこ》は、焼《やけ》のこった町家《まちや》が、火に成ったたま、あとからあとからスケートのように駈廻《かけまわ》る夢を見たなぞと、声を密《ひそ》め、小鼻《こばな》を動かし、眉毛をびりりと舌なめずりをして言うのがある。段々寒さに向うから、火のついた家のスケートとは考えた。……

女小児はそのたびに青く成る。

やっと二歳《ふたつ》に成る嬰児《あかんぼ》だが、だだを捏《こ》ねて言う事を肯《き》かないと、それ地震が来るぞと親たちが怯《おど》すと、

「おんもへ、ねんね、いやよう。」

と、ひいひい泣いて、しがみついて、小さく成る。

近所には、六歳かに成る男の児《こ》で、恐怖の余り気が狂って、八畳二間を、縦とも言わず横とも言わず、くるくる駈廻って留《と》まらないのがあると聞いた。

スケートが、何《ど》うしたんだ。

我《われき》聞く。——魏《ぎ》の正始《せいし》の時、中山《ちゅうざん》の周南《しゅうなん》は、襄邑《じょうゆう》の長《ちょう》たりき。一日《あるひ》戸《こ》を出《い》づるに、門の石垣の隙間から、大鼠がちょろりと出て、周南に向って立った。此奴《こいつ》が角巾《つのずきん》、帛衣《くろごろも》して居たと言う。一寸、靴の先へ団栗《どんぐり》の実が落ちたような形らしい。但しその風丰《ふうぼう》は地仙《ちせん》の格、予言者の概《がい》があった。小狡《こざか》しき目で、じろりと視て、

「お、お、周南よ、汝《なんじ》、某《それ》の月の某の日を以《もっ》て当《まさ》に死ぬべきぞ。」

と言った。

したたかな妖《よう》である。

処《ところ》が中山の大人物《だいじんぶつ》は、天井がガタリと言っても、わッと飛出すような、やにッこいのとは、口惜《くや》しいが鍛錬《きたえ》が違う。

「ああ、然《さ》ようか。」

と言って、知らん顔をして澄まして居た。……言《ことば》は些《ち》となまぬるいようだけれど、そこが

悠揚《ゆうよう》として迫らざる処である。

　鼠還穴《ねずみあなにかえる》。

その某月《ぼうげつ》の半《なか》ばに、今度は、鼠が周南の室《しつ》へ顕われた。ものものしく一揖《いちゆう》して、

「お、お、周南よ。汝、月の幾日《じつ》にして当に死ぬべきぞ。」

と言った。

「ああ、然ようか。」

鼠が柱に隠れた。やがて、呪える日の、其の七日《なぬか》前《まえ》に、傲然《ごうぜん》と出て来た。

「お、お、周南よ。汝旬日《なんじじゅんじつ》にして当に死ぬべきぞ。」

「ああ、然ようか。」

丁度《ちょうど》七日めの朝は、鼠が急いで出た。

「お、お、周南よ。汝、今日《こんにち》の中《うち》に、当に死ぬべきぞ。」

「ああ、然ようか。」

鼠が慌てたように、あせり気味にちか寄った。

「お、お、周南、汝、日中、午《ご》にして当に死ぬべきぞ。」

「ああ、然ようか。」

其の日、同じ処に自若として一人居いると、当にその午《ひる》ならんとして、鼠が、幾度《たび》か出たり入ったりした。

やがて立って、目を尖《とが》らし、しゃがれ声して、

「周南、汝、死なん。」

「ああ、然ようか。」

「周南、周南、いま死ぬぞ。」

「然ようか。」

と言った。が、些《ちつ》とも死なない。

「弱った……遣切《やりき》れない。」

と言うと斉《ひと》しく、ひっくり返って、其の鼠がころっと死んだ。同時に、巾《ずきん》と帛《きもの》が消えて散った。魏の襄邑の長、その時思入《おもいれ》があって、じっと見ると、常《つね》の貧弱な鼠のみ。周南　寿《いのちながし》。

と言うのである。

流言の蠅、蜚語《ひご》の鼠、そこらの予言者に対するには、周南先生の流儀に限る。

事あって後《のち》にして、前兆を語るのは、六日《むいか》の菖蒲《あやめ》だけれども、そこに、あきらめがあり、一種のなつかしみがあり、深切《しんせつ》がある。あわれさ、はかなさの情《じよう》を含む。

潮のささない中川筋《なかがわすじ》へ、夥《おびただ》しい鯔《ぼら》が上《あが》ったと言う。……横浜では、町の小溝《こみぞ》で鰯《いわし》が掬《すく》えたと聞く。……嘗《かつ》て佃《つくだ》から、「蟹や、大蟹やあ」で来る、声は若いが、もういい加減な爺さんの言うのに、小児《こども》の時分にゃあ両国下《りょうごくした》で鰯がとれたと話した、私は地震の当日、ふるえながら、「ああ、こんな時には、両国下へ鰯が来はしないかな。」と、愚にもつかないが、事実そんな事を思った。

あの、磐梯山《ばんだいさん》が噴火して、一部の山廓《さんかく》をそのまま湖の底にした。……その前日、おなじ山の温泉の背戸《せど》に、物干棹に掛けた浴衣《ゆかた》の、日盛《ひざかり》にひっそりとして垂れたのが、しみ入る蟬《せみ》の声ばかり、微風《かぜ》もないのに、裾《すそ》を飜《ひるがえ》して、上下《うえした》にスッスッと煽ったのを、生命《いのち》の助かったものが見たと言う。――はもの凄い。

係《こ》うした事は、聞けば幾らもあろうと思う。さきの思出《おもいで》、のちのたよりに成るべきである。

処で、私たちの町の中央《まんなか》を挟んで、大銀杏《おおいちょう》が一樹《ひとき》と、それから、ぽぷらの大木《たいぼく》が一幹《ひともと》ある。見た処《ところ》、丈《たけ》も、枝のかこみもおなじくらいで、はじめは対《つい》の銀杏かと思った。――此のぽぷらは、七八年前《しちはちねんぜん》の、あの凄《すさま》じい暴風雨の時、われわれを驚かした。夜があけると忽《たちま》ち見えなく成った。が、屋根の上を消えたので、実は幹《みき》の半ばから折れたのであった。のびるのが早い。今では再び、もとの通り梢《こずえ》も高し、茂って居る。其の暴風雨の前、二三年引続《ひきつづ》いて、両方の樹《き》へ無数の椋鳥《むくどり》が群れて来た。塒《ねぐら》に枝を争って、揉抜《もみぬか》れて、一羽バタリと落ちて目を眩《まわ》したのを、水をのませていきかえらせて、そして放した人があったのを覚えて居る。

見事に群れて来た。

以前、何かに私が、「田舎から、はじめて新橋《しんばし》へ着いた椋鳥が一羽。」とか書いたのを、紅葉先生が見て笑いなすった事がある。「違うよ、お前、椋鳥と言うのは群れて来るからなんだよ。一羽じゃいけない。」成程《なるほど》むれて来るものだと思った。

暴風雨の年から、ばったり来なく成った。それが、今年、しかもあの大《おお》地震の前の日の暮《くれ》方《がた》に、空を波のように群れて渡りついた。ぽぷらの樹に、どっと留まると、それからの喧噪《さわぎ》と言うものは、――チチッ、チチッと百羽二百羽一度に声を立て、バッと梢へ飛上《とびあが》ると、また颯《さっ》と枝につく。揉むわ揺《ゆ》るわ。漸《や》っと梢が静まったと思うと、チチッ、チチッと鳴き立てて又パッと枝を飛上る。暁方《あけがた》まで止《や》む間《ま》がなかった。

今年は非常な暑さだった。また東京らしくない、しめり気を帯びた可厭《いや》な蒸暑《むしあつ》さで、息苦しくして、寝られぬ晩が幾夜《いくよ》も続いた。おなじく其の夜も暑かった。一時頃まで、皆戸外《おもて》へ出て涼んで居て、何と言う騒ぎ方だろう、何故ああだろう、烏《からす》や梟《ふくろ》に驚かされるたって、のべつに騒ぐ訳はない。塒《ねぐら》が足りない喧嘩なら、銀杏の方へ、いくらか分《わか》れたら可《よ》さそうなものだ。——然《そ》うだ、ぽぷらの樹ばかりで騒ぐ。……銀杏は星空に森《しん》然として居た。

これは、大袈裟でない、誰《たれ》も知って居る。寝られないほど、ひっきりなしに、けたたましく鳴立《なきた》てたのである。

朝はひっそりした。が、今度は人間の方が声を揚げた。「やあ、荒《あら》もの屋の婆《ばあ》さん。……何《ど》うでえ、昨夜《ゆうべ》の、あの椋鳥の畜生の騒ぎ方は——ぎゃあぎゃあ、きいきい、ばたばた、ざッざッ、騒々しくって、騒々しくって。……俺等《おいら》昼間疲れて居るのに、からっきし寝られやしねえ。もの干棹の長い奴を持出《もちだ》して、掻廻《かきまわ》して、引払《ひっぱた》こうと思っても、二本継《つ》いでも届くもんじゃねえじゃあねえか。樹《き》が高くってよ。なあ婆さん、椋鳥の畜生、ひどい目に逢わしやがるじゃあねえか。」と大声で喚《わめ》いて居るのがよく聞えた。まだ、私たち朝飯の前であった。

此《これ》が納まると、一時《ひとしきり》たたきつけて、樹も屋根も掻《かき》みだすような風雨《あめかぜ》に成った。驟雨《しゅうう》だから、東京中には降らぬ処もあったらしい。息を吐《つ》くように、一度止んで、しばらくぴったと静まったと思うと、糸を揺《ゆす》ったように幽《かすか》に来たのが、忽ち、あの大地震であった。

「前兆だったぜ——俺《おら》あ確《たしか》に前兆だったと思うんだがね。あの前の晩から暁方《あけがた》までの椋鳥の騒ぎようと言ったら、なあ、婆さん。……ぎゃあぎゃあぎゃあぎゃあ夜一夜《よっぴて》だ。——お前さん。……なあ、婆さん、荒もの屋の婆さん、なあ、婆さん。」

気の毒らしい。……一々《いちいち》、そのぽぷらに間近く平屋《ひらや》のある、荒もの屋の婆さんを、辻の番小屋から呼び出すのは。——ここで分った——植木屋の親方だ。へべれけに酔払《よっぱら》って、向顱《むこうはち》巻《まき》で、鍬《くわ》の抜けた柄の奴を、夜警の得ものに突張《つっぱ》りながら、

「なあ、婆さん。——荒もの屋の婆さんが、知ってるんだ。椋鳥の畜生、もの干棹で引掻《ひきか》き廻《まわ》いてくれようと、幾度飛出《とびだ》したか分らねえ。樹が高《たけ》えから届かねえじゃありませんかい。然《そ》うだろう、然うだとも。——なあ、婆さん、荒もの屋の婆さん、なあ、婆さん。」

ふり廻す鍬の柄をよけながら、いや、お婆さんばかりじゃありません、皆が知ってるよ、と言っても酔ってるから承知をしない。「なあ、婆さん、椋鳥のあの騒ぎ方は。」——と毎晩のように怒《ど》鳴《な》ったものである。

……話が騒々しい。……些《ち》と静《しずか》にしよう。それでなくてさえのぼせて不可《いけな》い。ああ、しかし陰気に成ると気が滅《めい》入る。

がさり。

また鼠だ、奸黠《かんきつ》なる鼠の予言者よ、小畜《しょうちく》よ。

さて、車麩《くるまぶ》の行方は、やがて知れた。魔が奪《と》ったのでも何でもない。地震騒ぎのがらくただの、風呂敷包《ふろしきづつみ》を、ごったにしたたか積重《つみかさ》ねた床の間の奥の隅の方に引込《ひっこ》んであったのを後《のち》に見つけた。畜生。水道が出て、電燈がついて、豆府《とうふ》屋が来るから、もう気が強いぞ。……歯がたの着いた、そんなものは、掃溜《はきだめ》へ打棄《うっちゃ》った。

がさり。がらがらがら。

あの、通りだ。さすがに、畳の上へは近づけないように防ぐが、天井裏から、台所、鼠の殖《ふ》えたことは一通《ひととお》りでない。

近所で、小さな児《こ》が、おもちゃに小庭《こにわ》にこしらえた、箱庭のような築山《つきやま》がある。——其処へ、午後二時ごろ、真日中《まっぴなか》とも言わず、毎日のように、おなじ時間に、縁の下から、のそのそと……出たな、予言者。……灰色で毛の禿《は》げた古鼠《ふるねずみ》が、八九疋《はっくひき》の小鼠をちょろちょろと連れて出て、日比谷《ひびや》を一散歩《ひとさんぽ》と言った面《つら》で、桶《おけ》の輪《わ》ぐらいに、ぐるりと一巡二三度《ひとめぐりにさんど》して、すまして又縁《えん》の下へ入って行く。

「気味が悪くて手がつけられません。」

「地震以来、ひとを馬鹿にして居るんですな。」

と、その親たちが話して居た。

「……車麩だってさ……持って来たよ。あの、坊《ぼう》のお庭へ。――山のね、山のまわりを引《ひっ》張《ぱ》るの。……車の真似だか、あの、オートバイだか、電車の真似だか、ガッタン、ガッタン、ごう……」

と、その七《なな》つに成る児《こ》が、いたいけにまた話した。

私も何だか、薄気味の悪い思いがした。

蠅の湧いたことは言うまでもなかろう。鼠がそんなに跋扈《ばっこ》しては、夜《よ》寒《さむ》の破襖《やぶれぶすま》を何《ど》うしよう。

野鼠を退治《たいじ》るものは狸《たぬき》と聞く。……本所《ほんじょ》、麻布《あさぶ》に続いては、この辺《あたり》が場所だったと言うのに、ああ、その狸の影もない。いや、何より、こんな時の猫だが、飼猫なんどは、此の頃人《にん》間《げん》とともに臆病で、猫が（ねこ）に成って、ぼやけて居る。

時なるかな。天の配剤《はいざい》は妙である。如何《いか》に流言に憑《つ》いた鼠でも、オートバイなどで人もなげに駈廻《かけまわ》られては堪らないと思うと、どしん、どしん、がらがらと天井を追っかけ廻し、溝《どぶ》の中で取って倒し、組んで嚙みふせる勇者が顕われた。

渠《かれ》は鼬《いたち》である。

然《さ》まで古い事でもない。いまの院線《いんせん》がまだ通じない時分には、土手の茶畑で、狸が、ばったを圧《おさ》えたと言う、番町辺《へん》に、いつでも居そうな蛇と鼬《いたち》を、ついぞ見た事がなかったが。……それが、溝《どぶ》を走り、床下を抜けて、しばしば人目につくように成ったのは、去年七月……番町学校が一焼《ひとや》けに焼けた前後《あとさき》からである。あの、時代のついた大建《おおだて》ものの随処に巣《す》くったのが、火のために散ったか、或《あるい》は火を避けて界隈へ逃げたのであろう。

不断《ふだん》は、あまり評判のよくない獣《やつ》で、肩車で二十疋《にじっぴき》、三十疋、狼立《おおかみだち》に突立《つった》って、それが火《ひ》柱《ばしら》に成るの、三声《みこえ》続けて、きちきちとなくと火に祟《たた》るの、道を切ると悪いのと言う。……よく年よりが言って聞かせた。――翻《ひるがえ》って思うに、自《おのず》から忌《い》み憚《はばか》るように、人の手から遠ざけて、渠等《かれら》を保護する、心あった古人《こじん》の苦肉の計《はかりごと》であろうも知れない。

一体が、一寸《ちょっと》手先で、障子の破穴《やぶれあな》の様な顔を撫でる、額《ひたい》の白い洒落《しゃれ》もので。……

越前国大野郡《えちぜんのくにおおのごおり》の山家《やまが》の村の事である。春、小正月《こしょうがつ》の夜、若いものは、家中《いえじゅう》みな遊びに出た。爺さまも飲みに行《ゆ》く。うき世《よ》を済ました媼《ばあ》さんが一人、炉端《ろばた》に留守をして、暗い灯《ともし》で、糸車《いとぐるま》をぶうぶうと、藁屋の雪が、ひらがなで音信《おとづ》れたような昔《むかし》を思って、糸を繰って居ると、納戸の障子の破れから、すき漏《も》る風とともに、すっと茶色に飛込《とびこ》んだものがある。白面黄毛《はくめんこうもう》の不良青年。見紛《みまが》うべくもない鼬で。木尻座《きじりざ》の莚《むしろ》に、ゆたかに、角《かど》のある小判形《こばんがた》にこしらえて積んであった餅を、一枚、もろ手《て》、前脚で抱込《かかえこ》むと、ひょいと翻《かえ》して、頭に乗せて、一つ軽く蜿《うね》って、伸びざまにもとの障子の穴へ消える。消えるかと思うと、忽ち出て来て、黙って又餅《もち》を頂いて、すっと引込《ひっこ》む。

「おおおお悪い奴《がき》がの……そこが畜生の浅ましさじゃ、沢山《たんと》然《そ》うせいよ。手を伸ばいて障子を開ければ、すぐに人間に戻るぞの。」と、媼さんは、つれづれの夜伽《よとぎ》にする気で、巧《たくみ》な、その餅の運び方を、ほくそ笑《えみ》をしながら見て居た。

若いものが帰ると、此の話をして、畜生の智慧を笑う筈《はず》が、豈計《あにはか》らんや、ベソを掻いた。餅は一切《ひときれ》もなかったのである。

程たって、裏山の小山を一つ越した谷間《たにあい》の巌《いわ》の穴に、堆《うずたか》く、その餅が蓄えてあった。鼬は一つでない。炉端の餅を頂くあとへ、手を揃え、頭をならべて、幾百《いくひゃく》か列をなしたのが、一《ひと》息《いき》に、山《やまひと》一つ運んだのであると言う。洒落れたもので。

……内《うち》に二三年遊《あそ》んで居た、書生《しょせい》さんの質実《じみ》な口から、然《しか》も実験談を聞かされたのである。が、聊《いささ》か巧に過ぎると思った。

後《のち》に、春陽堂《しゅんようどう》の主人に聞いた。――和田さんがまだ学校がよいをして、本郷弥生町《ほんごうやよいちょう》の、ある下宿に居た時、初夏の夕《ゆうべ》、不忍《しのばず》の蓮《はす》も思わず、然《さ》りとて数寄屋町《すきやまち》の婀娜《あだ》も思わず、下階《した》の部屋の小窓に頬杖《ほおづえ》をついて居ると、目の前の庭で、牡鶏《おんどり》がけたたましく、鳴きながら、羽《は》を煽って、ばたばたと二三尺飛上《とびあが》る。飛上っては引据《ひきす》えらるるように、けたたましく鳴いて落ちて、また飛上る。

講釈師の言う、槍のつかいてに呪われたようだがと、ふと見ると、赤煉蛇《やまかがし》であろう、たそがれに薄赤い、凡《およ》そ一間《いっけん》、六尺に余る長虫《ながむし》が、崖に沿った納屋に尾をかくして、鎌首が鶏《とり》に迫る、あます処《ところ》四五寸《しごすん》のみ。

和田さんは蛇を恐れない。

遣《や》り放《ぱな》しの書生さんの部屋だから、直《す》ぐにあった。――杖《ステッキ》を取るや否や、畜生と言って、窓を飛下《とびお》りると、何《ど》うだろう、たたきもひしぎもしないうちに、其の蛇が、ぱッと寸々《ずたずた》に断《き》れて十《とお》あまりに裂けて、蜿々《うねうね》と散って蠢《うごめ》いた。これには思わず度肝を抜かれて腰を落したそうである。

が、蛇ではない。這って肩車した、鼬の長い列が乱れたのであった。

大野の話も頷《うなず》かれて、そのはたらきも察しらるる。

かの、（リノキ、チッキテビー）よ。わが鼬将軍《いたちしょうぐん》よ。いたずらに鳥など構うな。毒蛇《コブラ》を咬《か》み倒したあとは、希《ねが》わくは鼠を猟《か》れ。蠅では役不足であろうも知れない。きみは獣中《じゅうちゅう》の隼《はやぶさ》である。

……

くさびら

御《ご》馳《ち》走《そう》には季春《しゅん》がまだ早いが、ただ見るだけなら何時《いつ》でも構わない。食料に成る成らないは別として、今頃の梅雨には種々《さまざま》の茸《きのこ》がにょきにょきと野山に生える。

野山に、にょきにょき、と言って、あの形を想うと、何となく滑稽《おど》けてきこえて、大分《だいぶ》安《あん》直《ちょく》に扱うようだけれども、飛《と》んでもない事、あれでなかなか凄味がある。

先年、麹町《こうじまち》の土《ど》手三番町《てさんばんちょう》の堀端寄《ほりばたより》に住んだ借家《しゃくや》は、太《ひど》い湿気《しけ》で、遁出《にげだ》すように引越《ひっこ》した事がある。一体三《いったいみ》間《ま》ばかりの棟割長屋《むねわりながや》に、八畳も、京間《きょうま》で広々として、柱に唐草彫《からくさぼり》の釘かくしなどがあろうと言う、書院づくりの一座《ひとざ》敷《しき》を、無理に附着《つきつ》けて、屋賃《やちん》をお邸《やしき》なみにしたのであるから、天井は高いが、床《ゆか》は低い。——大掃除の時に、床板を剝《は》すと、下は水溜《みずたまり》に成って居て、溢れたのがちょろちょろと蜘《く》蛛《も》手《で》に走ったのだから可恐《おそろし》い。此の邸……いや此の座敷へ茸が出た。

生えた……などと尋常な事は言うまい。「出た」とおばけらしく話したい。五月雨《さみだれ》のしとしとする時分、家内が朝の間《あいだ》、掃除をする時、縁のあかりで気が着くと、畳のへりを横縦《よこたて》にすッと一列に並んで、小さい雨垂《あまだれ》に足の生えたようなものの群《むらが》り出たのを、黴《かび》にしては寸法が長し、と横に透《すか》すと、まあ、怪《け》しからない、悉《ことごと》く茸であった。細い針ほどな侏儒《いっすんぼうし》が、一つ一つ、と、歩行《ある》き出しそうな気勢《けはい》がある。吃驚《びっくり》して、煮湯《にえゆ》で雑巾を絞って、よく拭《ぬぐ》って、先《ま》ず退治た。が、暮方《くれがた》の掃除に視《み》ると、同じように、ずらりと並んで揃って出て居た。此《これ》が茸なればこそ、目もまわさずに、じっと堪《こら》えて私には話さずに秘《かく》して居た。私が臆病だからである。

何しろ梅雨あけ早々に其家《そこ》は引越した。が、……私はあとで聞いて身ぶるいした。むかしは加州《かしゅう》山中の温泉宿に、住居《すまい》の大囲炉裡《おおいろり》に、灰の中から、笠のかこみ一尺ばかりの真黒《まっくろ》な茸が三本ずつ、続けて五日も生えた、と言うのが、手近な三州奇談《さんしゅうきだん》に出て居る。家族は一統《いっとう》、加持《かじ》よ祈禱《きとう》よ、と青くなって騒いだが、私に似ない其《その》主人、胆《たん》が据《すわ》って聊《いささ》かも騒がない。茸だから生えると言って、むしっては捨て、むしっては捨てたので、やがて妖《よう》は留《や》んで、一家《いっか》に何事《なにごと》の触りもなかった——鉄心銷怪《てっしんかいをけす》。偉い!……と其の編者《へんじゃ》は賞《ほ》めて居る。私は笑われても仕方がない。成程《なるほど》、其の八畳に転寝《うたたね》をすると、とろりとすると下腹《したはら》がチクリと疼《いた》んだ。針のような茸が洒落《しゃれ》に突《つつ》いたのであろうと思って、もう一度身ぶるいすると同時に、何《ど》うやら其の茸が、一《ひとつ》ずつ芥子《けし》ほどの目を剝《む》いて、ぺろりと舌を出して、店賃《たなちん》の安値《やす》いのを嘲笑《あざわら》って居たようで、少々癪《しゃく》だが、しかし可笑《おかし》い。可笑いが、気味が悪い。

能の狂言に「茸《きのこ》」がある。——山家《やまが》あたりに住むものが、邸中《やしきじゅう》、座敷まで大《おおき》な茸が幾つともなく出て祟《たた》るのに困《こう》じて、大峰葛城《おおみねかつらぎ》を渡った知音《ちいん》の山伏《やまぶし》を頼んで来ると、「それ、山伏と言っぱ山伏なり、何と殊勝なか。」と先ず威張《いば》って、兜巾《ときん》を傾け、いらたかの数珠《じゅず》を揉みに揉んで、祈るほどに、祈るほどに、祈れば祈るほど、大《おおき》な茸の、あれあれ思いなしか、目鼻《めはな》手足《てあし》のようなものの見えるのが、おびただしく出て、したたか仇《あだ》をなし、引着《ひきつ》いて悩ませる。「いで、此上《このうえ》は、茄子《なすび》の印《いん》を結んで掛《か》け、いろはにほへとと祈るならば、などか奇特《きどく》のなかるべき、などか、ちりぬるをわかンなれ。」と祈る時、傘を半びらきにした、中にも毒々しい魔形《まぎょう》なのが、二《に》の松《まつ》へ這《は》って出る。此《これ》にぎょっとしながら、いま一祈《ひといの》り祈りかけると、その茸、傘を開いてスックと立ち、躍りかかって、「ゆるせ、」と逃げ廻る山伏を、「取《と》って噛《か》もう、取って噛もう。」と脅《おびや》かすのである。——彼等《かれら》を軽《かろ》んずる人間に対して、茸のために気を吐いたものである。臆病な癖に私はすきだ。

そこで茸の扮装は、縞《しま》の着附《きつけ》、括袴《くくりばかま》、腰帯、脚絆《きやはん》で、見徳《けんとく》、嘯吹《うそぶき》、上髯《うわひげ》の面《めん》を被る。その傘の逸《いち》もつが、鬼頭巾《おにずきん》で武悪《ぶあく》の面《めん》だそうである。岩茸《いわたけ》、灰茸《はいたけ》、鳶茸《とびたけ》、坊主茸《ぼうずたけ》の類《たぐい》であろう。いずれも、塗笠《ぬりがさ》、檜笠《ひがさ》、菅笠《すげがさ》、坊主笠を被って出ると言う。……此の狂言はまだ見ないが、古寺《ふるでら》の広室《ひろま》の雨、孤屋《ひとつや》の霧のたそがれを舞台にして、ずらりと此の形《なり》で並んだら、並んだだけで、おもしろかろう。……中に、紅絹《もみ》の切《きれ》に、白い顔の目ばかり出して褄折笠《つまおりがさ》の姿がある。紅茸《べにたけ》らしい。あの露を帯びた色は、幽《かすか》に光をさえ放って、たとえば、妖女の艶《えん》がある。庭に植えたいくらいに思う。食べるのじゃあないから――茸よ、取って噛むなよ、取って噛むなよ。……

春着

あら玉《たま》の春着《はるぎ》きつれて酔ひつれて

少年行《しょうねんこう》と前がきがあったと思う……ここに拝借をしたのは、紅葉《こうよう》先生の俳句である。処《ところ》が、その着つれてとある春着がおなじく先生の通帳《おちょうめん》を拝借によって出来たのだから妙で、そこが話である。さきに秋冷相催《しゅうれいあいもよお》し、次第に朝夕の寒さと成り、やがて暮《くれ》が近づくと、横寺町《よこでらまち》の二階に日が当って、座敷の明《あかる》い、大火鉢の暖《あたたか》い、鉄瓶の湯の沸《たぎ》った時を見計らって、お弟子たちが順々、かく言うそれがしも、もとよりで、襟垢《えりあか》、膝ぬけと言う布子連《ぬのこれん》が畏《かしこ》まる。「先生、小清潔《こざっぱり》とまいりませんでも、せめて縞柄《しまがら》のわかりますのを、新年は一枚と存じます……恐れ入りますが、お帳面を。」「また浜野屋《はまのや》か。」神楽坂《かぐらざか》には、他に布袋屋《ほていや》と言う——今もあろう——呉服屋があったが、此の浜野屋の方の主人が、でっぷりと肥《ふと》って、莞爾莞爾《にこにこ》して居て、布袋《ほてい》と言う呼称《よびな》があった。

が、太鼓腹を突出《つきだ》して、でれりとした、団扇《うちわ》で雛妓《おしやく》に煽《あお》がせて居るようなのではない。片膚《かたはだ》脱ぎで日置流《へぎりゅう》の弓を引く。獅子寺《ししでら》の大弓場《だいきゅうば》で先生と懇意だから、従って弟子たちに帳面が利いた。ただし信用がないから直接《じか》では不可《いけな》いのである。「去年の暮のやつが盆を越して居るじゃないか。だらしなく飲みたがってばかり居るからだ。」「は、今度と言う今度は……」「お株を言ってら。——此の暮には屹《きっ》と入れなよ。」——その癖、ふいと立って、「一所《いっしょ》に来な。」で、通《とおり》へ出て、右の浜野屋で、御自分、めいめいに似合うようにお見立て下すったものであった。

此の春着で、元日あたり、大して酔いもしないのだけれど、目つきと足もとだけは、ふらふらと四五人《しごにん》揃って、神楽坂の通りをはしゃいで歩行《ある》く。……若いのが威勢がいいから、誰も（帳面）を着て居るとは知らない。いや、知って居たかも知れない。道理で、そこらの地内《ちない》や横町《よこちょう》へ入っても、つきとおしの笄《こうがい》で、褄《つま》を取って、羽子《はね》を突いて居るのが、声も掛けはしなかった。割前勘定。乃《すなわ》ち蕎麦屋だ。と言っても、松の内だ。もりにかけとは限らない。たとえば、小栗《おぐり》があたり芋をすすり、柳川がはしらを撮《つま》み、徳田があんかけを食べる。お酌なきが故に、敢《あえ》て世間は怨まない。が、各々《おのおの》その懐中に対して、憤懣不平《ふんまんふ》勃々《へいぼっぼっ》たるものがある。従って気焔が夥《おびただ》しい。

此のありさまを、高い二階から先生が、

あら玉の春着きつれて酔ひつれて

涙ぐましいまで、可懐《なつか》しい。

牛込《うしごめ》の方へは、随分しばらく不沙汰をして居た。しばらくと言うが幾年かに成る。このあいだ、水上《みなかみ》さんに誘われて、神楽坂の川鉄《かわてつ》（鳥屋《とりや》）へ、晩御飯を食べに出向いた。もう一人お連《つれ》は、南榎町《みなみえのきちょう》へ浅草から引越した万《まん》ちゃんで、二人番町《ばんちょう》から歩行《ある》いて、その榎町へ寄って連立《つれだ》った。が、あの、田圃《たんぼ》の大金《だいきん》と仲店《なかみせ》のかねだを橋がかりで歩行いた人が、しかも当日の発起人だと言うからおかしい。

途中お納戸《なんど》町辺《まちへん》の狭い道で、七八十尺切立《きつた》ての白煉瓦《しろれんが》に、崖を落ちる瀑《たき》のような亀裂《ひび》が、枝を打って、三条《みすじ》ばかり頂辺《てっぺん》から走りかかって居るのには肝を冷《ひや》した。その真下に、魚屋の店があって、親方が威勢のいい向顱巻《むこうはちまき》で、黄肌鮪《きはだ》にさしみ庖丁を閃《ひらめ》かして居たのは偉い。……見た処は千丈《せんじょう》の峰から崩れかかる雪雪頽《ゆきなだれ》の下で薪《たきぎ》を樵《こ》るより危《あぶな》ッかしいのに——此の度胸でないと復興は覚束《おぼつか》ない。——ぐらぐらと来るか、おッと叫んで、銅貨の財布と食麵麭《しょくパン》と魔法壜《ほうびん》を入れたバスケットを追取刀《おっとりがたな》で、一々框《いちいちかまち》まで飛び出すような卑怯を何《ど》うする。……私は大《おお》に勇気を得た。

が、吃驚《びっくり》するような大景気《だいけいき》の川鉄へ入って、たたきの側《そば》の小座敷《こざしき》へ陣取ると、細露地《ほそろじ》の隅《すみ》から覗いて、臆病神が顕《あら》われて、逃路《にげみち》を探せや探せやと、電燈の瞬《また》くばかり、暗い指さしをするには弱った。まだ積んだままの雑具《ぞうぐ》を絵屏風で劃《しき》ってある、さあお一杯《ひとつ》は女中《ねえ》さんで、羅綾《らりょう》の袂《たもと》なんぞは素《もと》よりない。ただしその六尺の屏風も、飛《と》ばばなどか飛ばざらんだが、屏風を飛んでも、駈出《かけだ》せそうな空地《くうち》と言っては何処《どこ》を向いても無かったのであるから。……其の癖、酔った。酔うといい心持《こころもち》に陶然とした。第一この家は、むかし蕎麦屋で、夏は三階《がい》のもの干《ほし》でビールを飲ませた時分から引続いた馴染《なじみ》なのである。――座敷も、趣《おもむき》は変ったが、そのまま以前の俤《おもかげ》が偲ばれる。……名《めい》ぶつの額がある筈《はず》だ。横額《よこがく》に二字、たしか（勤倹《きんけん》）とかあって（彦左衛門）として、円《まる》の中に、朱《しゅ》で（大久保）と云う印《いん》がある。「いかものも、あのくらいに成ると珍物だよ。」と、言って、紅葉先生はその額が御贔屓《ひいき》だった。――屏風にかくれて居たかも知れない。

まだ思い出す事がある。先生がここで独酌……はつけたりで、五勺《しやく》でうたたねをする方《かた》だから御飯をあがって居ると、隣座敷《となりざしき》で盛んに艶談《えんだん》のメートルを揚げる声がする。紛《まが》うべくもない後藤宙外《ごとうちゅうがい》さんであった。そこで女中をして近所で焼芋を買わせ、堆《うずたか》く盆《ぼん》に載せて、傍《かたわら》へあの名筆《めいひつ》を以て、曰く「御浮気《おんうわき》どめ」プンと香《にお》って、三筋《みすじ》ばかり蒸気《けむ》の立つ処を、あちら様から、おつかいもの、と持って出た。本草《ほんぞう》には出て居まいが、案ずるに焼芋と餡《あん》パンは浮気をとめるものと見える……が浮気がとまったか何《ど》うかは沙汰なし。ただ坦懐なる宙外君は、此《この》盆を譲りうけて、其のままに彫刻させて掛額《かけがく》にしたのであった。

さて其夜《そのよ》ここへ来るのにも通ったが、矢来《やらい》の郵便局の前で、ひとりで吹き出した覚えがある。最も当時は青くなって怯えたので、おびえたのが、尚《な》お可笑《おかし》い。まだ横寺町の玄関に居た時である。「この電報を打って来な。巌谷《いわや》の許《とこ》だ、局待《きょくまち》にして、返辞《へんじ》を持って帰るんだよ。急ぐんだよ。」で、局で、局待と言うと、局員が字数を算《かぞ》えて、局待には二字分《にじぶん》の符号がいる。此のままだと、もう一音信《いちおんしん》の料金を、と言うのであった。たしか、市内は一音信金五銭《きんごせん》で、局待の分ともで、私は十銭より預《あずか》って出なかった。そこで先生の草《した》がきを見ると「イルナラタズネル」一字のことだ。私は考一考《こういっこう》して而《しか》して辞句を改めた。「イルナラサガス」此れなら、局待の二字分がきちんと入る、うまいでしょう。――巌谷氏の住所は其の頃麴町《こうじまち》元園町《もとぞのちょう》であった。が麴町にも、高輪《たかなわ》にも、千住《せんじゅ》にも、待つこと多時《たじ》にして、以上返電がこない。今時とは時代が違う。山の手の局閑《かん》にして、赤城《あかぎ》の下で鶏が鳴くのをぽかんと聞いて、うっとりとしていると、ななめ下《さが》りの坂の下、あまざけやの町の角《かど》へ、何と、先生の姿が猛然としてあらわれたろうではないか。

唯見《と》て飛出《とびだ》すのと、殆《ほとん》ど同時で「馬鹿野郎、何をして居る。まるで文句が分《わか》らないから、巌谷が俥で駈けつけて、もう内へ来ているんだ。うっそりめ、何をして居る。皆が、車に轢《ひ》かれやしないか、馬に蹴飛《けと》ばされやしないかと案じて居るんだ。」私は青くなった――（居るなら訪ねる。）を――（要るなら捜す。）――巌谷氏のわけの分らなかったのは無理はない。紅葉先生の辞句を修正したものは、恐らく文壇に於《おい》て私一人であろう。そのかわり目の出るほどに叱られた。――何、五銭ぐらい、自分の小遣いがあったろうと、串戯《じょうだん》をおっしゃい。それだけあれば、もう早くに煙草と焼芋と、大福餅になって居た。煙草五匁《もんめ》一銭五厘《ごりん》。焼芋が一銭で大六《だいむ》切《きれ》、大福餅は一枚五厘であった。――其処《そこ》で原稿料は？……飛んでもない、私はまだ一枚も稼ぎはしない。先生のは――内々《ないない》知っているが内証にして置く。……

まだ可笑《おか》しい事がある、ずッと後で……此の番町の湯へ行くと、かえりがけに、銭湯の亭主が「先生先生」丁《ちょう》ど午《ひる》ごろだから他に一人も居なかった。「一寸《ちょっと》お教えを願いたいのでございますが。」先生で、お教えを、で、私はぎょっとした。亭主極めて慇懃《いんぎん》に「ええ（おかゆ）とは何《ど》う書きますでしょうか。」「ああ、其れはね、弓《こう》、弓《こう》やって、真中《まんなか》へ米《こめ》と書くんでです。弱しと間違っては不可《いけな》いのです。」何と、先生の得意想うべし。実は、弱を、米の両方へ配った粥《かゆ》を書いて、以前、紅葉先生に叱られたものがある。「手前勝手に字を拵《こしら》えやがって——先人《せんじん》に対して失礼だ。」その叱られたのは私かも知れない。が、其の時の覚えがあるから、あたりを払って悠然として教えた。——今はもう代《だい》は替《かわ》った——亭主は感心もしないかわりに、病身《びょうしん》らしい、お粥を食べたそうな顔をして居た。女房が評判の別嬪《べつぴん》で。——此のくらいの間違いのない事を、人に教えた事はないと思った。思ったなりで年を経た。実際年を経た。つい近い頃である。三馬《さんば》の浮世風呂《うきよぶろ》を読むうちに、だしぬけに目白《めじろ》の方から、釣鐘が鳴って来たように気がついた。湯屋《ゆや》の聞いたのは（岡湯《おかゆ》）なのである。

少々話が通りすぎた、あとへ戻ろう。

其の日、万《まん》ちゃんを誘った家は、以前、私の住んだ南榎町と同町内で、奥へ弁天町《べんてんちょう》の方へ寄って居る事はすぐに知れた。が、家々も立て込んで、従って道も狭く成ったような気がする。殊《こと》に夜であった。むかし住んだ家は一寸《ちょつと》見当が着かない。そうだろう両側とも生垣《いけがき》つづきで、私の家《うち》などは、木戸内《きどうち》の空地《あきち》に井戸を取りまいて李《すもも》の樹《き》が幾本も茂って居た。李は庭から背戸《せど》へ続いて、小さな林といっていいくらい。あの、底に甘みを帯びた、美人の白い膚《はだ》のような花盛りを忘れない。雨には悩み、風には傷み、月影には微笑《ほほえ》んで、浄濯明粧《じょうたくめいしょう》の面影を匂わせた。……

唯一間《ただひとま》よりなかった、二階の四畳半で、先生の一句がある。

紛胸《ふんきょう》の乳房かくすや花李《はなすもも》

ひとえに白い。乳《ち》くびの桃色をさえ、蔽《おお》いかくした美女にくらべられたものらしい。……此の白い花の、散って葉に成る頃の、その毛虫の夥多《おびただ》しさと言っては、それは又ない。よくも、あの水を飲んだと思う。一釣瓶《ひとつるべ》ごとに榎の実のこぼれたような赤い毛虫を充満《いっぱい》に汲上《くみあ》げた。しばらくすると、此の毛虫が、尽《ことごと》く真白な蝶になって、枝にも、葉にも、再び花片《はなびら》を散らして舞って乱るる。幾千とも数を知らない。三日つづき、五日、七日《なぬか》つづいて、翻《ひるがえ》り且《か》つ飛んで、窓にも欄干にも、暖かな雪の降りかかる風情を見せたのである。

やがて実る頃よ。——就中《なかんずく》、南の納戸の濡縁《ぬれえん》の籬際《かきぎわ》には、見事な巴旦杏《はたんきょう》があって、大きな実と言い、色といい、艶《えん》なる波斯《ペルシヤ》の女の爛熟した裸身の如くに薫って生《な》った。いまだと早速千匹屋《せんびきや》へでも卸しそうなものを、彼《か》の川柳が言う、（地女《ぢをんな》は振りもかへらぬ一盛《ひとさか》り）それ、意気の壮《さかん》なるや、縁日の唐黍《とうきび》は買って噛《かじ》っても、内で生《な》った李なんか食いはしない。一人として他様《ひとさま》の娘などに、こだわるものはなかったのである。

が、いまは開けた。その頃、友だちが来て、酒屋から麦酒《ビイル》を取ると、泡が立たない、泡が、麦酒は決して泡をくうものはない。が、泡の立たない麦酒は稀有《けう》である。酒屋にただすと、「抜く時倒《さかさ》にして、ぐんぐんお振りなさい、然《そ》うすると泡が立ちますよ、へい。」と言ったものである。十日《とおか》、腹を瀉《くだ》さなかったのは僥倖《ぎょうこう》と言いたい――今はひらけた。

ただ、惜しい哉《かな》。中《なか》の丸《まる》の大樹《たいじゅ》の枝垂桜《しだれざくら》がもう見えぬ。新館の新潮社《しんちょうしゃ》の下に、吉田屋《よしだや》と云う料理店がある。丁度《ちょうど》あの前あたり――其後、昼間通った時、切株ばかり、根が残ったように見た。盛の時は梢が中空《なかぞら》に、花は町を蔽うて、そして地摺《じずり》に枝を曳いた。夜もほんのりと紅《くれない》であった。昔よりして界隈では、通寺町保善寺《とおりてらまちほぜんじ》に一樹、藁店《わらだな》の光照寺《こうしょうじ》に一樹、ともに、三枚《みつ》振袖、糸桜《いとざくら》の名木《めいぼく》と、称《とな》えられたそうである。

向《むこ》う側《がわ》の湯屋に柳がある。此間《このあいだ》を、男も女も、一頃揃って、縮緬《ちりめん》、七子《ななこ》、羽二重《はぶたえ》の、黒の五《いつ》つ紋《もん》を着て往《ゆ》き来《き》した。湯《ゆ》へ行くにも、蕎麦屋へ入るにも紋着《もんつき》だった事がある、ここだけでも春の雨、また朧夜《おぼろよ》の一時代《いちじだい》の面影が思われる。

つい、その一時代前《まえ》には、そこは一面の大竹藪で、気の弱い旗本は、いまの交番の処まで昼も駈け抜けたと言うのである。酒井家に出入《でいり》の大工の大《おお》棟梁が授けられて開拓した。藪を

切ると、蛇の棄て場所にこまったと言う。小さな堂に籠めて祭ったのが、のちに倶楽部の築《つき》

山《やま》の蔭に谷のような崖に臨んであったのを覚えて居る。池、亭《ちん》、小座敷、寮ごのみで、その

棟梁が一度料理店を其処に開いた時のなごりだと聞いた。

桟《かけはし》の亭《ちん》で、遥《はるか》にポンポンとお掌《て》が鳴る。へーい、と母家《おもや》から女中が行《ゆ》くと、……誰《たれ》も居な

い。池の梅の小座敷で、トーンと灰吹を敲《たた》く音がする、娘が行くと、……影も見えない。

――その料理屋を、狸《たぬき》がだましたのだそうである。眉唾《まゆつば》。眉唾。

尤《もっと》もいま神楽坂上の割烹《かっぽう》（魚徳《うおとく》）の先代が（威張《いば》り）と呼ばれて、「おう、うめえ魚《もの》を食

わねえか」と、酔《よっ》ぱらって居るから盤台は何処かへ忘れて、天秤棒ばかりを振りまわして歩《あ》

行《る》いた頃で。……

矢来辺《やらいへん》の夜《よ》は、ただ遠くまで、榎町の牛乳屋の納屋に、トーントーンと牛の跫音《あしおと》のするの

が響いて、今にも――いわしこう――酒井家の裏門あたりで――真夜中には――鰯《いわし》こう――

と三声《みこえ》呼んで、形も影も見えないと云う。……怪しい声が聞えそうな寂しさであった。

春の夜の鐘うなりけり九人力《くにんりき》

それは、その李の花、花の李の頃、二階の一室、四畳半だから、狭い縁《えん》にも、段子《はしご》の上の

段にまで居余って、わたしたち八人、先生と合わせて九人、一夕《いっせき》、俳句の会のあった時、興に乗じて、先生が、すす色の古壁にぶっつけがきをされたものである。句の傍《かたわら》に、おのおのの名がしるしてあった。……神楽坂うらへ、私が引越す時、そのまま残すのは惜《おし》かったが、壁だから何《ど》うにも成らない。――いい塩梅に、一人《ひとり》知り合《あい》があとへ入った。――埃《ほこり》は掛けないと言って、大切にして居た。

――五月雨《さみだれ》の陰気な一夜《あるよ》、坂の上から飛蒐《とびかか》るようなけたたましい跫音がして、格子《こうし》をがらりと突開《つきあ》けたと思うと、神楽坂下の其の新宅の二階へ、いきなり飛上《とびあが》って、一驚《いっきょう》を吃《きっ》した私の机の前でハタと顔を合わせたのは、知合《しりあい》のその男で……真青《まっさお》に成って居る。「大変です。」「……」「化《ばけ》ものが出ます。」「……」「先生の壁のわきの、あの小窓の処へ机を置いて、勉強をして居りますと……恁《こ》う、じりじりと灯《あかり》が暗く成りますから、ふいと見ますと、障子の硝子《がらす》一杯ほどの猫の顔が、」と、身ぶるいして、「顔ばかりの猫が、李の葉の真暗な中から――其の大きさと言ったらありません。そ、それが五分《ごぶ》と間がない、目も鼻も口も一所に、僕の顔とぴったりと附着《くッつ》きました、――あなたのお住居《すまい》の時分《じぶん》から怪猫《ばけねこ》が居たんでしょうか……一体猫が大嫌いで、いえ可恐《おそろし》いので。」それならば為方《しかた》がない。が、怪猫は大袈裟だ。五月闇《さつきやみ》に、猫が屋根をつたわらないとは誰が言い得よう。……窓の燈《ひ》を覗かないとは限らない。しかし、可恐《おそろし》い猫の顔と、不意に顱合《はちあわ》せをしたのでは、驚くも無理はない。……「それで、矢来から此処まで。」「ええ。」と息を引いて、「夢中でした……何しろ、正体を、あなたに伺おうと思ったものですから。」今は昔、山城介三善春家《やましろのすけみよしはるいえ》は、前の世の蝦蟆《がま》にてや有《あり》けむ、蛇《くちなわ》なん極《いみじ》く恐《おじ》ける。――夏の比《ころ》、染殿《そめどの》の辰巳《たつみ》の山の木隠《こがく》れに、君達《きみたち》、二三人ばかり涼んだ中《うち》に、春家も交ったが、此の人の居たりける傍《そば》よりしも、三尺許《さんじゃくばか》りなる烏蛇《くろへび》の這出《はいで》たりければ、春家はまだ気がつかなかった。処を、君達、それ見よ春家。と、袖を去る事一尺ばかり。春家顔の色は朽《くち》し藍《あい》のように成って、一声《ひとこえ》あっと叫びもあえず、立たんとするほどに二度倒れた。すはだしで、その染殿の東の門より走り出で、北ざまに走って、一条《いちじょう》より西へ、西《にし》の洞院《とういん》、それから南へ、洞院下《さがり》に走った。家は土御門《つちみかど》西の洞院にありければで、駈け込むと斉《ひと》しく倒れた、と言うのが、今昔物語《こんじゃくものがたり》りに見える。遠きその昔は知らず、いまの男は、牛込南榎町を東状《ひがしざま》に走って、矢来中の丸より、通寺町、肴町《さかなまち》、毘沙門前《びしゃもんまえ》を走って、南に神楽坂上を走りおりて、その下にありける露地の家へ飛込《とびこ》んで……打倒《うちたお》れけるかわりに、二階へ駈上《かけあが》ったものである。余り真面目だから笑いもならない。「まあ、落着きたまえ。――景気づけに一杯。」「いいえ、帰ります。――成程《なるほど》、猫は屋根づたいをして、窓を覗かないものとは限りません。――分りました。――いえ然《そ》うして居《お》られません。僕がキャッと言って、いきなり飛出《とびだ》したもんですから、彼《あれ》が。」と言うのが情婦《いろ》で、「一所にキャッと言って、跣足《はだし》で露地の暗がりを飛出しました。それっ切音信《きりいんしん》が分りませんから。」慌てて帰った。――此の知合《しりあい》を誰《たれ》とかする。やがて報知新聞の記者、いまは代議士である、田中万逸《たなかまんいつ》君その人《ひと》である。反対党は、ひやかしてやるがいい。が、その夜、もう一度怯《おびや》かされた。真夜中である。その頃階下《した》に居た学生さんが、みしみしと二階へ来ると、寝床だった私の枕もとで大息をついて、「変です。……どうも変なんです――縁側《えんがわ》の手拭掛《てぬぐいかけ》が、ふわりと手拭を掛けたままで歩行《ある》くんです。……トントントン、たたらを踏むように動きましたっけ。おやと思うと斜《はす》かいに、両方へ開いて、ギクリ、シャクリ、ギクリ、シャクリとしながら、後退《あともど》りをするようにして、あ、あ、と思ううちに、スーと、あの縁の突《つき》あたりの、戸袋の隅へ消えるんです。変だと思うと、また目の前へ手拭掛がふわりと出て……出ると、トントントンと踏んで、ギクリ、シャクリ、とやって、スー、何《ど》うにも気味の悪さったらないのです。――一度見てみて下さい。……矢来の猫が、田中君について来たんじゃあないんでしょうか知《し》ら。」五月雨はじとじとと降る、外は暗夜《やみ》だ。私も一寸《ちよつと》悚《ぞ》然《つ》とした。

ははあ、此の怪談を遣《や》りたさに、前刻《さつき》狸を持出したな。――いや、敢《あえ》て然《そ》うではない。

何《ど》う言うものか、此のごろ私のおともだちは、おばけと言うと眉を顰《ひそ》める。

口惜《くやし》いから、紅葉先生の怪談を一つ聞かせよう。先生も怪談は嫌いであった。「泉《いずみ》が、又はじめたぜ。」その唯一《ただ》つの怪談は、先生が十四五の時、うららかな春の日中《ひなか》に、一人で留守をして、茶の室《ま》にいらるると、台所のお竈《ヘッツい》が見える。……竈の角《かど》に、らくがきの蟹のような、小さなかけめがあった。それが左の角《かど》にあった。が、陽炎《かげろう》に乗るように、すっと右の角へ動いてかわった。「唯それだけだよ。しかし今でも不思議だよ。」との事である。——猫が窓を覗いたり、手拭掛が踊ったり、竈の蟹が這ったり、ひょいと賽《さい》を振って出たようである。春だからお子供衆《こどもしゅう》——に一寸……化もの双六《すごろく》。……

なき柳川春葉《やながわしゅんよう》は、よく罪のない嘘を言って、うれしがって、けろりとして居た。——「按摩《あんま》あ……鍼《はあり》ッ」と忽《たちま》ち嚙みつきそうに、霜夜《しもよ》の横寺の通りで喚く。「あ、あれはね（吼《ほ》え按摩）と云ってね、矢来じゃ（鰯《いわし》こ）とおんなじに不思議の中《なか》へ入るんだよ」「ふう」など と玄関で焼芋だったものである。花袋、玉茗両君《かたいぎょくめいりょうくん》の名が、そちこち雑誌類に見えた頃、よそから帰って来るとだしぬけに「きみ、聞いて来たよ。——花袋と言うのは上州の或大寺《あるおおでら》の和尚なんだ、花袋和尚。僧正《そうじょう》ともあるべきが、女のために詩人に成ったんだとね。玉茗と言うのは日本橋室町《にほんばしむろまち》の葉茶屋《はぢゃや》の若旦那だとさ。」この人のいうのだからあてには成らないが、いま座敷うけの新講談で評判の鳥巡子《ちょうけいし》のお父さんは、千石取《せんごくどり》の旗下《はたもと》で、摂津守《せっつのかみ》、有鎮《ゆうちん》とかいて有鎮《ありしず》とよむ。村山摂津守有鎮――邸《やしき》は矢来の郵便局の近所にあって、鳥逕とは私たち懇意だった。渾名《あだな》を鳶《とび》の鳥逕と言ったが、厚眉《こうび》隆鼻《りゅうび》ハイカラのクリスチャンで、そのころ払方《はらいかた》町《まち》の教会を背負《しょ》って立った色男で……お父さんの立派な蔵書があって、私たちはよく借りた。――そのお父さんを知って居るが、摂津守だか、有鎮だか、ここが柳川の説だから当《あて》には成らない。その摂津守が、私の知ってる頃は、五十七八の年配、人品《ひとがら》なものであった。つい、その頃、門へ出て――秋の夕暮である……何心《なにごころ》もなく町通《まちどお》りを視《なが》めて立つと、箒目《ほうきめ》の立った町に、ふと前後《あとさき》に人足《ひとあし》が途絶えた。その時、矢来の方から武士が二人来て、二人で話しながら、通寺町の方へ、すっと通った……四十《しじゅう》ぐらいのと二十《はたち》ぐらいの若侍《わかざむらい》とで。――唯見《と》るうちに、郵便局の坂を下《さが》りに見えなくなった。ああ不思議な事がと思い出すと、三十幾年の、維新前後に、おなじ時、おなじ節、おなじ門で、おなじ景色に、おなじ二人の侍を見た事がある、と思うと、悚然《ぞっ》としたと言うのである。

此《これ》は少《すこ》しくもの凄い。……

初春《はつはる》の事だ。おばけでもあるまい。

春着《はるぎ》につけても、一つ艶《つや》っぽい処をお目に掛けよう。

時に、川鉄《かわてつ》の向《むこ》うあたりに、(水何《みずなに》)とか言った天麩羅《てんぷら》屋があった。くどいようだが、一人前、なみで五銭。……横寺町で、お嬢さんの初のお節句の時、私たちは此《これ》を御馳走に成った。その時分、先生は御質素《ごしっそ》なものであった。二十幾年、尤《もっと》も私なぞは、今もって質素である。此の段は、勤倹と題して、（大久保）の印《いん》を捺《お》しても可《よ》い。

その天麩羅屋の、しかも蛤鍋《はまなべ》三銭と云うのを狙って、小栗《おぐり》、柳川、徳田、私……宙外君が加わって、大挙して押上《おしあが》った、春寒《はるさむ》の午後である。お銚子《ちょうし》は入《いり》が悪くって、しかも高値《たか》いと言うので、式《かた》だけ誂《あつら》えたほかには、町の酒屋から、かけにして番《ばん》を口説いた一升入の貧乏徳利を誰かが外套《がいとう》（註。おなじく月賦《げっぷ》……這個《この》まっくろなのを一着《いっちゃく》して、のそのそと歩行《ある》く奴を、先生が嘲《あざけ》って——月府玄蟬《げっぷげんせん》。）の下へ忍ばした勢《いきおい》だから、気焔と、殺風景推《さっぷうけいお》して知るべしだ。……酒気が天井を衝《つ》くのではない、陰に籠《こも》って畳の焼けこげを転げ廻る。あつ燗《かん》で火の如く悪酔闌《あくすいたけなわ》なる最中《さいちゅう》。お連様《つれさま》っ——と下階《した》から素頓興《すとんきょう》な声が掛ると、「皆《みんな》居るかい。」と言う紅葉先生の声がした。まさか、壺皿はなかったが、驚破《すわ》事《こと》だと、貧乏徳利を羽織の下へ隠すのがある、誂子《ちょうし》を股へ引挟《ひっぱさ》んで膝小僧をおさえるのがある、鍋へ盃洗《はいせん》の水を打込《ぶちこ》むのがある。私が手をついて畏《かしこ》まると、先生にはお客分で仔細ないのに、宙外さんも煙《けむ》に巻かれて、肩を四角に坐り直って、酒のいきを、はあはあと、専《もっぱ》らピンと撥ねた髯を揉んだ。

——処へ……せり上《あが》っておいでなすった先生は、舞台にしても見せたかった。すっきり男ぶりのいい処へ、よそゆきから帰宅のままの、りゅうとした着つけである。勿論留守を狙って泳ぎ出したのであったが——揃って紫星堂《しせいどう》（塾）を出たと聞いて、その時々の弟子の懐中は見透しによく分る。明進軒《めいしんけん》か島金《しまきん》、飛上って常磐《ときわ》（はこが入《はい》る）と云う処を、奴等《やつら》の近頃の景気では——蛤鍋と……当《あた》りがついた。「いや、盛《さかん》だな。」と、欠《か》け火鉢を、鉄火にお召《めし》の股へ挟んで、手をかざしながら莞爾《にっこり》して、「後藤君、お楽に——皆も飲みなよ、俺も割《わり》で一杯やろう。」殿様が中間部屋《ちゅうげんべや》の趣がある。恐れながら、此時《このとき》、先生の風采《ふうさい》想うべしで、「懐中《ふところ》はいいぜ。」と手を敲《たた》かるる。手に応じて、へいと、どしんどしんと上《あが》った女中が、次手《ついで》に薄暗いからランプをつけた、釣《つり》ランプ（……ああ久しいが今だってランプなしには居られますか。）それが丁《ちょう》ど先生の肩の上の見当に掛って居た。面疱《にきび》だらけの女中《ねえ》さんが燐寸《マッチ》を摺って点《つ》けて、挿《さし》ぼやをさすと、フッと消したばかり、まだ火のついたままの燃《もえ》さしを、ポンと斜《はす》っかいに投げた——（まったく、お互《たがい》が、所帯を持って、女中の此には悩まされた、火の用心が悪いから、それだけはよしなよ。はい、と言う口の下から、つけさしのマッチをポンがお定《さだ》まり……）唯《と》、先生の膝にプスッと落ちた。「女中《ねえ》や、お手柔《てやわら》かに頼むぜ。」と先生の言葉の下に、えみわれたような顔をして、「惚れた証拠だわよ。」やや、と皆が顔を見る。……「惚れたに遠慮があるものかッてねえ、……てね、……ねえ。」と甘ったれる。——あ、あ、あ危ない、棚の破鍋《われなべ》が落ちかかる如く、剰《あまつさ》えべたべたと崩れて、薄汚れた紀州ネルを膝から溢出《はみだ》させたまま、……ああ……ああ行《や》った!……男振《おとこぶり》は音羽屋《おとわや》（特註、五代目）の意気に、団十郎の渋味が加《くわわ》ったと、下町の女だちが評判した、御病気で面瘦《おもや》せては、あだにさえも見えなすった先生の肩へ、……ああ噛《かじ》りついた。

よよっゥと、宙外君が堪まらず奇声と云うのを上げるに連れて、一同が、……おめでとうと称《とな》えた。

それよりして以来——癇癪でなく、憤りでなく、先生がいい機嫌で、しかも警句雲の如く、弟子をならべて罵倒して、勢当《いきおいあた》るべからざる時と言うと、つつき合って、目くばせして、一人が少しく座を罷《まか》り出る。「先生……（水）……」「何。」「蛤鍋《はまなべ》へおともは如何《いかが》で。」「馬鹿を言え。」「いいえ、大分、女中《ねえ》さんがこがれて居りますそうでございまして。」傍《かたわら》から、「ええ煩《わずら》って居るほどだと申します事ですから。」……かねて、おれを思う女ならば、目っかちでも鼻っかけでもと言う、御主義?であった。——

紅葉先生、その時の態度は……
　采菊東籬下《きくをとうりのもとにとって》、
　悠然見南山《ゆうぜんとしてなんざんをみる》。

雛がたり

雛《ひな》――女夫雛《めおとびな》は言うもさらなり。桜雛《さくらびな》、柳雛《やなぎびな》、花菜《はなな》の雛、桃《もも》の花雛《はなびな》、白と緋と、紫《ゆかり》の色の菫雛《すみれびな》。鄙《ひな》には、つくし、鼓草《たんぽぽ》の雛。相合傘《あいあいがさ》の春雨雛《はるさめびな》。小波軽《ささなみかる》く袖《そで》で漕ぐ浅妻船《あさづまぶね》の調《しらべ》の雛。五人囃子《ごにんばやし》、官女たち。ただあの狆《ちん》ひきと云うのだけは形《かたち》も品《しな》もなくもがな。紙雛《かみひいな》、島の雛、豆雛《まめひいな》、いちもん雛《びな》と数うるさえ、しおらしく可懐《なつかし》い。

黒棚《くろだな》、御厨子《みずし》、三棚《みつだな》の堆《うずたか》きは、われら町家《ちょうか》の雛壇には些《ち》と打上《うちあが》り過ぎるであろう。箪笥《たんす》、長持《ながもち》、挟箱《はさみばこ》、金高蒔絵《きんたかまきえ》、銀金具《ぎんかなぐ》。小指ぐらいな抽斗《ひきだし》を開けると、中が紅《あか》いのも美しい。一双《いっそう》の屏風の絵は、むら消《ぎ》えの雪の小松に丹頂の鶴、雛鶴。一つは曲水の群青に桃の盃《さかずき》、絵雪洞《えぼんぼり》、桃のような灯《ひ》を点《とも》す。……一寸《ちょっと》風情に舞扇《まいおうぎ》。

白酒《しろざけ》入れたは、ぎやまんに、柳さくらの透模様《すきもよう》。さて、お肴《さかな》には何《なに》よけむ、あわび、さだえか、かせよけむ、と栄螺蛤《さざえはまぐり》が唄に成り、皿の緑に浮いて出る。白魚《しらうお》よし、小鯛《こだい》よし、緋の毛氈《もうせん》に肖《に》つかわしいのは柳鰈《やなぎがれい》と云うのがある。業平蜆《なりひらしじみ》、小町蝦《こまちえび》、飯蛸《いいだこ》も憎からず。どれも小さなほど愛らしく、器《うつわ》もいずれ可愛いのほど風情があって、其の鯛、鰈の並んだ処は、雛壇の奥さながら、龍宮《りゅうぐう》を視《み》るおもい。

(もしもし何処で見た雛なんですえ。)

いや、実際六七歳《むつななつ》ぐらいの時に覚えて居る。母親の雛を思うと、遥かに龍宮の、幻のような気がしてならぬ。

ふる郷《さと》も、山の彼方に遠い。

いずれ、金目《かねめ》のものではあるまいけれども、紅糸で底を結《ゆわ》えた手遊《おもちゃ》の猪口《ちょく》や、金米糖《こんぺいとう》の壺一つも、馬で抱き、駕籠《かご》で抱えて、長い旅路を江戸から持って行ったと思えば、千代紙《ちよがみ》の小箱に入った南京砂《なんきんずな》も、雛の前では紅玉である、緑珠《りょくしゅ》である、皆敷妙《しきたえ》の玉《たま》である。

北の国の三月は、まだ雪が消えないから、節句は四月にしたらしい。冬籠《ふゆごもり》の窓が開《あ》いて、軒《のき》、廂《ひさし》の雪がこいが除《と》れると、北風に轟々《ごうごう》と鳴通《なりとお》した荒海の浪の響《ひびき》も、春風の音にかわって、梅、桜、椿、山吹、桃も李《すもも》も一斉《いちどき》に開いて、女たちの眉、唇、裾八口《すそやつくち》の色も皆花《みなはな》のように、はらりと咲く。羽子《はご》も手鞠も此の頃《ごろ》から。で、追羽子《おいはご》の音、手鞠の音、唄の声々。

……ついて落《お》いて、裁形《たちかた》、袖形《そでかた》、御手《おんて》に、蝶や……花。……
懸《かか》る折から、柳、桜、緋桃《ひもも》の小路《こみち》を、麗《うらら》かな日に徐《そっ》と通る、と霞を彩《いろど》る日光《ひざし》の裡《うち》に、何処ともなく雛の影、人形の影が徜徉《さまよ》う、……
朧夜《おぼろよ》には裳《も》の紅《くれない》、袖の萌黄《もえぎ》が、色に出て遊ぶであろう。

——もうお雛様がお急ぎ。

と細い段《だん》の緋毛氈《ひもうせん》。ここで桐の箱も可懐《なつか》しそうに抱《だき》しめるように持って出て、指蓋《さしぶた》を、すっと引くと、吉野紙《よしのがみ》の霞の中に、お雛様とお雛様が、紅梅白梅の面影に、ほんのりと出て、口許《くちもと》に莞爾《にっこ》とし給う。唯見《と》て、嬉しそうに膝に据えて、熟《じっ》と視ながら、黄金《こがね》の冠は紫紐《むらさきひも》、玉の簪《かんざし》の朱の紐を結《ゆ》い参らす時の、あの、若い母の其の時の、面影が忘れられない。

そんなら孝行をすれば可《い》いのに——
鼠《ねずみ》の番でもする事か。唯台所《ただ》で音のする、煎豆《いりまめ》の香《か》に小鼻を怒《いか》らせ、牡丹《ぼたん》の有平糖《あるへいとう》を狙う事、毒のある胡蝶《こちょう》に似たりで、立姿《たちすがた》の官女が捧げた長柄《ながえ》を抜いては叱られる、お囃子《はやし》の侍《さむらい》烏帽子《えぼうし》をコツンと突いて、また叱られる。

ここに、小さな唐草蒔絵《まきえ》の車があった。おなじ蒔絵の台を離して、轅《ながえ》を其のままに、後《うしろ》から押すと、少し軋《きし》んで毛氈の上を辷《すべ》る。其が咲乱《さきみだ》れた桜の枝を伝うようで、また、紅《くれない》の霞の浪を漕ぐような。……そして、少し其の軋む音は、幽《かすか》に、キリリ、と一種の微妙なる音楽であった。仲よしの小鳥が嘴《くちばし》を接《あわ》す時、歯の生際《はえぎわ》の嬰児《あかんぼ》が、軽焼《かるやき》をカリリと噛む時、耳を澄《すま》すと、ふとこんな音《ね》がするかと思う、――話は違うが、（らふたけたるもの）として、（色白き児《こ》の苺《いちご》くいたる）枕の草紙は憎い事を言った。

わびしかるべき茎《くく》だちの浸《ひた》しもの、わけぎのぬたも蒔絵の中。惣菜ものの蜆《しじみ》さえ、雛の御《お》前《まえ》に罷出《まかんず》れば、黒小《くろこ》袖《そで》、浅葱《あさぎ》の襟《えり》。海のもの、山のもの。筍《たかんな》の膚《はだ》も美少年。どれも、食《くい》ものと云う形でなく、菜の葉に留まれ蝶と斉《ひと》しく、弥生《やよい》の春のともだちに見える。……袖形《そでがた》の押絵《おしえ》細工《ざいく》の箸さしから、銀の振出《ふりだ》し、と云う華奢《きやしゃ》なもので、小鯛には骨が多い、柳鰈の御馳走を思出すと、ああ、酒と煙草は、然《さ》るにても極《きま》りが悪い。

其角《きかく》句あり。――もどかしや雛に対して小盃《こさかづき》。

あの白酒を、一寸脣《ちょつとくちびる》につけた処は、乳《ちち》の味がしはしないかと思う……一寸ですよ。

――構わず注《つ》ぎねえ。

なんかで、がぶがぶ遣《や》っちゃ話に成らない。

金岡《かなおか》の萩《はぎ》の馬、飛驒《ひだ》の工匠《たくみ》の龍までもなく、電燈を消して、雪洞の影に見参らす雛の顔は、実際、唯瞻《とみ》れば瞬《またた》きして、やがて打微笑《うちほほえ》む。人の悪い官女のじろりと横目で見るのがある。

ない。

――壇の下に寝て居ると、雛の話声が聞える、と小児《こども》の時に聞いたのを、私は今も疑いたくない。で、家中《かちゆう》が寝静まると、何処か一ヶ所、小屏風が、鶴《つる》の羽《はね》に桃を敷いて、すッと廻ろうも知れぬ。……御睦《おんむつ》ましさにつけても、壇に、余り人形の数の多いのは風情がなかろう。但《ただ》し、多いにも、少《すく》いにも、今私は、雛らしいものを殆《ほとん》ど持たぬ。母が大事にしたのは、母がなくなって後《のち》、町に大火があって皆焼けたのである。一度持出したとも聞くが、混雑に紛れて行方《ゆくえ》を知らない。あれほど気を入れて居たのであるから、大方《おおかた》は例の車に乗って、雛たち、火を免れたのであろう、と思って居る。

其の後伝《こ》う云う事があった。

尚《な》おそれから十二三年を過ぎてである。

逗子《ずし》に居た時、静岡の町の光景《さま》が見たくって、三月の中《なか》ばと思う。一度彼処《あすこ》へ旅をした。浅間《せんげん》の社《やしろ》で、釜で甘酒を売る茶店《ちやみせ》へ休んだ時、鳩と一所に日南《ひなた》ぼっこをする婆さんに、阿部《あべ》川《かわ》の川原《かわら》で、桜の頃は土地の人が、毛氈に重詰《じゆうづめ》もので、花の酒宴《さかもり》をする、と言うのを聞いた。

――阿部川の道を訊ねたについてである。――都路《みやこじ》の唄につけても、此処を府中《ふちゆう》と覚えた身には、静岡へ来て阿部川餅を知らないでは済まぬ気がする。これを、おかしなものの異名だなぞと思われては困る。確かに、豆粉《きなこ》をまぶした餅である。

賤機山《しずはたやま》、浅間を吹降《ふきおろ》す風の強い、寒い日で。寂しい屋敷町を抜けたり、大川《おおかわ》の堤防《どて》を伝ったりして阿部川の橋の袂《たもと》へ出て、俥《くるま》は一軒の餅屋へ入った。

色白で、赤い半襟《はんえり》をした、人柄な島田の娘が唯一人で店に居た。

——此が、名代《なだい》の阿部川だね、一盆《ひとぼん》おくれ。——

と精々喜多八《せいぜいきだはち》の気分を漾《ただよ》わせて、突出《つきだ》し店《みせ》の硝子戸《がらすど》の中に飾った、五つばかり装《よそ》ってある朱の盆へ、突如《いきなり》立って手を掛けると、娘が、まあ、と言った。

——あら、看板ですわ——

いや、正《しょう》のものの膝栗毛《ひざくりげ》で、聊《いささ》か気分なるものを漾わせ過ぎた形がある。が、此処で早速頬張《ほおば》って、吸子《きびしょ》の手酌《てじゃく》で飲《や》った処は、我ながら頼母《たのも》しい。

ふと小用場《こようば》を借りたく成った。

中戸《なかど》を開けて、土間をずッと奥へ、と云う娘《ねえ》さんの指図に任せて、古くて大きい其の中戸を開けると、妙な建方《たてかた》、すぐに壁で、壁の窓からむこう土間の台所が見えながら、穴を抜けたように鉤《かぎ》の手に一つ曲って、暗い処をふっと出ると、上框《あがりかまち》に縁《えん》がついた、吃驚《びっくり》するほど広々とした茶の間。大々《だいだい》と炉《いろり》が切ってある。見事な事は、大名の一《ひと》たてぐらいは、楽に休めたろうと思う。薄暗い、古畳《ふるだたみ》。寂《せき》として人気《ひとけ》がない。……猫も居《お》らぬ。炉《ろ》に火の気もなく、茶釜も見えぬ。

遠くで、内井戸《うちいど》の水の音が水底《みなそこ》へ響いてポタン、と鳴る。不思議に風が留《や》んで寂寞《ひっそり》した。見上げた破風口《はふぐち》は峠ほど高し、とぼんと野原へ出たような気がして、縁に添いつつ中土間《なかどま》を、囲炉裡《いろり》の前を向《むこ》うへ通ると、桃桜潑《ぱっ》と輝くばかり、五壇一面の緋毛氈、やがて四畳半を充満《いっぱい》に雛、人形の数々。

ふと其の飾った形も姿も、昔の故郷の雛によく肖《に》た、と思うと、どの顔も、それよりは蒼白くて、衣《きぬ》も冠《かむり》も古雛《ふるびな》の、丈《たけ》が二倍ほど大きかった。

薄暗い白昼《まひる》の影が一つ一つに皆映る。

背後《うしろ》の古襖《ふるぶすま》が半ば開《あ》いて、奥にも一つ見える小座敷に、また五壇の雛がある。不思議や、蒔絵の車、雛たちも、それこそ寸分違《たが》わない古郷《ふるさと》のそれに似た、と思わず伸上《のびあが》りながら、ふと心づくと、前の雛壇におわするのが、いずれも尋常《ただ》の形でない。雛は両方さしむかい、官女たちは、横顔やら、俯向《うつむ》いたの。お囃子はぐるり、と寄って、鼓《つづみ》の調糸《しらべ》を緊《し》めたり、解《と》いたり、御殿火鉢《ごてんひばち》も楽屋の光景《ありさま》。

私は吃驚して飛退《とびの》いた。

敷居の外の、苔の生えた内井戸には、いま汲《く》んだような釣瓶《つるべ》の雫《しずく》、——背戸《せど》は桃もただ枝の中《うち》に、真黄色《まっきいろ》に咲いたのは連翹《れんぎょう》の花であった。

帰りがけに密《そっ》と通ると、何事もない。襖の奥に雛はなくて、前の壇のも、烏帽子一つ位置のかわったのは見えなかった。——此《こ》の時に慄然《ぞっ》とした。

風は其のまま留《や》んで居る。広い河原《かわら》に霞《かすみ》が流れた。渡れば鞠子《まりこ》の宿《しゅく》と聞く……梅、若菜の句にも聞える。少し渡って見よう。橋詰《はしづめ》の、あの大樹《たいじゅ》の柳の枝のすらすらと浅翠《あさみどり》した下を通ると、樹の根に一枚、緋の毛氈を敷いて、四隅《よすみ》を美しい河原の石で圧《おさ》えてあった。雛市が立つらしい、が、絵合《えあわせ》の貝一《かいひと》つ、誰《たれ》も居らぬ。唯《と》、二三町《にさんちょう》春の真昼に、人通りが一人もない。何故か憚《はばか》られて、手を触れても見なかった。緋の毛氈は、何処のか座敷から柳の梢《こずえ》を倒《さかさま》に映る雛壇の影かも知れない。夢を見るように、橋へかかると、此《これ》も白い虹が来て群青の水を飲むようであった。あれあれ雀が飛ぶように、おさえの端《はし》の石がころころと動くと、柔《やわら》かい風に毛氈を捲いて、ひらひらと柳の下枝に搦《から》む。

私は愕然として火を思った。

何処ともなしに、キリリキリリと、軋《きし》る轅《ながえ》の車の響《ひびき》。

鞠子は霞む長橋《ながばし》の阿部川の橋の板を、彼方此方《あっちこっち》、ちらちらと陽炎《かげろう》が遊んで居る。

時に蒼空に富士を見た。

若き娘に幸《さち》あれと、餅屋の前を通過《とおりす》ぎつつ、

――若い衆《しゅ》、綺麗な娘さんだね、いい婿さんが持たせたいね――

――ええ、餅屋の婿さんは知りませんが、向《むこ》う側のあの長い塀、それ、柳のわきに裏門のありますお邸《やしき》は、……旦那、大財産家《だいざいさんか》でございましてな。つい近い頃、東京から、それはそれは美しい奥さんが見えましたよ――

何と恁《こ》うした時は、見ぬ恋にも憧憬《あこが》れよう。

欲《ほし》いのは――もしか出来たら――修紫《にせむらさき》の源氏《げんじ》雛《びな》、姿も国貞《くにさだ》の錦絵《にしきえ》ぐらいな、花桐《はなぎり》を第一に、藤《ふじ》の方《かた》、紫、黄昏《たそがれ》、桂木《かつらぎ》、桂木は人も知った朧月夜《おぼろづきよ》の事である。

　照りもせず、くもりも果てぬ春の夜の……

此の辺は些《ちっ》と酔ってるでしょう。

城崎を憶う

雨が、さっと降出《ふりだ》した、停車場へ着いた時で——天象は卯《う》の花くだしである。敢《あえ》て字義に拘泥する次第ではないが、雨は其の花を乱したように、夕暮に白かった。やや大粒に見えるのを、もし掌《たなごころ》にうけたら、冷《つめた》く、そして、ぼっと暖《あたたか》に消えたであろう。空は暗く、風も冷たかったが、温泉《ゆ》の町の但馬《たじま》の五月は、爽《さわやか》であった。

俥《くるま》は幌《ほろ》を深くしたが、雨を灌《そそ》いで、鬱陶しくはない。両側が高い屋並《やなみ》に成ったと思うと、立迎うる山の影が濃い緑を籠めて、輻《や》とともに動いて行く。まだ暮果てず明《あかる》いのに、濡れつつ、ちらちらと灯《ひとも》れた電燈は、燕《つばめ》を魚のように流して、静《しずか》な谿川《たにがわ》に添った。流《ながれ》は細い。横に二つ三つ、続いて木造の橋が濡色《ぬれいろ》に光った、此《これ》が旅行案内で知った円山川《まるやまがわ》に灌ぐのである。

此の景色の中を、しばらくして、門の柳を潜《くぐ》り、帳場の入らっしゃい——を横に聞いて、深い中庭の青葉を潜って、別にはなれに構えた奥玄関《おくげんかん》に俥が着いた。旅館の名の合羽屋《かっぱや》もおもしろい。

へい、ようこそお越しで。挨拶とともに番頭がズイと掌《てのひら》で押出《おしだ》して、扠《さ》て黙って顔色を窺った、盆の上には、湯札《ゆふだ》と、手拭《てぬぐい》が乗って、上に請求書、むかし「かの」と云ったと聞くが如き形式のものが飜然《ひらり》とある。おやおや前勘《まえかん》か。否《いな》、然《そ》うでない。……特《とく》、一《いち》、二《に》、三等《さんとう》の相場づけである。温泉の雨を掌《たなごころ》に握って、我がものにした豪儀な客も、ギョッとして、此れは悄気《しょげ》る……筈《はず》の処を……又然《そ》うでない。実は一昨年の出雲路《いずもじ》の旅には、仔細あって大阪朝日新聞学芸部の春山氏《はるやまし》が大屋台《おおやたい》で後見《こうけん》について居た。此方《こっち》も黙って、特等、とあるのをポンと指のさきで押すと、番頭が四五尺するすると下《さが》った。（百両をほどけば人をしさらせる）古川柳《こせんりゅう》に対して些《ち》と恥かしいが（特等といへば番頭座《ばんとうざ》をしさり。）は如何《いかん》？ 串戯《じょうだん》じゃあない。が、事実である。

棟近《むねちか》き山《やま》の端《は》かけて、一陣《いちじん》風が渡って、まだ幽《かすか》に影の残った裏櫺子《うられんじ》の竹がさらさらと立騒《たちさわ》ぎ、前庭《ぜんてい》の大樹《たいじゅ》の楓の濃い緑を圧《おさ》えて雲が黒い。「風が出ました、もう霽《あが》りましょう。」「これはありがたい、お礼を言うよ。」「ほほほ。」ふっくり色白で、帯をきちんとした島田髷《しまだまげ》の女中は、白地《しろじ》の浴衣《ゆかた》の世話をしながら笑ったが、何を秘《かく》そう、唯今《ただいま》の雲行《くもゆき》に、雷鳴をともないはしなかろうかと、気遣った処だから、土地ッ子の天気予報の、風、晴、に感謝の意を表したのであった。

すぐ女中の案内で、大《おお》く宿の名を記した番傘《ばんがさ》を、前後《あとさき》に揃えて庭下駄で外湯《そとゆ》に行く。此の景勝愉楽の郷《きょう》にして、内湯《うちゆ》のないのを遺憾とす、と云う、贅沢なのもあるけれども、何、青天井、いや、滴《したた》る青葉の雫《しずく》の中なる廊下続きだと思えば、渡って通る橋にも、川にも、細々《こまごま》とからくりがなく洒張《さっぱ》りして一層好《い》い。本雨《ほんあめ》だ。第一、馴れた家の中を行くような、傘さした女中の斜《ななめ》な袖《そで》も、振事《ふりごと》のようで姿がいい。

——湯はきびきびと熱かった。立つと首ッたけある。誰《たれ》の？……知れた事拙者《せっしゃ》のである。処で、此のくらい熱い奴を、と顔をざぶざぶと冷水で洗いながら腹の中で加減して、やがて、湯を出る、ともう雨は霽《あが》った。持《もち》おもりのする番傘に、片手腕まくりがしたいほど、身のほてりに夜風の冷い快《こころよ》さは、横町の銭湯から我家《わがや》へ帰る趣《おもむき》がある。但往《ただゆきか》交う人々は、皆名所絵《めいしょえ》の風情があって、中には塒《ねぐら》に立迷《たちまよ》う旅商人《たびあきうど》の状《さま》も見えた。

並んだ膳は、土地の由緒と、奥行をもの語る。手を突張《つッぱ》ると外《はず》れそうな棚から飛出した道具でない。蔵から顕われた器らしい。御馳走は——

鯛の味噌汁。人参、じゃが、青豆、鳥の椀《わん》。鯛の差味《さしみ》。胡瓜《きゅうり》と烏賊《いか》の酢のもの。鳥の蒸焼。松蕈《まつたけ》と鯛の土瓶蒸《どびんむし》。香《こう》のもの。青菜の塩漬《しおづけ》、菓子、苺。

所謂《いわゆる》、貧僧《ひんそう》のかさね斎《どき》で、ついでに翌朝の分を記して置く。

蜆《しじみ》、白味噌汁。大蛤《おおはまぐり》、味醂蒸《みりんむし》。並《ならび》に茶碗蒸。蕗《ふき》、椎茸《しいたけ》つけあわせ、蒲鉾《かまぼこ》、鉢。浅草海苔。

大《おおき》な蛤、十《と》ウばかり。（註、ほんとうは三個）として、蜆も見事だ、碗も皿もうまい、と慌てて瀬戸ものを噛《かじ》ったように、覚えがきに記してある。覚え方はいけ粗雑《ぞんざい》だが、料理はいずれも念入りで、分量も鷹揚《おうよう》で、聊《いささか》もあたじけなくない処が嬉しい。

三味線《さみ》太鼓は、よその二階三階の遠音《とおね》に聞いて、私は、ひっそりと按摩《あんま》と話した。此の按摩どのは、団栗《どんぐり》の如く尖《とが》った頭で、黒目金《くろめがね》を掛けて、白の筒袖《つつそで》の上被《うわっぱり》で、革鞄《かわかばん》を提《さ》げて、そくに立って、「お療治《りょうじ》。」と顕われた。——勝手が違って、私は一寸《ちょっと》不平だった。が、按摩は宜《よろ》しゅう、と縁側を這ったのでない。此方《こちら》から呼んだので、術者は来診の気組《きぐみ》だから苦情は言えぬが驚いた。忽《たちま》ち、県下《けんか》豊岡川《とよおかがわ》の治水工事、第一期六百万円也、と胸を反らしたから、一《ひと》すくみに成って、内々《ないない》期待した狐狸《きつねたぬき》どころの沙汰《さた》でない。あの、潟《かた》とも湖とも見えた……寧《むし》ろ寂然《せきぜん》として沈んだ色は、大《おおい》なる古沼《ふるぬま》か、千年百年《ちとせももとせ》ものいわぬ静かな淵かと思われた円山川の川裾《かわすそ》には——河童《かっぱ》か、獺《かわうそ》は？……などと聞こうものなら、はてね、然《さ》ようなものが鯨《くじら》の餌にありますか、と遣《や》りかねない勢《いきおい》で。一つ驚かされたのは、思いのほか、魚が結構だ、と云ったのを嘲笑《あざわら》って、つい津居山《ついやま》の漁場には、鯛も鱸《すずき》もぴちぴち刎《は》ねて居ると、掌《てのひら》を肩で刎ねた。よくせき土地が不漁《しけ》と成れば、佐渡《さど》から新潟《にいがた》へ……と聞いた時は、枕返《まくらがえ》し、と云う妖怪《ばけもの》に逢ったも同然、敷込《しきこ》んだ布団を取って、北から南へ引《ひっ》くりかえされたように吃驚《びっくり》した。旅で剣術は出来なくても、学問があれば恁《こ》うは駭《おどろ》くまい。だから学校を怠けては不可《いけな》い、従って教わった事を忘れては不可《いけな》い、但馬《たじま》の円山川の灌《そそ》ぐのも、越後の信濃川の灌ぐのも、船ではおなじ海である。

　私は佐渡と云う所は、上野から碓氷《うすい》を越えて、雪の柏原《かしわばら》、関山《せきやま》、直江津《なおえつ》まわりに新潟辺《へん》から、佐渡は四十五里波《なみ》の上、と見るか、聞きかするものだ、と浮《うっか》りして居た。七日《なぬか》前《ぜん》に東京駅から箱根越《はこねごし》の東海道。――分った分った――逗留した大阪を、今日午頃《ひるごろ》に立って、ああ、祖母《おばあ》さんの懐《ふところ》で昔話に聞いた、栗《くり》がもの言う、たんばの国。故《わざ》と下《お》りて見た篠山《ささやま》の駅のプラットホームを歩行《ある》くのさえ、重畳《ちょうじょう》と連《つらな》る山を見れば、熊の背に立つ思《おもい》がした。酒顚童子《しゅてんどうじ》の大《おお》江山《えやま》。百人一首のお嬢さんの、「いくのの道」もそれか、と辿って、はるばると来た城崎《きのさき》で、佐渡の沖へ船が飛んで、キラリと飛魚《とびうお》が刎出《はねだ》したから、きたなくも怯《おびや》かされたのである。――晩もお総菜《そうざい》に鮭を退治た、北海道の産である。茶うけに岡山のきび団子を食べた処で、咽喉《のど》に詰らせる法はない。これしかしながら旅の心であろう。——

夜《よ》はやや更けた。はなれの十畳の奥座敷は、円山川の洲《す》の一処《ひとところ》を借りたほど、森閑《しんかん》ともの寂しい。あの大川は、いく野《の》の銀山を源《みなもと》に、八千八谷《はっせんやたに》を練りに練って流れるので、水は類《たぐい》なく柔《やわら》かに滑《なめらか》だ、と又按摩どのが今度は声を沈めて話した。豊岡から来る間、夕雲の低迷して小浪《ささなみ》に浮織《うきおり》の紋を敷いた、漫々たる練絹《ねりぎぬ》に、汽車の窓から手をのばせば、蘆《あし》の葉越《はごし》に、触ると揺れそうな思《おもい》で通った。旅は楽《たのし》い、又寂しい、としおらしく成ると、何が、そんな事。……じきその飛石《とびいし》を渡った小流《こながれ》から、お前さん、苫船《とまぶね》、屋根船に炬燵《こたつ》を入れて、美しいのと差向《さしむか》いで、湯豆府《ゆどうふ》で飲みながら、唄で漕いで、あの川裾《かわすそ》から、玄武《げんぶ》洞《どう》、対居山《ついやま》まで、雪見と云う洒落《しゃれ》さえあります、と言う。項《うなじ》を立てた苫も舷《ふなばた》も白銀《しろがね》に、珊瑚《さんご》の袖の揺る時、船はただ雪を被いだ翡翠《ひすい》となって、白い湖の上を飛ぶであろう。氷柱《つらら》の蘆も水晶に——

金子《かね》の力は素晴らしい。

私は獺《かわうそ》のように、ごろんと寝た。

而《そう》して夢に小式部《こしきぶ》を見た。

嘘を吐《つ》け!

ピイロロロピイ——これは夜が明けて、晴天に鳶《とび》の鳴いた声ではない。翌朝、一風呂キヤキヤと浴び、手拭を絞ったまま、からりと晴れた天気の好さに、川の岸を坦々とさかのぼって、来日《くるひ》ケ峰《みね》の方《かた》に旭《ひ》に向って、晴々しく漫歩《ぶらつ》き出した。九時頃だが、商店は町の左右に客を待つのに、人通りは見掛けない。静《しずか》な細い町を、四五間《しごけん》ほど前へ立って、小児《こども》かと思う小さな按摩どのが一人、笛を吹きながら後形《うしろむき》で行くのである。ピイロロロピイーとしょんぼりと行く。トトトン、トトトン、と間を緩く、其処等《そこら》の芸妓屋《げいしゃや》で、朝稽古の太鼓の音、ともに何となく翠《みどり》の滴る山に響く。

　まだ羽織も着ない。手織縞《ておりじま》の茶っぽい袷《あわせ》の袖に、鍵裂《かぎざき》が出来てぶら下ったのを、腕に捲くようにして笛を握って、片手向うづきに杖を突張《つッぱ》った、小倉《こくら》の櫂《かい》の口が、ぐたりと下って、裾のよじれ上った痩脚《やせずね》に、ぺたんことも曲《ゆが》んだとも、大きな下駄を引摺って、前屈《まえかが》みに俯向《うつむ》いた、瓢箪を俯向に、突き出た出額《おでこ》の尻《しり》すぼけ、情《なさけ》を知らず故《ことさ》らに絵に描《か》いたようなのが、ピイロロロピイと仰向いて吹いて、すぐ、ぐったりと又俯向く。鍵なりに町を曲って、水の音のやや聞こえる、流《ながれ》の早い橋を越すと、又道が折れた。突当りがもうすぐ山懐《やまふところ》に成る。其処の町屋《まちや》を、馬の沓形《くつがた》に一廻りして、振返った顔を見ると、額に隠れて目の窪《くぼ》んだ、頤《あご》のこけたのが、かれこれ四十ぐらいな年であった。

　うかうかと、あとを歩行《ある》いた方は勝手だが、彼は勝手を超越した朝飯前であろうも知れない。笛の音《ね》が胸に響く。

私は欄干に佇《たたず》んで、返りを行違《ゆきちが》わせて見送った。おなじように、或《あるい》は傾き、また俯向き、さて笛を仰いで吹いた、が、やがて、来た道を半ば、あとへ引返した処で、更《あらた》めて乗っかる如く下駄を留めると、一方、鎮守の社の前で、ついた杖を、丁《ちょう》と小脇に引そばめて上げつつ、高々と仰向いた、さみしい大《おお》きな頭ばかり、屋根を覗く来日《くるひ》ケ峰《みね》の一処《ひとところ》を黒く抽《ぬ》いて、影法師を前に落して、高らかに笛を鳴らした。

——きょきょらッ、きょッきょッきょッ！

八千八谷《はっせんやたに》を流るる、円山川とともに、八千八声と称《とな》うる杜鵑《ほととぎす》は、ともに此地《このち》の名物である。それも昨夜の按摩が話した。其時《そのとき》、口で真似たのが此《これ》である。例の（ほぞんかけたか）を此の辺では、（きょきょらッ、きょッきょッ）と聞くらしい。

ひと声、血に泣く其の笛を吹き落すと、按摩は、とぼとぼと横路地《よころじ》へ入って消えた。続いて其処を通ったが、もう見えない。

私は何故か、ぞっとした。

太鼓の音の、のびやかなあたりを、早足に急いで帰るのに、途中で橋を渡って岸が違って、石垣つづきの高塀について、打《ぶ》つかりそうに大《おお》きな黒い門を見た。立派な門に不思議はないが、くぐり戸も煽《あお》ったまま、扉が夥多《おびただ》しく裂けて居る。覗くと、山の根を境にした広々とした庭らしいのが、一面の雑草で、遠くに小さく、壊れた四阿《あずまや》らしいものの屋根が見える。日に水の影もささぬのに、其の四阿をさがりに、二《に》三輪《さんりん》、真紫《まむらさき》の菖蒲《あやめ》が大《おお》きくぱっと咲いて、縋《すが》ったように、倒れかかった竹の棹も、池に小船に棹《さお》さしたように面影に立ったのである。

此の時の旅に、色彩《いろ》を刻んで忘れないのは、武庫川《むこがわ》を過ぎた生瀬《なませ》の停車場《じよう》近く、向う上りの径《こみち》に、じりじりと蕊《しん》に香《におい》を立てて咲揃《さきそろ》った真昼の芍薬《しやくやく》と、横雲を真黒に、嶺《みね》が颯《さつ》と暗かった、夜久野《やくの》の山の薄墨《うすずみ》の窓近く、草に咲いた姫薊《ひめあざみ》の紅《くれない》と、——此の菖蒲《しようぶ》の紫であった。

ながめて居る目が、やがて心まで、うつろに成って、あッと思う、つい目さきに、又うつくしいものを見た。丁《ちよう》ど瞳を離して、あとへ一歩振向《ひとあしふりむ》いた処が、川の瀬の曲角《まがりかど》で、やや高い向岸《むこうぎし》の、崖の家《うち》の裏口から、巌《いわ》を削れる状《さま》の石段五六段を下りた汀《みぎわ》に、洗濯ものをして居た娘が、恰《あたか》もほつれ毛を掻くとて、すんなりと上げた真白な腕の空《そら》ざまなのが睫毛《まつげ》を掠《かす》めたのである。

ぐらり、がたがたん。

「あぶない。」

「いや、これは。」

すんでの処《ところ》。――落っこちるのでも、身投《みなげ》でも、はっと抱きとめる救手《すくいて》は、何でも不意に出る方が人気が立つ。すなわち同行の雪岱《せったい》さんを、今まで秘《かく》しておいた所以《ゆえん》である。

私は踏んだ石の、崖を崩れかかったのを、且《か》つ視《み》て苦笑した。余りの不状《ぶざま》に、娘の方が、優《やさし》い顔をぽっと目瞼《まぶた》に色を染め、膝まで巻いて友禅に、ふくら脛《はぎ》の雪を合わせて、紅絹《もみ》の影を流《ながれ》に散らして立った。

さるにても、按摩の笛の杜鵑《ほととぎす》に、抜かしもすべき腰を、娘の色に落ちようとした。私は羞《は》じ且《か》つ自ら憤《いきどお》って酒を煽った。――なお志す出雲路を、其日《そのひ》は松江《まつえ》まで行くつもりの汽車には、まだ時間がある。私は、もう一度宿《やど》を出た。

すぐ前なる橋の上に、頬被《ほおかぶり》した山家《やまが》の年増が、苞《つと》を開いて、一人行く人のあとを通った、私を呼んで、手を挙げて、「大《おおき》な自然薯《じねんじょ》買うておくれなはらんかいなア。」……はおもしろい。朝まだきは、旅館の中庭の其処此処《そここここ》を、「大きな夏蜜柑《なつみかん》買わんせい。」……親仁《おやじ》の呼声《よびごえ》を寝ながら聞いた。働く人の売声《うりごえ》を、打興《うちきよう》ずるは失礼だが、旅人の耳には唄である。

漲《みなぎ》るばかり日の光を吸って、然《しか》も軽い、川添《かわぞい》の道を二町ばかりして、白い橋の見えたのが停車場から突通《つきとお》しの処であった。橋《はし》の詰《つめ》に、――丹後《たんご》行《ゆき》、舞鶴行《まいづるゆき》――住《すみ》の江《え》丸《まる》、浜鶴丸《はまづるまる》と大《おお》看板《かんばん》を上げたのは舟宿《ふなやど》である。丹後行、舞鶴行――立って見たばかりでも、退屈の余りに新聞の裏を返して、バンクバー、シヤトル行《ゆき》を睨むが如き、情のない、他人らしいものではない。——蘆《あし》の上をちらちらと舞う陽炎《かげろう》に、袖が鷗《かもめ》になりそうで、遥《はるか》に色の名所が偲ばれる。手軽に川蒸汽《かわじようき》でも出そうである。早《は》や、その蘆の中に並んで、十四五艘の網船《あみぶね》、田船《たぶね》が浮いて居た。

どれかが、黄金の魔法によって、雪の大川の翡翠に成るらしい。円山川の面《おもて》は今、ここに、其の、のんどりと和《なご》み軟《やわら》いだ唇を寄せて、蘆摺《あしず》れに汀《みぎわ》が低い。彳《たたず》めば、暖《あたたか》く水に抱かれた心地がして、藻《も》も、水草もとろとろと夢が蕩《とろ》けそうに裾《すそ》に靡《なび》く。おお、沢山《たくさん》な金魚藻《きんぎょも》だ。同町内の滝君《たきくん》に、ひと俵《たわら》贈ろうかな、……水上《みなかみ》さんは大《おお》きな目をして、二《に》七《しち》の縁日に金魚藻を探して行く。……

私は海の空を見た。輝く如きは日本海《にっぽんかい》の波《なみ》であろう。鞍掛山《くらかけやま》、太白山《たいはくざん》は、黛《いれずみ》を左右に描いて、来日ケ峰は翠《みどり》なす額髪《ひたいがみ》を近々と、面《おも》ほてりのするまで、じりじりと情熱の呼吸《いき》を通《かよ》わす。緩《ゆる》い流《ながれ》は浮草《うきぐさ》の帯を解いた。私の手を触れなかったのは、濡れるのを厭《いと》ったのでない、波を恐れたのでない。円山川の膚《はだ》に触れるのを憚《はばか》ったのであった。

城崎は——今も恪《かく》の如く目に泛《うか》ぶ。

ここに希有な事があった。宿にかえりがけに、客を乗せた俥を見ると、二台三台、俥夫《くるまや》が揃って手に手に鉄棒《かなぼう》を一条《ひとすじ》ずつ提げて、片手で楫《かじ》を圧《お》すのであった。――煙草を買いながら聞くと、土地に数の多い犬が、俥に吠附《ほえつ》き戯《ざ》れかかるのを追払《おいはら》うためだそうである。駄菓子屋の縁台にも、船宿の軒下にも、蒲焼屋《かばやきや》の土間にも成程《なるほど》居たが。――言ううちに、飛《とび》かかって、三疋四疋《さんびきしひき》、就中《なかんずく》先頭に立ったのには、停車場近く成ると、五疋ばかり、前後から飛びかかった。叱《しっ》、叱、叱！　畜生《ちくしょう》、畜生、畜生。俥夫《くるまや》が鉄棒を振舞《ふりまわ》すのを、橋に立って見たのである。

其の犬どもの、耳には火を立て、牙には火を歯《は》み、焔を吹き、黒煙《くろけむり》を尾に倦《ま》いて、車とも言わず、人とも言わず、炎に搦《から》んで、躍上《おどりあが》り、飛蒐《とびかか》り、狂立《くるいた》って地獄の形相を顕《あらわ》したであろう、と思わず身の毛を慄立《よだ》てたのは、昨、十四年五月二十三日十一時十分、城崎豊岡大地震《きのさきとよおかおおじしん》大火《たいか》の号外を見ると同時であった。

地方は風物に変化が少《すく》い。わけて唯一年《ただいちねん》、もの凄いように思うのは、月は同じ月、日はただ前後して、――谿川に倒れかかったのも殆《ほとん》ど同じ時刻である。娘も其処に按摩も彼処《かしこ》に――

其の大地震を、あの時既《すで》に、不気味に按摩は予覚したるにあらざるか。然《しか》らば八千八声を泣きつつも、生命《せいめい》だけは助かったろう。衣《きぬ》を洗いし娘も、水に肌は焦すまい。

当時写真を見た——湯の都は、ただ泥と瓦《かわら》の丘となって、なきがらの如き山あるのみ。谿川の流《ながれ》は、大むかでの爛《ただ》れたように……其の写真も赤く濁る……砂煙の曠野《こうや》を這って居た。

木も草も、あわれ、廃屋の跡の一輪の紫の菖蒲《あやめ》もあらば、それがどんなに、と思う。

——今は、柳も芽《め》ぐんだであろう——城崎よ。

木菟俗見

苗売《なえうり》の声は、なつかしい。

……垣《かき》の卯《う》の花《はな》、さみだれの、ふる屋《や》の軒《のき》におとずれて、朝顔の苗や、夕顔の苗……

またうたに、

……田舎づくりの、かご花活《はないけ》に、ずッぷりぬれし水色の、たつたを活《い》けし楽しさは、心の憂さもどこへやら……

小《こ》うたの寄せ本で読んだだけでも、一寸《ちょっと》意気だ、どうして悪くない。が、四畳半でも、六畳でも、琵琶《びわ》棚《だな》つきの広間でも、そこは仁体《にんてい》相応として、これに調子がついて、別嬪《べっぴん》の声で聞こうとすると、三味線《さみせん》の損料だけでもお安くない。白い手の指環《ゆびわ》の税がかかる。それに、われら式が、一念発起に及んだほどお小遣を払《はた》いて、羅《うすもの》の褄《つま》に、すッと長じゅばんの模様が透く、……水色の、色気は（たつた）で……斜《ななめ》に座らせたとした所で、歌沢《うたざわ》が何とかで、あのはにあるの、このはにないのと、浅間《あさま》の灰でも降ったように、その取引たるや、なかなかむずかしいそうである。

先哲《せんてつ》いわく……君子はあやうきに近よらず、いや頬杖で読むに限る。……垣の卯の花、さみだれの、ふる屋の軒におとずれて……か。

悪いことは申さぬ。これに御同感の方々は、三味線でお聞きになるより、字でお読みになる方が無事である。——

下町の方は知らない。江戸のむかしよりして、これを東京の昼の時鳥《ほととぎす》ともいいたい、その苗売の声は、近頃聞くことが少《すく》なくなった。偶《たま》にはくるが、もう以前のように山の手の邸町《やしきまち》、土《ど》べい、黒べい、幾曲《いくまが》りを一声にめぐって、透《とお》って、山王様《さんのうさま》の森に響くようなのは聞かれない。

久しい以前だけれども、今も覚えて居る。一度は本郷龍岡町《ほんごうたつおかちょう》の、あの入組《いりく》んだ、深い小路《こうじ》の真中であった。一度は芝《しば》の、あれは三田四国町《みたしこくまち》か、慶応大学の裏と思う高台であった。いずれも小笠《おがさ》のひさしをすえ、脚半《きゃはん》を軽く、しっとりと、拍子をふむようにしつつ声にあやを打ってうたったが……うたったといいたい。私は上手《じょうず》の名曲《めいきょく》を聞いたと同じに、十年、十五年の今も忘れないからである。

この朝顔、夕顔に続いて、藤豆《ふじまめ》、隠元《いんげん》、なす、ささげ、唐もろこしの苗、また胡瓜《きゅうり》、糸瓜《へちま》――令嬢方へ愛相に（お）の字をつけて――お南瓜《とうなす》の苗、……と、砂村《すなむら》で勢ぞろいに及んだ、一騎当千、前栽《せんざい》の強物《つわもの》の、花を頂き、蔓手綱《つるたづな》、威毛《おどしげ》をさばき、装いに濃い紫を染《そめ》などしたのが、夏の陽炎《かげろう》に幻影《まぼろし》を顕わすばかり、声で活かして、大路小路《おおじこうじ》を縫ったのも中頃で、やがて月見草、待《まつ》よい草、くじゃく草《そう》などから、ヒヤシンス、アネモネ、チュウリップ、シクラメン、スイートピイ。笛を吹いたら踊れ、何でも舶来ものの苗を並べること、尖端《モダン》新語辞典のようになったのは最近で、いつか雑曲《ざつきょく》に乱れて来た。

決して悪くいうのではない、声はどうでも、商売は道によって賢くなったので、この初夏も、二人づれ、苗売の一組が、下六番町《しもろくばんちょう》を通って、角《かど》の有馬家《ありまけ》の黒塀に、雁《がん》が帰るように小笠を浮かして顕われた。

――紅花の苗や、おしろいの苗――特に註するに及ぶまい、苗売の声だけは、草、花の名がそのままでうたになること、波の鼓《つづみ》、松の調べに相ひとしい。床の間ものの、ぼたん、ばらよりして、欠摺鉢《かけすりばち》、たどんの空箱《あきばこ》の割長屋《わりながや》、松葉ぼたん、唐辛子に至るまで声を出せば節《ふし》になる。むかし、下の句に（それにつけても金の欲しさよ）と吟ずれば、前句はどんなでもぴったりつく。（ほととぎすなきつるかたをながむれば）――（それにつけてもかねのほしさよ）――一寸《ちよつと》見本がこんなところ。古池や、でも何でも構わぬ、といった話がある。もっともだ。うら盆で余計身にしみて聞こえるのと、卑《さも》しいけれども、同じであろう。

その……

――紅花の苗や、おしろいの苗――

小うたなるかな。ふる屋《や》の軒におとずれた。何、座って居ても、苗屋の笠は見えるのだが、そこは凡夫《ぼんぷ》だ、おしろいと聞いたばかりで、破《やれ》すだれ越《ごし》に乗《のり》だして見たのであるが、続いて、

――紅鶏頭《あかいけいとう》、黄鶏頭《きげいとう》、雁来紅《がんらいこう》の苗。……とさか鶏頭、やり鶏頭の苗――

と呼んだ。絵で見せないと、手つきや口の説明では、なかなか形《かた》が見せられないのに、この、とさか鶏頭、やり鶏頭は、いい得てうまい。……学者の術語ばなれがして、商売によって賢《かしこ》しである、と思ったばかりは二人組かけ合《あい》の呼声《よびごえ》も、実は玄米パンと、ちんどん屋、また一所《いつしよ》になった……どじょう、どじょう、どじょう――に紛《まぎ》れたのであった。

こちらで気をつけて、聞迎《ききむか》えるのでなくっては、苗売は、雑音のために、どなたも、一寸気がつかないかも知れぬと思う。

まして深夜の鳥の声。

俳諧には、冬の季になって居たはずだが、みみずくは、春の末から、真夏、秋も鳴く。……ともすると梅雨うちの今頃が、あの、忍術つかい得意の時であろうも知れぬ。魔法、妖《よう》術《じゅつ》、五月《さつ》暗《きやみ》にふさわしい。……よいの間《ま》のホウ、ホウは、あれは、夜鷹《よたか》だと思われよ。のッホウホー、人魂《ひとだま》が息吹《いぶき》をするとかいう声に、藍暗《らんあん》、紫色《ししよく》を帯《たい》して、のりすれ、のりほせのないのは木菟《みみずく》で。……大抵真夜中の二時過ぎから、一時《ひととき》ほどの間《あいだ》を遠く、近く、一羽だか、二羽だか、毎夜のように鳴くのを聞く。寝《い》ねがての夜の慰《なぐさ》みにならないでもない。

陽気の加減か、よいまどいをして、直《じ》き町内の大銀杏《おおいちょう》、ポプラの古樹《ふるき》などで鳴く事があると、梟《ふくろ》だよ、ああ可恐《こわ》い。……私の身辺には、生《あい》にくそんな新造《しんぞ》は居ないが、とに角《かく》、ふくろにして不気味がる。がふくろの声は、そんな生優《なまやさ》しいものではない。——相州逗子《そうしゅうずし》に住《すま》った時、秋もややたけた頃、雨はなかったが、あれじみた風の夜中に、破屋《あばらや》の二階のすぐその欄干と思う所で、化けた禅坊主《ぜんぼうず》のように、恫喝《どうかつ》をくわしたが、思わず、引《ひ》き息《いき》で身震いした。唐突《だしぬけ》に犬がほえたような凄まじいものであった。

だから、ふくろの声は、話に聞く狼がうなるのに紛れよう。……みみずくの方は、木精《こだま》が恋をする調子だと思えば可《い》い。が、いずれ魔ものに近いのであるから、又ばける、といわれるのを慮《おもんぱか》って、内々《ないない》遠慮がちに話したけれども、実は、みみずくは好きである。第一形《かたち》が意気だ。――閨《ねや》、いや、寝床の友の、――源語《げんご》でも、勢語《せいご》でもない、道中膝栗毛《どうちゅうひざくりげ》を枕に伏せて、どたりとなって、もう鳴きそうなものだと思うのに、どこかの樹の茂りへ顕われない時は、出来るものなら、内懐《うちぶところ》に隻手《せきしゅ》の印《いん》を結んで、屋《や》の棟《むね》に呼びたい、と思うくらいである。旅行をしても、この里《さと》、この森、この祠《ほこら》――どうも、みみずくがいそうだ、と直感すると、果して深更《しんこう》に及んで、ぽッと、顕われ出《い》づるから則《すなわ》ち話せる。――のッほーほう、ほッほウ。

「おいでなさい、今晩は。……」

つい先月の中旬である。はじめて外房州《そとぼうしゅう》の方へ、まことに緊縮な旅行をした、その時――待て、旅といえば、内にいて、哲理《てつり》と岡《おか》ぼれの事にばかり凝っていないで、偶には外へ出て見たがよい。よしきり（よし原《わら》すずめ、行々子《ぎょうぎょうし》）は、麦の蒼空《おおぞら》の雲雀《ひばり》より、野趣《やしゅ》横溢して親しみがある。前にいったその逗子の時分は、裏の農家のやぶを出ると、すぐ田越川《たごえがわ》の流れの続きで、一本橋を渡る所は、ただ一面の蘆原《あしはら》。満潮の時は、さっと潮《さ》してくる浪《なみ》がしらに、虎斑《とらふ》の海月《くらげ》が乗って、あしの葉の上を泳いだほどの水場《みずば》だったが、三年あまり一度もよしきりを聞いた事……無論見た事もない。

後《のち》に、奥州《おうしゅう》の平泉《ひらいずみ》中尊寺《ちゅうそんじ》へ詣でたかえりに、松島へ行く途中、海の底を見るような岩の根を抜ける道々、傍《かたわら》の小沼《こぬま》の蘆に、からかいち、からかいち、ぎょう、ぎょう、ぎょう、ち ょッ、ちょッ、ちょッ……を初音《はつね》に聞いた。

まあ、そんなに念いりにいわないでも、凡鳥《およそからす》の勘左衛門《かんざえもん》、雀《すずめ》の忠三郎《ちゅうざぶろう》などより、鳥でこのくらい、名と声の合致したものは少《すく》なかろう、一度もまだ見聞きした覚えのないものも、声を聞けば、すぐ分る……

ぎょうぎょうし、ぎょうぎょうし、ぎょうぎょうし、ぎょうぎょうし。

もしもし、久保田さん、と呼んで、ここで傘雨《さんう》さんにお目にかかりたい。これでは句になりますまいか。

ぎょうぎょうし、ぎょうぎょうし、ぎょうぎょうし。

顔と腹を横に揺《ゆす》って、万《まん》ちゃんの「折合えません」が目に見える。

加賀の大野、根生《ねぶ》の浜を歩行《ある》いた時は、川口の洲《す》の至る所、蘆一《あしひと》むらさえあれば、行々子の声が渦を立てた、蜷《にな》の居る渚《なぎさ》に寄れば、さらさらと袖ずれの、あしのもとに、幾十羽《いくじっぱ》ともない、からかいち、からかいち、ちょッ、ちょッで。ぬれ色の、うす紅《あか》らんだ茎《くき》を伝い、水をはねて、羽《はね》の生《は》えた鮒《ふな》で飛回《とびまわ》る。はらはらと立って、うしろの藁屋の梅に五六羽、椿に四五羽、ちょッちょッと、旅人を珍しそうに、くちばしを向けて共音《ともね》にさえずったのである。——なじみに成ると、町中《まちなか》の小川を前にした、旅宿《やどや》の背戸《せど》、その水のめぐる柳の下《もと》にも来て、朝はやくから音信《おとず》れた。

……次手《ついで》に、おなじ金沢の町の旅宿《りょしゅく》の、料理人に聞いたのであるが、河蟬《かわせみ》は黐《もち》を恐れない。寧《むし》ろ知らないといっても可《い》い。庭の池の鯉を、大小計《はか》ってねらいにくるが、仕かけさえすれば、すぐにかかる。また、同国で、特産として諸国に貨《か》する、鮎釣《あゆつり》の、あの蚊針《かばり》は、すごいほど彩色を巧《たくみ》に昆虫を模して造る。針の称《な》に、青柳《あおやぎ》、女郎花《おみなえし》、松風《まつかぜ》、羽衣《はごろも》、夕顔《ゆうがお》、日中《ひなか》、日《ひ》暮《ぐれ》、蛍《ほたる》は光る。(太公望《たいこうぼう》)は諷《ふう》する如くで、殺生道具に阿弥陀は奇なり。……黒海老、むかで、暗《やみ》がらす、と不気味になり、黒虎《くろとら》、青蜘蛛《あおぐも》とすごくなる。就中《なかんずく》、ねうちものは、毛巻におしどりの羽毛を加工するが、河蟬の羽は、職人のもっとも欲するところ、特に、あの胸毛の火の燃ゆる緋《ひ》は、魔の如く魚《うお》を寄せる、といって価《あたい》を選ばないそうである。ただ断って置くが、その揺《ゆる》る篝火《かがりび》の如き、大紅玉《だいこうぎょく》を抱《いだ》いた彼《か》のおんなは、四時《しじ》ともに殺生禁断のはずである。

さて、よしきりだが、あのおしゃべりの中に、得《え》もいわれない、さびしい情の籠ったのがうれしい。いうまでもなく番町辺《ばんちょうあたり》では、あこがれる蛙《かえる》さえ聞かれない。どこか近郊へ出たら、と近まわりで尋ねても、湯屋も床屋も、釣の話で、行々子などは対手《あいて》にしない。ひばり、こま鳥、うぐいすを飼う町内名代《なだい》の小鳥ずきも、一向《いっこう》他人あつかいで対手にせぬ。まさか自動車で、ドライブして、捜して回るほどの金はなし……縁《えん》の切れめか、よし原《わら》すずめ、当分せかれたと断念《あきら》めて居ると、当年五月——房州へ行った以前である。

馬鹿の一《ひとつ》覚え、というのだろう。あやめは五月と心得た。一度行って見よう見ようで、まだ出かけた事のない堀切《ほりきり》へ……急ぎ候《そうろう》ほどに、やがて着くと、引きぞ煩《わず》らわぬいずれあやめが、憚《はばか》りながら葉ばかりで伸びて居た。半出来《はんでき》の芸妓《げいしゃ》——浅草のなにがしと札を建てた——活人形《いきにんぎょう》をのぞくところを、唐突《だしぬけ》に、からから、から、と蛙に高笑いをされたのである。よしよしそれも面白い。あれから柴又《しばまた》へお詣りしたが、河甚《かわじん》の鰻《うなぎ》……などと、贅《ぜい》は言わない。名物と聞く切干大根の甘いにおいをなつかしんで、手製ののり巻、然《しか》も稚気《ちき》愛すべきことは、あの渦巻を頬張ったところは、飲友達《のみともだち》は笑わば笑え、なくなった親どもには褒美に預かろうという、しおらしさのおかげかして、鴻《こう》の台《だい》を向《む》うに見る、土手へ上《あが》ると、鳴く、鳴く、鳴くぞ、そこに、よしきり。

巣立ちの頃か、羽音が立って、ひらひらと飛交《とびか》わす。

あしの根に近づくと、またこの長汀《ちょうてい》、風さわやかに吹通《ふきとお》して、人影のないもの閑《しず》かさ。足音も立ったのに、子供だろう、恐れ気もなく、葉先《はさき》へ浮《うき》だし、くちばしを、ちょんと黒く、顔をだして、ちょ、ちょッ、とやる。根に潜んで、親鳥が、けたたましく呼ぶのに、親の心、子知らずで、きょろりとしている。

「おっかさんが呼んでるじゃないか。葉の中へ早くお入《はい》り――人間が居て可恐《こわ》いよ。」

「人間は飛べませんよ、ちょッ、ちょッ、ちょッちょッ。」

「犬がくるぞ。」

「おじちゃんじゃあるまいし……」

やや長めな尾をぴょんと刎《は》ねた――こいつ知って居やあがる。前後左右、ただ犬は出はしまいかと、内々《ないない》びくびくもので居る事を。

「犬なんか可恐《こわ》くないよ。ちッちッちッ。」

畜生め。

「これこれ一坊《いちぼう》や、一坊や、からかいち、からかいち。」

それお母さんが叱《つか》って居る。

可愛《かわい》いこの一族は、土手の続くところ、二里三里、蘆とともに栄えて居る喜ぶべきことを、日ならず、やがて発見した。――房州へ行《ゆ》く時である。汽車が亀戸《かめいど》を過ぎて――ああ、このあいだの堤《どて》の続きだ、すぐに新小岩《しんこいわ》へ近づくと、窓の下に、小児《こども》が溝板《どぶいた》を駆けだす路傍《みちばた》のあしの中に、居る、居る。ぎょうぎょうし、ぎょうぎょうし。

「おじさんどこへ。……」

と鳴いて居た。

白鷺《しらさぎ》が――私はこれには、目覚むるばかり、使って居た安扇子《やすせんす》の折目をたたむまで、えりの涼しい思いがした。嘗《かつ》て、ものに記して、東海道中、品川《しながわ》のはじめより、大阪まわり、山陰道を通じて、汽車から、婀娜《あだ》と、しかして、窈窕《ようちょう》と、野《や》に、禽類の佳人《かじん》を見るのは、蒲田《かまた》の白鷺と、但馬豊岡の鶴ばかりである、と知ったかぶりして、水上《みなかみ》さんに笑われた。「少しお歩行《ある》きなさい、白鷺は、白金《しろかね》（本家《ほんけ》、芝《しば》）の庭へも来ますよ。」つい小岩から市川《いちかわ》の間、左の水田《すいでん》に、すらすらと三羽、白い褄を取って、雪のうなじを細《ほっそ》りとたたずんで居たではないか。

のみならず、汽車が千葉《ちば》まわりに誉田《ほんだ》……を過ぎ、大網《おおあみ》を本納《ほんのう》に近《ちか》づいた時は、目の前の苗《なわ》代田《しろだ》を、二羽《にわ》銀翼《ぎんよく》を張って、田毎《たごと》の三日月のように飛ぶと、山際《やまぎわ》には、つらつらと立並んで、白い燈《ひ》のように、青葉の茂みを照すのをさえ視たのである。

目的《めあて》の海岸――某地《ぼうち》に着くと、海を三方《さんぼう》――見晴して、旅館の背後《うしろ》に山がある。上に庚申《こうしん》のほこらがあると聞く。……町並、また漁村の屋根を、随処に包んだ波状の樹立《こだち》のたたずまい。あの奥遥《はるか》に燈明台《とうみようだい》があるという。丘《おか》ひとつ、高き森は、御堂《みどう》があって、姫神のお庭という。丘の根について三所《みところ》ばかり、寺院の棟と、ともにそびえた茂りは、いずれも銀杏《いちよう》のこずえらしい。

……と表二《おもてに》階《かい》、三十室《さんじゆうま》ばかり、かぎの手にずらりと並んだ、いぬいの角《すみ》の欄干にもたれて見まわした所、私の乏しい経験によれば、確《たし》かにみみずくが鳴きそうである。思ったばかりで、その晩は疲れて寝た。が次の夜は、もう例によって寝られない。刻《きざみ》と、巻《まき》たばこを枕元の左右に、二嬌《にきよう》の如く侍らせつつも、この煙は、反魂香《はんごんこう》にも、夢にもならない。とぼけて輪になれ、その輪に耳が立ってみみずくの影になれ、と吹かしていると、五月《さつき》やみが屋《や》を圧《あつ》し、波の音も途絶ゆるか、鐘の音《ね》も聞こえず、しんとする。

刻限《こくげん》、刻限。

——のッ、ほッほウ——

「ああ、おいでなさい。……今晩は。」

隣の間の八畳に、家内とその遠縁にあたる娘を、遊びに一人預かったのと、ふすまを並べている。両人の裾《すそ》の所が、床の間横、一間《いつけん》に三尺、張《はり》だしの半戸《はんと》だな、下が床張《ゆかば》り、突当りがガラス戸の掃《はき》だし窓で、そこが裏山に向ったから、丁《ちょう》どその窓へ、松の立樹《たちき》の——二階だから——幹がすくすくと並んでいる。枝の間を白砂《はくさ》のきれいな坂が畝《うね》って抜けて、その丘の上に小学校がある。ほんの抜裏《ぬけうら》で、ほとんど学校がよいのほか、用のない路《みち》らしいが、それでも時々人通りがある。——寝しなに女連《おんなれん》のこれが問題になった。ガラスを通して、ふすまが松葉《まつば》越《ご》しに外から見えよう。友禅を敷いた鳥の巣のようだ。あら、裾の方がくすぐったいとか、何とかで、娘が騒いで、まず二枚折《にまいおり》の屏風で囲ったが、尚隙《なおすき》があいて、燈《ひ》が漏れそうだから、淡紅色《ときいろ》の長じゅばんを衣桁《いこう》からはずして、鹿《か》の子《こ》の扱帯《しごき》と一所に、押《おし》つくねるように引《ひっ》かけて塞いだのが、とに角一寸媚《かくちょっとなま》めかしい。

　魔ものの鳥が、そこを、窓をのぞくように鳴いたのである。——昼見た、坂の砂道には、青すすき、蚊帳《かや》つり草《ぐさ》に、白い顔の、はま昼顔、目《ま》ぶたを薄紅《うすべに》に染《そめ》たのなどが、松をたよりに、ちらちらと、幾人《いくたり》も花をそろえて咲いた。いまその露を含んで、寝顔の唇のようにつぼんだのを、金色《こんじき》のひとみに且《か》つ青く宿して……木菟よ、鳴く。

　が、鳥の事はいわれない。今朝、その朝、顔を洗ったばかりの所、横縁《よこえん》に立った娘が、「まあ容子《ようす》のいい、あら、すてきにシャンよ、おじさん、幼稚園の教員さんらしいわ。」「おっと来たり。」「お前さんお茶がこぼれますよ。」「知ってる。」と下に置けばいいものを、満々とあるのを持ちかえようとして沸き立って居るから振りこぼして、あつつ。「もうそっちへ行《ゆ》くわ、靴だから足が早い。」「心得た。」下のさか道の曲れるを、二階から突切《つきき》るのは河川の彎曲を直角に、港で船を扼《やく》するが如し、諸葛孔明《しよかつこうめい》を知らないか、とひょいと立って件《くだん》の袋戸《ふくろと》だなの下へ潜込《もぐりこ》む。「それ、頭が危いわ。」「合点だ。」という下から、コツン。おほほほほ。「ああ、残念だ、後姿《うしろすがた》だ。いや、えり脚が白い。」という所を、シャンに振向《ふりむ》かれて、南無《なむ》三宝《さんぼう》。向直《むきなお》ろうとして、又《また》ゴツン。おほほほほ。……で、戸だなを落した喜多八《きたはち》という身ではいだすと、「あの方、ね、友禅のふろ敷包《しきづつみ》を。……こうやって、少し斜《なな》めにうつむき加減に、」とおなじ容子で、ひじへ扇子の、扇子はなしに、手つきで袖へ一寸舞振《まいぶり》。……娘の舞振は、然《さ》ることだが、たれかの男振《おとこぶり》は、みみずくより苦々《にがにが》しい。はッはッはッはッ。叱《しつ》！……これ丑満時《うしみつどき》と思え。ひとり笑いは怪《ばけ》ものじみると、独《ひとり》でたしなんで肩をすくめる。と、またしんとなる。

——のッほッほ——五声《いつこえ》ばかり窓で鳴いて、しばらくすると、山さがりに、ずっと離れて、第一の寺の銀杏の樹と思うあたりで、声がする。第二の銀杏——第三へ。——やがて、もっとも遠くかすかになるのが——峰の明神《みようじん》の森であった。

東京——番町——では、周囲の広さに、みみずくの声は南北にかわっても、その場所の東西をさえわきまえにくい。……ここでは町も、森も、ほとんど一浦《ひとうら》のなぎさの盤《ばん》にもるが如く、全幅の展望が自由だから、瀬も、流れも、風の路《みち》も、鳥の行方も知れるのである。又禽類の習性として、毎夜、おなじ場処、おなじ樹に、枝に、かつ飛び、かつ留《とま》るものだそうである。心得て置く事で……はさんでは棄《す》てる蛇《へび》の、おなじ場所に、おなじかま首をもたげるのも、敢《あえ》て、咒詛《じゅそ》、怨霊、執念のためばかりではない事を。

……ここに、おかしな事がある。みみずくのあとへ鼠が出る。蛇のあとでさえなければ可《い》い。何《なん》のあとへ鼠が出ても、ちっとも差支《さしつかえ》はないのであるが、そのみみずくが窓を離れて、第一のいちょうへ飛移《とびうつ》ったと思う頃、おなじガラス窓の上の、真片隅《まかたすみ》、ほとんど鋭角をなした所で、トン、と音がする。……続いて、トン、と音がする。女二人の眠った天井裏を、トコ、トン、トコ、トン、トコ、トン、トコ、トン。ははあ鼠だ。が、大げさではない、妙な歩行《ある》きかただ、と、誰方《どなた》も思われようと考える。

お互《たがい》に——お互は失礼だけれど、破屋《あばらや》の天井を出てくる鼠は、忍ぶにしろ、荒れるにしろ、音を引《ひき》ずって回るのであるが、ここのは——立って後脚《あとあし》で歩行《ある》くらしい。はてな、じっと聞くと、小さな麻《あさ》がみしもでも着て居そうだ、と思ううち、八畳に、私の寝た上あたりで、ひっそりとなる。一呼吸《ひといき》抜いて置いて、唐突《だしぬけ》に、ばりばりばりばり、びしり、どどん、廊下の雨戸外のトタン屋根がすさまじく鳴響《なりひび》く。ハッと起きて、廊下へ出た。退治《たいじ》る気ではない、逃路《にげみち》を捜したのである。

屋根に、忍術つかいが立ったのでも何でもない。それ切《きり》で、第二の銀杏にみみずくの声が冴えた。

更に人間に別条はない。しかし、おなじ事が三晩《みばん》続いた。刻限といい、みみずくの窓をのぞくのから、飛移るあとをためて、天井の隅へトン、トコ、トン、トコ、トン――三晩めは、娘も家内も三人起き直って聞いたのである。が、びりびり、がらん、どどん、としても、もう驚かない。何事もないとすると、寝覚《ねざ》めのつれづれには面白し、化鼠《ばけねずみ》。どれ、これを手づるに、鼠をえさに、きつね、たぬき、大きくいえば、千倉《ちくら》ケ沖《おき》の海坊主《うみぼうず》、幽霊船《ゆうれいぶね》でも釣《つり》だそう。

如何《いか》に、所《ところ》の人はわたり候《そうろう》か。――番頭を呼《よび》だすも気の毒だ。手近なのは――閑静期とかで客がないので、私どもが一番の座敷だから――一番さん、受持《うけもち》の女中だが、……そもそもこれには弱った。

旅宿《やど》に着いて、晩飯と……お魚は何《ど》ういうものか、と聞いた、のっけから、「銀座のバーから来たばかりですからねえ。」――「姉さん、向うに見える、あの森は。」「銀座のバーから来たばかりですからねえ。」うっかりして「海へは何町《なんちょう》ばかりだえ。」「さあ、銀座のバーから来たばかりですからねえ。」ああ、修業はして置く事だ。人の教えを聞かないで、銀座にも、新宿にも、バーの勝手を知らないから、旅さきで不自由する。もっとも、後に番頭の陳《ちん》じたところでは、他《た》の女中との詮衡上《せんこうじょう》、花番《はなばん》とかに当ったからだそうである。が、ぶくりとして、あだ白《じろ》い、でぶでぶと肥《ふと》った肉貫《にくかん》——（間違えるな、めかたでない、）——肉感《にくかん》の第一人者が、地響を打って、外房州へ入った女中だから、事が起る。

たしか、三日目が土曜に当ったと思う。ばらばらと客が入った。中に十人ばかりの一組が、晩に芸者を呼んで、箱が入った。申兼《もうしか》ねるが、廊下でのぞいた。田舎づくりの籠花活《かごはないけ》に、一《いっ》寸《すん》（たった）も見える。内々一声《ないないひとこえ》ほととぎすでも聞けようと思うと、何《ど》うして……いとが鳴ると立所《たちどころ》に銀座の柳である。道頓堀から糸屋の娘……女朝日奈《おんなあさひな》の島めぐりで、わしが、ラバさん酋長の娘、と南洋で大気焔。踊れ、踊れ、と踊り回って、水戸《みと》の大洗節《おおあらいぶし》で荒れるのが、残らず、銀座のバーから来た、大女の一人芸《ひとりげい》で。……酔った、食った、うたった、踊った。宴席どなりの空部屋《あきべや》へ転げ込むと、ぐたりと寝たが、したたか反吐《へど》をついて、お冷水《ひや》を五杯飲んだとやらで、ウイーと受持の、一番さんへ床《とこ》を取りに来て、おや、旦那は酔って転げてるね、おかみさん、つまんで布団へ載っけなさいよ。枕もとの煙草盆なんか、娘さんが手伝ってと、……ああ、私は大儀《たいぎ》だ。」「はい。」「はい。」と女どもが、畏まると、「翌日《あした》は又おみおつけか。オムレツか、オートミルでも取ればいいのに。ウイ……」廊下を、ずしずし歩行《ある》きかけて、よたよたと引返《ひきかえ》し「おつけの実《み》は何とかいったね。そう、大根か。大根、大根、大根でセー」と鼻うたで、一つおいた隣座敷の、男の一人客の所へ、どしどしどしん、座り込んだ。「何をのんびりしてるのよ、あはははは、ビールでも飲まんかねえ。」前代未聞といッつべし。

宴会客から第一に故障が出た、芸者の声を聞かないさきに線香が切れたのである。女中なかまが異議をだして、番頭が腕をこまぬき、かみさんが分別した。翌日、鴨川《かもがわ》とか、千倉《ちくら》とか、停車場《じょう》前のカフェーへ退身《たいしん》、いや、栄転したそうである。寧ろ痛快である。東京うちなら、郡部でも、私は訪ねて行って、飲もうと思う。

といったわけで……さしあたり、たぬきの釣だしに間に合わず、とすると、ここに当朝日《とう》新聞のお客分《きやくぶん》、郷土学の総本山、内々《ないない》ばけものの監査取《とり》しまり、柳田《やなぎだ》さん直伝の手段がある。直伝が行《い》きすぎならば、模倣がある。

土地の按摩《あんま》に、土地の話を聞くのである。

「——木菟……木菟なんか、あんなものは……」

いきなり麻《あさ》がみしもの鼠では、いくら盲人《もうじん》でも付合《つきあ》らまい。そこで、寝ころんで居て、まずみみずくの目金《めがね》をさしむけると、のっけから、ものにしない。

「直《ね》になりませんな、つかまえたって食えはせずじゃ。」

あっ気に取られたが、しかし悟った。……嘗て相州《そうしゅう》の某温泉で、朝夕ちっともすずめが居ないのを、夜分《やぶん》按摩に聞いて、歎息した事がある。みんな食ってしまったそうだ。「すずめ三羽に鳩一羽といってね。」と丁《ちゃん》と格言まで出来て居た。それから思うと、みみずくを以て、忽《たちま》ち食料問題にする土地は人気《にんき》が穏《おだや》かである。

「からすの方がましじゃね、無駄鳥《むだどり》だといっても、からすの方がね、あけの鐘のかわりになるです、はあ、あけがらすといってね。時にあんた方はどこですか。東京かね——番町——海水浴、避暑にくる人はありませんかな。……この景気だから、今年は勉強じゃよ。八畳に十畳、真新《まあたら》しいので、百五十円の所を百に勉強するですわい。」

大きな口をあけて、仰向いて、

「七八九、三月《みつき》ですが、どだい、安いもんじゃあろ。」

家内が気の毒がって、

「たんと山がありますが、たぬきや、きつねは。」

「じょ、じょうだんばかり、直《ね》が安いたって、化物屋敷……飛んでもない、はあ、ええ、たぬき、きつね、そんなものは鯨《くじら》が飲んでしもうた、ははは。いかがじゃ、それで居て、二階で、台所一切《いっさい》つき、洗面所も……」

喟然《きぜん》として私は歎《たん》じた。人間は斯《そ》の徳による。むかし、路次裏のいかさま宗匠《そうしょう》が、芭蕉《ばしょう》の奥の細道の真似をして、南部《なんぶ》のおそれ山《やま》で、おおかみにおどされた話がある。柳田さんは、旅籠《はたご》のあんまに、加賀の金沢では天狗の話を聞くし、奥州飯野川《いいのがわ》の町で呼んだのは、期せずして、同氏が研究さるる、おかみん、いたこの亭主であった。第一儼然《げんぜん》として絽《ろ》の紋付《もんつき》を着たあんまだという、天の授《さず》くるところである。

みみずくで食を論《ろん》ずるあんまは、容体倨然《ようだいきよぜん》として、金貸《かねかし》に類して、借家《しやくや》の周旋《しゆうせん》を強要する……どうやら小金《こがね》でその新築をしたらしい。

女教員《じよきよういん》さんのシャンを覗いて、戸だなで、ゴッツンの量見《りようけん》だから、これ、天の戒《いまし》むる所であろう。

但《ただ》、いささか自ら安《やす》んずる所がないでもないのは、柳田さんは、身を以てその衝《しよう》に当るのだが、私の方は間接で、よりに立った格で、按摩に上《かみ》をもませて居るのは家内で、私は寝ころんで聞くのである。ご存じの通り、品行方正の点は、友だちが受合《うけあ》うが、按摩に至っては、然《しか》も断じて処女《しょじょ》である。銭湯でながしを取っても、ばんとうに肩を触らせた事さえない。揉《もむ》ほどの手つきをされても、一《ひと》ちぢみに縮み上《あが》る……といっただけでもくすぐったい。このくすぐったさを処女だとすると、つらつら惟《おもんみ》るに、媒妁人《なこうど》をいれた新枕《にいまくら》が、一種の……などは、だれも聞かないであろうか、なあ、みみずく。……

鳴いて居る……二時半だ。……やがて、里見《さとみ》さんの真向うの大銀杏へ来るだろう。

みみずく、みみずく。苗屋《なえや》が売った朝顔も、もう咲くよ。

夕顔には、豆府《とうふ》かな――茄子《なすび》の苗や、胡瓜の苗、藤豆、いんげん、ささげの苗――あしたのおつけの実《み》は……

Ⅳ　百物語篇

黒　壁

上

席上《せきじょう》の各々方《おのおのがた》、今や予が物語《ものがたり》すべき順番の来《きた》りしまでに、諸君が語給《かたりたま》いし種々《くさぐさ》の怪談は、孰《いづれ》も驚魂奪魄《きょうこんだつぱく》の価値《あたい》なきにあらず。然《しか》れども敢《あえ》て、眼《まなこ》の唯一個《ただひとつ》なるもの、首の長さの六尺なるもの、鼻の高さの八寸なるもの等、不具的仮装的の怪物を待たずとも、茲《ここ》に最も簡単にして、而《しか》も能《よ》く一見直《ただ》ちに慄然《りつぜん》たらしむるに足る、最凄《いとすさ》まじき物体あり。他《た》なし、深更《しんこう》人定まりて天《てん》に声無き時、道に如何《いか》なるか一人の女性に行逢《ゆきあい》たる機会是なり。知らず、この場合には婦人も亦《また》男子に対して慄然たるか。恐らくは無かるべし、譬《たと》い之ありとするも、其は唯《ただ》腕力の微弱なるより、一種の害迫《がいはく》を加えられんかを恐るるに因《よ》るのみ。

然るに男子はこれと異なり、我輩《わがはい》の中に最も腕力無き者と雖《いえど》も、仍《な》お比較上婦人より力の優《まさ》れるを、自ら信ずるにも関《かかわ》らず、幽寂《ゆうじゃく》の境《きょう》に於《おい》て突然婦人に会えば、一種謂《い》うべからざる陰惨《いんさん》の鬼気を感じて、勝《た》えざるものあるは何《なん》ぞや。

坐中の貴婦人方には礼を失する罪を免《まぬか》れざれども、予をして忌憚《きたん》なく謂わしめば、元来、淑徳、貞操、温良、憐愛、仁恕《じんじょ》等あらゆる真善美《しんぜんび》の文字を以《もっ》て彩色《さいしき》すべき女性と謂うなる曲線が、其実《そのじつ》陰険の忌《いま》わしき影を有するが故《ゆえ》に、夜半宇宙《やはんうちゅう》を横領《おうりょう》する悪魔の手に導かれて、自《おのず》から外形《がいけい》に露《あら》わるるは、恰《あたか》も地中に潜《ひそ》める燐素《りんそ》の、雨に逢いて出現するがごときものなればなり。

憤《いきどお》ることなかれ。恥ずることを止めよ。社会一般の者尽《ことごと》く強盗ならんには、誰か一人《いちにん》の罪を責むべき。陰険の気は、蓋《けだ》し婦人の通有性《つうゆうせい》にして、猶且《なおか》つ一種の元素《げんそ》なり。

しかして夜間は婦人が其《その》特性を発揮すべき時節なれば、諸君もまた三更無人《さんこうぶじん》の境《きょう》人目を憚らざる一個の婦人が、我より外《ほか》に人なしと思いつつある場合に不意《ゆくりなく》婦人に邂逅《かいこう》せんか、其《その》感覚果《はた》していかん。予は不幸にして其《その》経験を有せり。

予は去《い》にし年の冬十二月、加賀《かが》国随一の幽寂界、黒壁《くろかべ》という処にて、夜半一個の婦人に出会いし時、実に名状すべからざる凄気《すごさ》を感ぜしなり。黒壁は金沢市の郊外一里程の処にあり、魔境を以て国中に鳴る。蓋し野田山の奥、深林幽暗の地たるに因《よ》れり。ここに摩利支天《まりしてん》の威霊を安置す。

信仰の行者を除くの外、昼も人跡罕《まれ》なれば、夜に入りては殆《ほとん》ど近《ちかづ》くものもあらざるなり。其物凄《そのものすご》き夜を択《えら》びて予は故《ことさ》らに黒壁に赴けり。其《その》何のためにせしやを知らず、血気に任《まか》せて行《ふるま》いたりし事どもは、今に到りて自《みず》から其意を了《りよう》するに困《くるし》むなり。昼間黒壁に詣《いた》りしことは両三回なるが故に、地理は暗《そらん》じ得たり。提灯の火影に照らして、闇《くら》き夜道をものともせず、峻坂《しゆんはん》、嶮路《けんろ》を冒《おか》して、目的の地に達せし頃は、午後十一時を過ぎつらむ。

摩利支天の祠に詣《もう》づるに先立ちて、其太さ三拱《みかかえ》にも余りぬべき一本杉の前を過ぐる時、不《ふ》図《と》今の世にも「丑《うし》の時詣《ときまいり》」なるものありて、怨《おもいい》ある男を咒《のろ》う嫉妬深き婦人等の、此処に詣で来て、この杉に釘を打つよし、人に聞けしを懐出でたり。

げに、然《さ》ることもありぬべしと、提灯を差翳《さしかざ》して、ぐるりと杉を一周せしに、果せる哉、恰も弾丸の雨注せし戦場の樹立《こだち》の如き、釘を抜取りし傷痕ありて、地上より三四尺、婦人の手の届かんあたりまでは、蜂の巣を見るが如し。唯《ただ》単に迷信のみにて、実際成立《なりた》たざる咒詛《のろい》にもせよ、斯《かか》る罪悪を造る女心の浅ましく、将亦《はたまた》咒わるる男も憐むべしと、見るから不快の念に堪《た》えず直ちに他方に転ぜむとせし視線は、端無《はしな》くも幹の中央に貼附《はりつ》けたる一片の紙に注げり。

唯《と》見れば紙上に文字ありて認《したた》められたるものの如し。

予は熟視せり。茂れる木の葉に雨を凌げば、黒の色さえ鮮明に、

「巳《一》の《二》年《三》、巳《四》の《五》月《六》、巳《七》の《八》日《九》、巳《十》の《十一》刻《十二》、出《十三》生《十四》。二《十五》十《十六》一《十七》歳《十八》の《十九》男《二十》子《廿一》」と二十一文字を記せり。

第一の「巳」より「男」まで、字の数二十に一本宛《ずつ》、見るも凄《すさ》まじき五寸釘を打込みて、僅《わずか》に「子」の一文字を余《あま》せるのみ。

案ずるに三七二十一日の立願《りゅうがん》の二十日の夜は昨夜に過ぎて今夜しも此《この》呪詛主《のろいぬし》が満願の夜にあらざるなきか。予は氷を以て五体《ごたい》を撫《な》でまわさるるが如く感せり。「巳の年巳の月巳の日巳の刻生」と口中に復誦するに及びて、村沢浅次郎の名は忽ち脳裡に浮びぬ。実に浅次郎は当年二十一歳にして巳の年月揃いたる生なり。或は午《うま》に、或は牛《うし》に、此般の者も多かるべし。然れども予が嘗て聞知《ききし》れる渠《かれ》が干支《かんし》の爾《しか》く巳を重ねたるを奇異とせる記憶は、咄嗟《とっさ》に浅次郎の名を呼起《よびおこ》せり。然も浅次郎は其身より十ばかりも年嵩《としかさ》なる艶婦に契《ちぎり》を籠《こ》めしが、ほど経て余りに其妬深《ねたみふか》きが厭《いと》わしく、否寧《いなむ》しろ其非常なる執心の恐ろしさに、おぞ毛《け》を振《ふる》いて、当時予が家に潜めるをや。「正に渠なり」と予は断定しつ。文化、文政、天保間の伝奇小説に応用されたる、丑の時詣なんど謂えるものの実際功を奏すべしとは、決して

予の信ぜざるところなるも、この惨怛《さんたん》たる光景は浅次郎の身に取りて、喜ぶべきことにはあらずと思いき。

浅次郎は美少年なりき。婦人に対しては才子なりき。富豪の家の次男にて艶冶無腸の若旦那なりき。

予は渠を憎まず、却《かえ》りて其優柔なるを憐《あわれ》みぬ。

されば渠が巨多《きょた》の金銭を浪費して、父兄に義絶せられし後、今の情婦某《なにがし》年紀《とし》三十、名を艶《つや》と謂うなる、豪商の寡婦に思われて、其家に入浸《いりひた》り、不義の快楽を貪《むさぼ》りしが、一月こそ可《よ》けれ、二月こそ可《よ》けれ、三月四月に及びては、精神瞢騰《ぼうとう》として常に酔《よえ》るが如く、身躰《からだ》も太《いた》く衰弱しつ、元気次第に消耗せり。

こは火の如き婦人の熱情のために心身両《ふたつ》ながら溶解し去らるるならむと、漸《ようや》く渠を恐るる気色を、早く暁《さと》りたる大年増は、我子ともすべき美少年の、緑陰《りょくいん》深き所を厭いて、他に寒紅梅一枝の春をや探るならむと邪推なし、瞋恚《しんい》を燃す胸の炎は一段の熱を加えて、鉄火五躰を烘《あぶ》るにぞ、美少年は最早《もはや》数分時も得堪《えた》えずなりて、辛くも其家を遁走したりけるが家に帰らんも勘当の身なり、且《かつ》は婦人に捜出《さがしい》だされんことを慮《おもんぱか》りて、遂《つい》に予を便《たよ》りしなり。予は快く匿《かくま》いつ。

然るに美少年はなお心を安《やす》んせずして言いぬ。

「彼の婦人は一種の魔法づかいともいうべき者なり。いつぞや召使の婢が金子を掠《かす》めて出奔《しゅっぽん》せしに、お艶は争《いか》で遁《のが》すべきとて、直ちに足留《あしどめ》の法といえるを修したりき、それかあらぬか件の婢は、脱走せし翌日より遽《にわか》に足の疾《やまい》起りて、一寸《ちょっと》の歩行もなり難く、間近の家に潜みけるを直ちに引戻せしことを目撃したりき。其《その》他咒詛、禁厭《きんえん》等、苟《いやしく》も幽冥の力を仮《か》りて為すべきを知らざるはなし。

さるからに口説《くぜつ》の際も常に予を戒めて、ここな性悪者《しょうわるもの》め、他《あだ》し女子《おなご》に見替えて酷《むご》くも我を棄つることあらば呪殺《のろいころ》してくれんずと、凄まじかりし顔色は今も尚《な》お眼《まなこ》に在り。」と繰返しては歎息《たんそく》しつ。予は万々然《さ》ることのあるべからざる理をもて説諭《せつゆ》すれども、渠は常に戦々兢々《きょうきょう》として楽まざりしを、密かに持余《もてあま》せしが、今眼前《まのあたり》一本杉の五寸釘《すんくぎ》を見るに及びて予は思半《おもいなか》ばに過ぎたり。

上の二

有恁《かくて》予は憐むべき美少年の為に、咒詛《のろい》の釘を抜棄てなんと試みしに、執念《しゅうね》き鉄槌の一打は到底指の力の及ぶ所にありざりき。

洵《まこと》に八才の龍女が其功力を以て成仏せしというなる、法華経の何の巻かを、誦《ずん》じては抜き、誦《ずん》じては抜くにあらざれば、得て抜くべからざるものをや。

誰にもあれ人無き処にて、他に見せまじき所業を為せば其事の善悪に関わらず、自から良心の咎むるものなり。

予も何となく後顧《うしろぐら》き心地して、人もや見んと危みつつ今一息と踏張る機会に、提灯の火を揺消《ゆりけ》したり。黒白《こくびゃく》も分かぬ闇夜となりぬ。予は茫然として自失したりき。時に遠く一点の火光を認めつ。

良《やや》有りて予は其灯影なるを確めたり。軈《やが》て視線の及ぶべき距離に近《ちかづ》きぬ。

予が曩《さき》に諸君に向いて、凄まじきものの経験を有せりと謂いしは是《ここ》なり。

予は謂《い》えらく、偶然人の秘密を見るは可《よ》し。然《しか》れども秘密を行う者をして、人目を憚る行《ふるまい》を、見られたりと心着かしめんは妙ならず。ために由《よし》無き怨《うらみ》を負いて、迷惑することもありぬべしと、四辺を見廻わして、身を隠すべき所を覓《もと》めしに、此辺には屢《しばしば》見る、山腹を横に穿ちたる洞穴を見出したり。

要こそあれと身を飜《ひるがえ》して、早くも洞中に潜むと与《とも》に、燈《ともしび》の主は間近に来りぬ。一個の婦人なり。予は燈影を見し始《はじめ》より、今夜《こよい》満願に当るべき咒詛主の、驚破《すわ》や来ると思いしなりき。

霜威《そうい》の凜冽《りんれつ》たる冬の夜に、見る目も寒く水を浴びしと覚《おぼ》しくて、真白の単衣《ひとえ》は濡紙を貼りたる如く、よれよれに手足に絡《まと》いて、全身の肉附は顕然《あらわ》に透きて見えぬ。霑《うるお》いたる緑の黒髪は颯《さつ》と乱れて、背と胸とに振分けたり。想うに、谷間を流るる一条《ひとすじ》の小川は、此処に詣づる行者輩の身を浄《きよ》むる処なれば、婦人も彼処《あすこ》にこそ垢離《こり》を取れりしならめ。

と見る間に婦人は一本杉の下に立寄りたり。

此に於て予が其婦人を目して誰なりとせしかは、予が言を待たずして、諸君は疾《とう》に推し給わむ。

予は洞中に声を呑みて、其為《そのせ》んようを窺《うかが》いたり。渠は然りとも知らざれば、金燈籠に類したる手提の燈火を傍に差置き、足を爪立てて天を仰ぎ、腰を屈《かが》めて地に伏し、合掌しつ、礼拝しつ、頭を木の幹に打当つるなど、今や天地は己が独有に皈《かえ》せる時なるを信じて、他に我を見る一双の眼あるを知らざる者にあらざるよりは、到底裏恥《うらはず》かしく、為しがたかるべき、奇異なる挙動《ふるまい》を 恣《ほしいまま》にしたりとせよ。

最後に婦人は口中より一本の釘を吐出《はき》して、之を彼二十一歳の男子と記したる紙片に推当《おしあ》て、鉄槌をもて丁々《ちょうちょう》と打ちたりけり。

時に万籟寂《ばんらいせき》として、地に虫の這う音も無く、天は今にも降《ふら》せんずる、霙《みぞれ》か、雪か、霰《あられ》か、雨かを、雲の袂《たもと》に蔵しつつ微音をだに語らざる、其静《そのしずか》さに睡りたりし耳元に、「カチン」と響く鉄槌の音は、鼓膜を劈《つんざ》きて予が腸を貫けり。

続きて打込む丁々は、滴々《たらたら》冷かなる汗を誘いて、予は自から支えかぬるまでに戦慄せり。

剰《あまつさ》え陰々として、裳《もすそ》は暗く、腰より上の白き婦人が、長《たけ》なる髪を振乱《ふりみだ》して彳《たたず》める、其《その》姿の凄じさに、予は寧ろ幽霊の与易《くみしやす》さを感じてき。

釘打つ音の終ると倶《ひとし》く、婦人はよろよろと身を退《すさ》りて、束ねしものの崩るる如く、地上に撞《どう》と膝を敷きぬ。

予をして謬《あやま》たざらしめば、首尾好く願《がん》の満ちたるより、二十日以来張詰《はりつ》めし気の一時に弛《ゆる》みたるにやあらん。良《やや》ありて渠の身を起し、旧来《もと》し方に皈《かえ》るを見るに、其《その》来りし時に似もやらで、太く足許《あしもと》の蹣《よろめ》きたりき。

妖怪《ばけもの》年代記

一

予が寄宿生《きしゆくせい》となりて松川《まつかわ》私塾に入《い》りたりしは、英語を学ばんためにあらず、数学を修めんためにあらず、なお漢籍《かんせき》を学ばんとにもあらで、他《た》に密《ひそか》に期することのありけるなり。

加州《かしゆう》金沢市古寺町《ふるでらまち》に両隣《りようどなり》無き一字《いちう》の大廈《たいか》は、松川某《なにがし》が、英、漢、数学の塾舎となれり。旧《もと》は旗野《はたの》と謂《い》えりし千石取《せんごくどり》の館《やかた》にして、邸内に三件の不思議あり、血天井《ちてんじよう》、不開室《あかずのま》、庭の竹藪《たけやぶ》是《これ》なり。

事の原由《よし》を尋ぬるに、旗野の先住《せんじゆう》に、何某《なにがし》とかや謂いし武士《もののふ》のありけるが、過《あや》まてることありて改易となり、邸《やしき》を追われて国境《くにざかい》よりぞ放たれし。其室《そのしつ》は当時家中《かちゆう》に聞えし美人なりしが、女心《おんなごころ》の思詰《おもいつ》めて一途に家を明渡《あけわた》すが口惜《くちおし》く、我は永世此処《えいせいこのところ》に留まりて、外へは出《い》でじと、其居間《そのいま》に閉籠《とじこも》り、内より鎖《じょう》を下《おろ》せし後《のち》は、如何《いかに》かしけむ、影も形も見えずなりき。

其後《そののち》旗野は此家《このや》に住《すま》いつ。先住の室が自《みずか》ら其身《そのみ》を封じたる一室は、不開室《あかずのま》と称《とな》えて、開くことを許さず、はた覗くことをも禁じたりけり。

然《さ》るからに執念の留まれるゆえにや、常には然《さ》せる怪無《かいな》きも、後住《こうじゅう》なる旗野の家に吉事《きつじ》ある毎に、啾々《しゅうしゅう》たる婦人《おんな》の泣声《なきごえ》、不開室《あかずのま》の内に聞えて、不祥《ふしょう》ある時は、さも心地好《よ》げに笑いしとかや。

旗野に一人《いちにん》の妾《しょう》あり。名を村《むら》といいて寵愛限無《ちょうあいかぎりな》かりき。一年《あるとし》夏の半《なかば》、驟雨後《ゆうだちあと》の月影冴《さや》かに照《てら》して、北向《きたむき》の庭なる竹藪に名残《なごり》の雫《しずく》、白玉《しらたま》のそよ吹く風に溢《こぼ》るる風情、またあるまじき観《ながめ》なりければ、旗野は村に酌《しゃく》を取らして、夜更《よふ》くるを覚えざりき。

お村も少《すこ》しくなる口《くち》なるに、其夜《そのよ》は心爽《こころさわや》ぎ、興《きょう》も亦《また》深かりければ、飲過《のみすご》して太く酔《いた》いぬ《よ》。人静まりて月の色の物凄くなりける頃、漸《ようや》く盃《さかずき》を納めしが、臥戸《ふしど》に入《い》るに先立ちて、お村は厠《かわや》に上《のぼ》らんとて、腰元に扶《たす》けられて廊下伝いに彼不開室《かのあかずのま》の前を過ぎけるが、酔心地《よいごこち》の胆太《きもふと》く、ほとほとと板戸を敲《たた》き、「この執念深き奥方、何とて今宵に泣きたまわざる」と打笑《うちわら》いけるほどこそあれ、生温《なまぬる》き風一陣吹出《ふきい》で、腰元の携《たずさ》えたる手燭《てしょく》を消したり。何物《なにもの》にか驚かされけん、お村は一声《ひとこえ》きゃっと叫びて、右側なる部屋の障子を外して僵《たお》れ入ると共に、気を失いてぞ伏したりける。腰元は驚き恐れつつ件《くだん》の部屋を覗けば、内には暗く行燈点《あんどうとも》りて、お村は脛《はぎ》も露《あらわ》に横《よこた》われる傍《かたわら》に、一人《いちにん》の男ありて正体も無く眠れるは、蓋此家《けだしこのや》の用人なるが、先刻《さきに》酒席に一座《いちざ》して、酔過《よいすご》して寝《い》ねたるなれば、今《いま》お村が僵れ込みて、己《おの》が傍《かたえ》に気を失い枕をならべて伏したりとも、心着《こころづ》かざる状《さま》になん。此腰元《このこしもと》は春《はる》といいて、もとお村とは朋輩《ほうばい》なりしに、お村は寵《ちょう》を得てお部屋と成済《なりすま》し、常に頤《あご》以て召使わるるを口惜くてありけるにぞ、今斯《か》く偶然に枕を並べたる二人《ににん》が態《すがた》を見るより、悪心《あくしん》むらむらと起り、介抱もせず、呼びも活《い》けで、故《わざ》と燈火《ともしび》を微《ほのか》にし、「かくては誰《た》が眼《め》にも……」と北叟笑《ほくそえ》みつつ、忍《しのび》やかに立出《たちい》で、主人《あるじ》の閨《ねや》に走行《はしりゆ》きて、酔臥《よいふ》したるを揺覚《ゆりさ》まし「お村殿《むらどの》には御用人何某《なにがし》と人目を忍ばれ候」と欺《い》きければ、短慮無謀の平素《ひごろ》を、酒に弥暴《いやあら》く、怒気烈火《どきれっか》の如く心頭《しんとう》に発して、岸破《がば》と蹶起《はねお》き、枕刀《まくらがたな》押取《おっと》りて、一文字に馳出《はせい》で、障子を蹴放《けはな》して蓦地《まっしぐら》に躍込《おどりこ》めば、人畜相戯《にんちくあいたわむ》れて形《かた》の如き不体裁《ふていさい》。前後《ぜんご》の分別《ふんべつ》に遑《いとま》無く、用人の素頭《すこうべ》、抜手《ぬくて》も見せず、ころりと落しぬ。

二

旗野の主人《あるじ》は血刀《ちがたな》提《ひっさ》げ、「やおれ婦人《おんな》、疾《と》く覚めよ」とお村の肋《あばら》を蹴返《けかえ》せしが、活《かつ》の法《ほう》にや合《かな》いけん、うんと一声呼吸《ひとこえいき》出でて、あれと驚き起返《おきかえ》る。

主人《あるじ》はハッタと睨附《ねめつ》け、「畜生よ、男は一刀《いっとう》に斬棄《きりす》てたれど、汝《おのれ》には未《ま》だ為《せ》んようあり」と罵《ののし》り狂《くる》い、呆れ惑うお村の黒髪を把りて、廊下を引摺《ひきず》り縁側に連行《つれゆ》きて、有無を謂わせず衣服を剝取《はぎと》り、腰に纏える布ばかりを許して、手足を堅く縛《いまし》めけり。

お村は夢の心地ながら、痛さ、苦しさ、恥《はずか》しさに、涙に咽《むせ》び、声を震わせ、「こは殿にはものに狂わせ給うか、何故《なにゆえ》ありての御折檻《ごせっかん》ぞ」と繰返しては聞ゆれども、此方《こなた》は憤恚《いかり》に逆上して、お村の言《ことば》も耳にも入《い》らず、無二無三に哮立《たけりた》ち、お春を召して酒を取寄せ、己《おの》が両手に滴《したた》らしては、お村の腹に塗り、背に塗り、全身余さず酒漬《きけびたし》にして、其まま庭に突出《つきい》だし、竹藪の中に投入れて、虫責《むしぜめ》にこそしたりけれ。

深夜の出来事なりしかば、内の者ども皆眠りて知れるは絶えてあらざりき。「かまえて人に語るべからず。執成立《とりなしだて》せば面倒なり」と主人はお春を警《いまし》めぬ。お村が苦痛はいかばかりなりけん、「あら苦し、堪難《たえがた》や、あれよあれよ」と叫びたりしが、次第にものも得謂《え》わずなりて、夜《よ》も明方《あけがた》に到りては、唯《ただ》泣く声の聞えしのみ、されば家内の誰彼《たれかれ》は藪の中とは心着《こころづ》かで、彼《か》の不開室《あかずのま》の怪異とばかり想いなし、且《かつ》恐れ且怪《かつあやし》みながら、元来泣声《なきごえ》ある時は、目出度《めでた》きことの兆候《きざし》なり、と言伝《いいつた》えたりければ、「いずれも吉兆《きっちょう》に候《そうら》いなむ」と主人を祝せしぞ愚《おろか》なりける。午前《ひる》少《すこ》しく前のほど、用人の死骸を発見《みいだ》したる者ありて、上を下へとかえせしが、主人は少しも騒ぐ色なく、「手討《てうち》にしたり」とばかりにて、手続を経てこと果てぬ。お村は昨夜《ゆうべ》の夜半《やはん》より、藪の真中《まなか》に打込《うちこ》まれ、身動きだにもならざるに、酒の香《か》を慕いて寄来《よりく》る蚊の群は謂うも更なり、何十年を経たりけん、天日《てんじつ》を蔽隠《おおいかく》して昼猶闇《ひるなおくら》き大藪なれば、湿地に生ずる虫どもの、幾万《いくまん》とも知れず群《むらが》り出でて、手足に取着き、這懸《はいかか》り、顔とも謂わず、胸とも謂わず、むずむずと往来しつ、肌を嘗《な》められ、血を吸わるる苦痛は云うべくもあらざれば、悶《もだ》え苦《くるし》み、泣き叫びて、死なれぬ業《ごう》を歎きけるが、漸次《しだい》に精尽《せいつ》き、根疲《こんつか》れて、気の遠くなり行《ゆ》くにぞ、渠《かれ》が最も忌嫌《いみきら》える蛇の蜿蜒《のたる》も知らざりしは、せめてもの僥倖なり、されば玉の緒の絶えしにあらねば、現《うつつ》に号泣する糸より細き婦人《おんな》の声は、終日《ひねもす》休む間《ひま》なかりしとぞ。

其日《そのひ》も暮れ、夜《よ》に入りて四辺《あたり》の静《しずか》になるにつれ、お村が悲喚の声冴《さ》えて眠り難きに、旗野の主人も堪兼《たまりか》ね、「あら煩悩《うるさ》し、いで息の根を止めんず」と藪の中に走入《はしりい》り、半死半生《はんしはんしょう》の婦人を引出《ひきい》だせば、総身《そうしん》赤く腫れたるに、紫斑《しはん》紫斑の痕《あと》を印《いん》し、眼も中《あ》てられぬ惨状《ありさま》なり。

かくても未だ怒《いかり》は解けず、お村の後手《うしろで》に縛りたる縄の端を承塵《なげし》に潜《くぐ》らせ、天井より釣下《つりさ》げて、一太刀《ひとたち》斬附《きりつ》くれば、お村ははッと我に返りて、「殿、覚えておわせ、御身《おんみ》が命を取らむまで、妾《わらわ》は死なじ」と謂わせも果てず、はたと首を討落《うちおと》せば、骸《むくろ》は中心を失いて、真逆様《まっさかさま》になりけるにぞ、踵《かかと》を天井に着けたりしが、血汐は先刻《さき》脛《にはぎ》を伝いて足の裏を染めたれば、其《そ》が天井に着くとともに、怨《うら》み恨の血判《けっぱん》二つをぞ捺《お》したりける。此一念《このいちねん》の遺物《かたみ》拭うに消えず、今に伝えて血天井《ちてんじょう》と謂う。

人を殺すにも法こそあれ、旗野がお村を屠《ほふ》りし如きは、実に惨中《さんちゅう》の惨《さん》なるものなり。家に仕うる者ども、其《その》物音に駈附《かけつ》けしも、主人《あるじ》が血相に恐《おそれ》をなして、留《とど》めんとする者無《ものな》く、遠巻にして打騒《うちさわ》ぎしのみ。殺尽《ころしつく》せしお村の死骸は、竹藪の中に埋棄《うずみす》てて、跡弔《あととむらい》もせざりけり。

三

はじめお村《むら》を讒《ざん》ししお春《はる》は、素知《そし》らぬ顔にもてなしつつ此家《このや》に勤め続けたり。人には奇癖のあるものにて、此婦人《このおんない》太《た》く蜘蛛を恐れ、蜘蛛という名を聞きてだに、絶叫するほどなりければ、況《ま》して其物《そのもの》を見る時は、顔の色さえ蒼ざめて死せるが如くなりしとかや。お村が虐殺《なぶりごろし》に遭《あ》いしより、七々日《なななぬか》にあたる夜半《よわ》なりき。お春は厠《かわや》に起出《おきい》でつ、帰《かえ》りには寝惚《ねぼ》けたる眼の戸惑いして、彼《かの》血天井の部屋《へや》へ入《い》りにき。それと遽《にわか》に心着けば、天窓《あたま》より爪先まで氷を浴ぶる心地して、歯の根も合わず戦《わなな》きつつ、不気味に堪えぬ顔を擡《あ》げて、手燭《ぼんぼり》の影《かげ》幽《かすか》に血の足痕を仰見《あおぎみ》る時《とき》しも、天井より糸を引きて一疋《いっぴき》の蜘蛛垂下《たれさが》り、お春の頰に取着くにぞ、あと叫びて立竦《たちすく》める、咽喉《のんど》に伝い胸に入《い》り、腹より背《せな》に這廻《はいまわ》れば、声をも得立《えた》てず身を悶え虚空を摑みて苦《くるし》みしが、はたと僵《たお》れて前後を失いけり。夜更の事とて誰《たれ》も知らず、朝《あした》になりて見着けたる、お春の身体《からだ》は冷たかりき、蜘蛛の這えりし跡《あと》やらむ、縄にて縊《くび》りし如く青き条《すじ》をぞ画《えが》きし。

眼前《まのあたり》お春が最期を見てしより、旗野の神経狂《くるいだ》出し、あらぬことのみ口走りて、一月余《ひとつきあまり》も悩みけるが、一夜《あるよ》月《つき》の明《あきら》かなりしに、外方《とのかた》に何やらん姿ありて、旗野をおびき出《いだ》すが如く、主人《あるじ》は居室《いま》を迷出《まよいい》でて、漫《そぞ》ろに庭を徜徉《さまよ》いしが、恐しき声を発して、おのれ！　といいさま刀を抜き、竹藪に躍蒐《おどりかか》りて、えいと殺《そ》ぎたる竹の切口、斜《ななめ》に尖《とが》れる切先《きっさき》に転《まろ》べる胸を貫きて、其場《そのば》に命を落せしとぞ。仏家《ぶっけ》の因果は是《これ》ならんかし。

旗野の主人《あるじ》果てて後、代《よ》を襲《つ》ぐ子とても無かりければ、やがて其家《そのいえ》は断絶《たえ》にけり。数歳《すさい》の星霜《せいそう》を経て、今《いま》松川の塾となれるまで、種々人《さまざまひと》の住替《すみかわ》りしが、一月居《ひとつきい》しは皆無にて、多きも半月を過ぐるは無し。甚だしきに到りては、一夜《ひとよ》を超えて引越せしもあり。松川彼処《かしこ》に住いてより、別に変りしこともなく、二月余《ふたつきあまり》も落着けるは、いと珍しきことなりと、近鄰の人は噂せり。さりながらはじめの内は十幾人《じゅういくたり》の塾生ありて、教場太《いた》く賑《にぎわ》いしも、二人《ふたり》三人《みたり》と去りて、果《はて》は一人《いちにん》もあらずなりて、後《のち》にはただ昼の間《うち》通学生の来るのみにて、塾生は我一《われいち》人《にん》なりき。

前段既に説けるが如く、予が此塾《このじゆく》に入《い》りたりしは、学問すべきためにはあらで、いかなる不思議のあらんかを窺見《うかがいみ》んと思いしなり。我には許せ、性《せい》として奇怪なる事とし謂えば、見たさ、聞きたさに堪えざれども、固《もと》より頼む腕力ありて、妖怪を退治せんとにはあらず、胸に蓄《たくわ》うる学識ありて、怪異を研究せんとにもあらず。俗に恐《こわ》いもの見たさという好事心《ものずき》のみなり。

さて松川に入塾して、直ちに不開室《あかずのま》を探検せんとせしが、不開室は密閉したるが上に板戸を釘付《くぎづけ》にしたれば開《あ》くこと無し。僅《わずか》に板戸の隙間より内の模様を窺うに、畳二三十も敷かるべく、柱は参差《しんし》と立《たち》ならべり。日中なれども暗澹として日の光幽《かすか》に、陰々たる中《うち》に異形なる雨漏《あまもり》の壁に染みたるが仄見《ほのみ》えて、鬼気人に逼《せま》るの感あり。即ち隙見したる眼の無事なるを取柄にして、何等《なんら》の発見せし事なく、踵《きびす》を返して血天井を見る。ここも用無き部屋なれば、掃除せしこともあらずと見えて、塵埃床《ちりほこりゆか》を埋《うず》め、鼠の糞《ふん》梁《うつばり》に堆《うずたか》く、障子襖も煤果《すすけは》てたり。そこぞと思う天井も、一面に黒み渡りて、年経《ふ》る血の痕の何処《いづこ》か弁じがたし、更科《さらしな》の月四角《つきしかく》でもなかりけり、名所多くは失望の種となる。されどなお余すところの竹藪あり、蓋《けだ》し土地の人は八幡《やはた》に比し、恐れて奥を探る者無く、見るから物凄き白日闇《はくじつあん》の別天地、お村の死骸も其処に埋《うず》めつと聞くほどに、うかとは足を入難《いれがた》し、予は先《ま》ず支度に取懸《とりかか》れり。

誰《たれ》にか棄てられけん、一頭流浪《いっとうるろう》の犬の、予が入塾の初《はじめ》より、数々庭前《しばしばていぜん》に入来《いりきた》り、そこはかと餌《え》を養《あさ》るあり。予は少《すこ》しく思うよしあれば、其頭《そのこうべ》を撫で、背《せな》を摩《さす》りなどして馴近《なれちかづ》け、賄《まかない》の幾分を割《さ》きて与うること両三日《りょうさんじつ》、早くも我に臣事《しんじ》して、犬は命令を聞くべくなれり。

四

水曜日は諸学校に授業あるに関らず、私塾大抵は休暇なり。予は閑《かん》に乗《じょう》じ、庭に出《い》でて彼《か》の竹藪に赴《おもむ》けり。然《しか》るに予《かね》てより斥候《せっこう》の用に充《あ》てんため馴《なら》し置きたる犬の此時《このとき》折よく来りたれば、彼を真先に立たしめて予は大胆にも藪に入《い》れり。行くこと未だ幾干《いくばく》ならず、予に先んじて駈込みたる犬は奥深く進みて見えずなりしが、啊呀何事《あなやなにごと》の起《おこ》りしぞ、乳虎一声《にゅうこいっせい》高く吠えて藪中俄《そうちゅうにわか》に物騒がし、其響《そのひびき》に動揺せる満藪《まんそう》の竹葉相触《ちくようあいふ》れてざわざわざわと音《おと》したり。予はひやりとして立停まりぬ。稍《やや》ありて犬は奥より駈来《かけきた》り、予が立てる前を閃過《せんか》して藪の外《おもて》へ飛出《とびい》だせり。其剣幕《そのけんまく》に驚きまどいて予も慌ただしく逃出《にげい》だし、只見《とみ》れば犬は何やらん口に銜《くわ》えて躍り狂う、こは怪し口に銜えたるは一尾《いちび》の魚《うお》なり、そも何ぞと見んと欲して近寄れば、猟物《えもの》を奪うとや思いけん、犬は逸散《いっさん》に逃去りぬ。予は茫然として立ちたりけるが、想うに藪の中に住《す》居《ま》えるは、狐か狸か其類《そのるい》ならむ。渠奴《かやつ》犬の為に劫《おびや》かされ、近鄰より盗来《ぬすみきた》れる午飯《おひる》を奪われしに極《きわ》まりたり、然《さ》らば何ほどのことやある、と爰《ここ》に勇気を回復して再び藪に侵入せり。

畳翠滋《じようすいじ》蔓繁茂《まんはんも》せる、竹と竹との隙間を行くは、篠突《しのつ》く雨の間《あいだ》を潜りて濡れまじとするの難きに肖《に》たり。進退頗《すこぶ》る困難なるに、払う物無き蜘蛛の巣は、前途を羅《ら》して煙《けむり》の如し。蛇《くちなわ》も閃きぬ、蜥蜴《とかげ》も見えぬ、其他《そのた》の湿虫群《しっちゅうぐん》をなして、縦横交馳《じゅうおうこうち》し奔走せる状《さま》、一眼《ひとめ》見るだに胸悪きに、手足を縛《ばく》され衣服を剝がれ若き婦人《おんな》の肥肉《ふとりじし》を酒塩《さかしお》に味付《あじつ》けられて、虫の膳部《ぜんぶ》に佳肴《かこう》となりしお村が当時を憶遣《おもいや》りて、予は思わずも慄然たり。

ここはや藪の中央ならんと旧来《もとき》し方《かた》を振返れば、真昼は藪に寸断されて点々星《てんてんほし》に髣髴《さもに》たり。なお何程《なにほど》の奥やあると、及び腰に前途《ゆくて》を視《なが》む。時其時《ときそのとき》、玄々不可思議奇絶怪絶《げんげんふかしぎきぜつかいぜつ》、紅《あか》きものちらりと見えて、背向《うしろむき》の婦人《おんな》一人《いちにん》、我を去る十歩《じっぽ》の内に、立ちしは夢か、幻か、我はた現心《うつつごころ》になりて思わず一歩引退《ひとあしひっさが》れる、とたんに此方《こなた》を振返りし、眼《め》口鼻眉《くちはなまゆ》如《い》何《か》で見分けむ、唯《ただ》、丸顔の真白き輪郭ぬっと出《い》でしと覚えしまで、予が絶叫せる声は聞えで婦人《おんな》が言《ことば》は耳に入《い》りぬ、

「こや人に説《い》う勿《なか》れ、妾《わらわ》が此処《ここ》にあることを」一種異様の語気音調、耳朶《みみたぶ》にぶんと響き、脳にがらがらと浸み渡れば、眼眩《まなこくら》み、心消え、気も空《そら》になり足漾《あしただよ》い、魂ふらふらと抜出《ぬけい》でて藻《も》脱《ぬけ》となりし五尺の殻の縁側まで逃げたるは、一秒を経ざる瞬間なりき。腋下《えきか》に颯《さつ》と冷汗流れ

て、襦袢の背《せな》はしとど濡れたり。馳せて書斎に引籠《ひきこも》り机に身をば投懸《なげか》けてほっと吐《つ》く息太く長く、多時《しばらく》観念の眼《まなこ》を閉じしが、「さても見まじきものを見たり」と声を発《いだ》して呟《つぶや》きける。「忍ぶれど色に出《い》でにけり我恋《わがこい》は」と謂いしは粋《すい》なる物思い、予はまた野暮《やぼ》なる物思に臆病の色頬《いろほ》に出でて蒼くなりつつ結ぼれ返るを、物や思うと松川はじめ通学生等《つうがくせいら》に問わるる度に、口《くち》の端《はた》むずむずするまで言出《いいい》だしたさに堪ざれども、怪しき婦人《おんな》が予を戒め、人に勿《な》謂いそと謂えりしが耳許に残り居りて、語出《かたりい》でんと欲する都度、おのれ忘れしか、秘密を漏らさば、活けては置かじと囁《ささや》く様にて、心済まねば謂いも出でず、もしそれ胸中の疑磈《ぎかい》を吐きて智識の教《おしえ》を請けんには、胸襟乃《きょうきんすなわ》ち春開けて臆病疾《とみ》に癒《い》えんと思えど、無形の猿轡《さるぐつわ》を食《は》まされて腹のふくるる苦しさよ、斯《か》くて幽玄《ゆうげん》の裡《うち》に数日《すじつ》を閲《けみ》せり。

一夕《いっせき》、松川の誕辰《たんしん》なりとて奥座敷に予を招き、杯盤《はいばん》を排《はい》し酒肴《しゅこう》を薦《すす》む、献酬数回《けんしゅうすかい》予は酒という大胆者《だいたんもの》に、幾分の力を得て積日の屈託稍散《ややさん》じぬ。談話の次手《ついで》に松川が塾の荒涼たるを歎《かこ》ちしより、予は前日藪を検《けん》せし一切を物語らむと、「実は……」と僅《わずか》に言懸《いいか》ける、正《まさ》に其《その》時《とき》、啾々《しゅうしゅう》たる女の泣声《なきごえ》、針の穴をも通らんず糸より細く聞えにき。予は其《それ》を聞くと整《ひと》しく口をつぐみて悄気返《しょげかえ》れば、春雨恰《しゅんうあたか》も窓外《そうがい》に囁き至る、瀟々《しょうしょう》の音に和《わ》し、長吁《ちょうう》短歎《たんたん》絶えてまた続く、婦人《ふじん》の泣音怪《きゅうおんあやし》むに堪えたり。

五

「あれは何が泣くのでしょう」と松川に問えば苦い顔して、談話《はなし》を傍《わき》へそらしたるにぞ推《お》しては問わで黙して休《や》めり。ために折角の酔《よい》は醒めたれども、酔うて席に堪えずといいなし、予は寝室に退《しりぞ》きつ。思えば好事《よきこと》には泣くとぞ謂うなる密閉室《あかずのま》の一件が、今宵誕辰《たんしん》の祝宴に悠々歓《かん》を尽《つく》すを嫉《ねた》み、不快なる声を発して其快楽を乱せるならんか、あわれ忌むべしと夜着《よぎ》を被《かぶ》りぬ。眼は眠れども神《しん》は覚めたり。

寝られぬままに夜は更《ふ》けぬ。時計一点を聞きて後《のち》、漸《ようや》く少しく眠気《ねむけ》ざし、精神朦々《もうもう》として我我を弁ぜず、所謂無現《いわゆるむげん》の境《きょう》にあり。時に予が寝《い》ねたる室《しつ》の襖の、スッとばかりに開《あ》く音せり。否唯《いなただ》音のしたりと思えるのみ、別に誰《た》ぞやと問いもせず、はた起直りて見んともせず、うつらうつらとなし居《お》れり。然《さ》るにまた畳を摺来《すりく》る跫音《あしおと》聞えて、物《もの》あり、予が枕頭《ちんとう》に近寄る気勢《けはい》す、はてなと思う内に引返《ひっかえ》せり。少時《しばらく》してまた来《きた》る、再び引返せり、三《み》たびせり。

此《ここ》に於《おい》て予は猛然と心覚《こころさ》めて、寝返りしつつ眼《まなこ》を睜《みひら》き、不図《ふと》一見《いっけん》して蒼くなりぬ。予は殆ど絶《ぜっ》せんとせり、そも何者の見えしとするぞ、雪もて築ける裸体の婦人《おんな》、あるが如く無きが如き燈《ともしび》の蔭に朦朧《もうろう》と乳房のあたりほの見えて描ける如く彳《たたず》めり。

予は叫ばんとするに声出《い》でず、蹶起《はねお》きて逃げんと急《あせ》るに、盤石一座《ばんじゃくいちざ》夜着を圧《あっ》して、身動きさえも得《え》ならねば、我あることを気取《けど》らるまじと、愚《おろか》や一縷《いちる》の鼻息《びそく》だもせず、心中に仏《ほとけ》の御《み》名《な》を唱えながら、戦《わなな》く手足は夜着を煽りて、波の如くに揺らめいたり。

婦人《おんな》は予を凝視《みつ》むるやらん、一種の電気を身体《みうち》に感じて一際《ひときわ》毛穴の弥立《よだ》てる時、彼は得もいわれぬ声を以《も》て「藪にて見しは此人《このひと》なり、テモ暖かに寝たる事よ」と呟けるが、まざまざと聞ゆるにぞ、気も魂も身に添わで、予は一竦《ひとすくみ》に縮みたり。

斯《か》くて婦人《おんな》が無体《むたい》にも予が寝し衾《ふすま》をかかげつつ、衝《つ》と身を入るるに絶叫して、護謨《ごむ》球《だま》の如く飛上《とびあが》り、室《しつ》の外《おもて》に転出《まろびい》でて畢生《ひっせい》の力を籠め、艶魔《えんま》を封ずるかの如く、襖を圧えて立ちけるまでは、自分《みずから》なせし業《わざ》とは思わず、祈念を凝《こら》せる神仏がしかなさしめしを信ずるなり。

寒さは寒し恐《おそろ》しさにがたがた震《ぶるい》少しも止《や》まず、遂に東雲《しののめ》まで立竦《たちすく》みつ、四辺《あたり》のしらむに心を安んじ、圧えたる戸を引開《ひきあ》くれば、臥戸《ふしど》には藻脱の殻《から》のみ残りて我も婦人《おんな》も見えざりけり。

其夜《そのよ》の感情、よく筆に写すを得ず、いかんとなれば予は余りの恐しさに前後忘却したればなり。

然《さ》らでも前日の竹藪以来、怖気《おじけ》の附きたる我なるに、昨夜の怪異に胆《きも》を消し、もはや斯塾《しじゅく》に堪《たま》らずなりぬ。其日《そのひ》の中《うち》に逃帰《にげかえ》らんかと已《すで》に心を決せしが、さりとては余り本意無《ほいな》し、今夜《こよい》一夜《ひとよ》辛抱して、もし再び昨夜《ゆうべ》の如く婦人《おんな》の来《きた》ることもあらば度胸を据えて其の容貌と其《その》姿態とを観察せん、あわよくば勇《ゆう》を震《ふる》いて言葉を交《かわ》し試むべきなり。よしや執着《しゅうじゃく》の留《とどま》りて怨《うらみ》を後《こう》世《せい》に訴うるとも、罪なき我を何かせん、手にも立たざる幻影にさまで恐るることはあらじ、と白昼は何人《なんぴと》も爾《しか》く英雄になるぞかし。逢魔《おうま》が時《とき》の薄暗がりより漸次《しだい》に元気衰えつ、夜《よ》に入《い》りて雨の降《ふ》り出《い》づるに薄ら淋《さび》しくなり増《まさ》りぬ。漫《そぞろ》に昨夜を憶起《おもいおこ》して、転《うた》た恐怖の念に堪えず、斯《か》くと知らば日《ひ》の中《うち》に辞して斯塾《しじゅく》を去るべかりし、よしなき好奇心に駆られし身は臆病神の犠牲となれり。

只管洋燈《ひたすらランプ》を明《あか》くする、これせめてもの附元気《つけげんき》、机の前に端座《たんざ》して石の如くに身を固め、心細くも唯一人《ただひとり》更け行く鐘を数えつつ「早一時《はやいちじ》か」と呟く時、陰々として響き来《きた》る、怨むが如き婦人《おんな》の泣声《なきごえ》、柱を回《めぐ》り襖を潜《くぐ》り、壁に浸入《しみい》る如くなり。

南無三《なむさん》膝を立直《たてなお》し、立ちもやらず坐りも果てで、魂《たましい》宙に浮く処に、沈んで聞ゆる婦人《おんな》の声、「山田山田」と我が名を呼ぶ、啊呀《あなや》と頭《こうべ》を掉傾《ふりかたむ》け、聞けば聞くほど判然と疑《うたがい》も無き我が名の山田「山田山田」と呼立《よびた》つるが、囁く如く近くなり、叫ぶが如くまた遠くなる、南無阿《なむあ》弥陀仏《みだぶつ》コハ堪らじ。

六

今はハヤ須臾《しゆゆ》の間《ま》も忍び難し、臆病者と笑わば笑え、恥も外聞も要らばこそ、予は慌しく書斎を出《い》でて奥座敷の方《ほう》に駈行《かけゆ》きぬ。蓋《けだ》し松川の臥戸に身を投じて、味方を得ばやと欲《おも》いしなり。

既にして、松川が閨《ねや》に到れば、こはそもいかに彼《か》の泣声は正《まさ》に此室《このま》の裡《うち》よりす、予は入るにも入られず愕然として襖の外に戦《わなな》きながら突立《つった》てり。

然るに松川は未だ眠らでぞある。鬱《うつ》し怒《いか》れる音調以《も》て、「愛想の尽きた獣《けだもの》だな、汝《おのれ》、苟《いやし》くも諸生《しょせい》を教える松川の妹でありながら、十二にもなって何の事だ、何《ど》うしたらまたそんなに学校が嫌なのだ。これまで幾度と数知れず根競《こんくらべ》と思って意見をしても少しも料簡が直らない、道で遊んで居ては人眼に立つと思うかして途方も無い学校へ行くてっちゃあ家《うち》を出て、此頃《このごろ》は庭の竹藪に隠れて居る。此間《このあいだ》見着けた時には、腹は立たないで涙が出たぞ」と切歯《はがみ》をなして憤《いきどお》る。

傍《かたわら》より老いたる婦人《おんな》の声として「これお長《ちょう》、母様《おっかさん》のいう事も兄様《にいさん》のおっしゃる事もお前は合点《がてん》が行《ゆ》かないかい、狂気《きちがい》の様な娘を持った私ゃ何という因果であろうね。其癖《そのくせ》、犬に吠えられた時、お弁当のお菜《さい》を遣《や》って口塞《くちふさぎ》をした気転なんぞ、満更の馬鹿《ばか》でも無いに」と愚痴を零《こぼ》すは母親ならん。

松川は腹立たしげに「其《それ》が馬鹿智慧《ぢえ》と謂うもんだ、馬鹿に小才《こさい》のあるのはまるっきりの馬鹿よりなお不可《いけな》い。彼《あ》の時藪の中から引摺出《ひきずりだ》して押入の中へ入れて置くと、死ぬ様な声を出して泣くもんだから——何時《いつ》だっけ、むむ俺が誕生の晩だ——山田に何が泣いてるのだと問われて冷汗を掻いたぞ。貴様が法外な白痴《たわけ》だから己《おれ》に妹があると謂うことは人に秘《かく》して居《お》る位、山田の知らないのも道理《もっとも》だが、これこれで意見をするとは恥かしくって言われもしない。それでも親の慈悲や兄の情《なさけ》で何《ど》うかして学校へも行く様に真人間《まにんげん》にして遣《や》りたいと思えばこそ性懲《しょうこり》を附けよう為に、昨夜《ゆうべ》だって左様《そう》だ、一晩《ひとばん》裸にして夜着も被《き》せずに打棄《うっちゃ》って置いたのだ。すると何《ど》うだ、己《おれ》にお謝罪《わび》をすれば未《まだ》しも可愛気《かわいげ》があるけれど、いくら寒いたって余《あんま》りな、山田の寝床へ潜込《もぐりこ》みに行きおった。彼《あれ》が妖怪《ばけもの》と思違《おもいちが》いをして居るのも否《いや》とは謂われぬ。妖怪《ばけもの》より余程《よっぽど》怖い馬鹿だもの、今夜はもう意見をするんじゃあないから謝罪《わび》たって承知はしない、撲殺《なぐりころ》すのだから左様《そう》思え」と笞《しもと》の音ひゅうと鳴りて肉を鞭《むちう》つ響《ひびき》せり。女《むすめ》はひいひいと泣きながら、「姉様謝罪《ねえさんおわび》をして頂載よう、あいたた、姉様《ねえさん》よう」と、哀《あわれ》なる声にて助《たすけ》を呼ぶ。今姉《いまねえ》さんと呼ばれしは松川の細君なり。「これまで幾度謝罪《いくたびおわび》をして進《あ》げましても、お前様《まえさん》の料簡が直らないから、もうもう何と謂ったって御肯入《おききい》れなさらない、妾《わたし》が謂ったって所詮《しょせん》駄目です、ああ、余《あんま》り酷《ひど》うございますよ。少し御《お》手柔《てやわらか》に遊ばせ、あれあれそれじゃあ真個《ほんと》に死んでしまいますわね、母様《おつかさん》、もし旦那ってば、御二人で御折檻《ごせっかん》なさるから仕様《しよう》が無《な》い、え何《ど》うしょうね、一寸《ちょっと》来て来《くだ》さい」と声震わし「山田さん、山田さん」我を呼びしは、さては是《これ》か。

百物語

大塚《おおつか》にゃ美人が居ませんなと、太田玉茗《おおたぎょくめい》の口を出したがはじまりなり、原町台《はらまちだい》の畑中《はたなか》に瓜の番を遊ばさるる、悠々《ゆうゆう》までが矛《ほこ》を向け、竹早町《たけはやちょう》の交番からさきは、江戸ッ児《こ》の部にゃ入らないと、何の恨《うらみ》か知らねども、頻《しきり》に土地をけなし着くるは蓋《けだ》し料理屋が遠いせいで驕《おご》らぬからの祟《たたり》なり。いいさいいさ、いまに蕎麦《そば》を命じます。幸い涼葉《りょうよう》も金沢から着いたなり、青嵐の宗匠《そうしょう》も見えて居るから、ヘイお待遠《まちどお》の声がするまで、一席催《いっせきもよお》しはいかがなもの、尤《もっと》も紅とか、白粉《おしろい》とか、乳とか、帯とか、緋縮緬《ひぢりめん》とか、至極艶《えん》な処で参りたけれど、おっしゃる通り然《さ》ようなものは場所柄にござりませぬゆえ、夏季にばけものを読み込みましょうと、あるじ左次郎《さじろう》口を出せしは、深き巧《たくみ》のあることにて、どなた様も美人にかけては経験学識兼備《かねそな》わり、天晴《あっぱれ》ぞうろう豪傑なれど、化物《ばけもの》と来ては意気地がなし、がたりといえばぶるぶるする、わッといえば、あッという。臆病いうばかりもなき上に、皆帰途《かえりみち》を控えたり、五月闇《さつきやみ》となり、雨は降る。戸崎町《とざきちょう》の玉茗には氷川田圃《ひかわたんぼ》の難処あり、青嵐の宗匠は伝通院《でんずういん》をぬけねばならず。なかにも原町の悠々には、くらがり坂の要害あり。真昼中《まひるなか》通るにも、犬の吠えるのが恐《こわ》いとて、逆手《さかて》に取りの杖《ステッキ》を放さぬほどの弱虫なれば、何処かそこらのくらやみから、鬼火《おにび》とまではゆかないでも、ぼッと蛍が飛ぼうなら、眼をまわすこと請合《うけあい》なりと、遠き謀《はかりごと》のありとも知らず、高胡坐《たかあぐら》で臂《ひじ》を張り、いや、美人が居ないの、場並《ばなみ》が悪いの、初鰹《はつがつお》は食うまいのと、気焔万丈《きえんばんじょう》の折からとて、しゃ！化競《ばけくらべ》おもしろしと、うっかり乗ったるあわれさよ。

卯《う》の花《はな》の見る〳〵美女《びぢょ》となりにけり　　悠々

そら出たぞ逃げろと水瓜畠《すゐくわばたけ》かな　　九峰

それより化競《ばけくらべ》はじまりて、

蒼白き病婦《びやうふ》の顔や蚊帳《かや》の月　　涼葉

小狸《こだぬき》の鼻打当《はなうちあ》てし茄子《なすび》かな　　洒亭

矢叫《やさけび》や沖は怪しき五月闇《さつきやみ》

さかさまに天井つたふ灯取虫《ひとりむし》　　芋吉

夕顔に目鼻のあらぬ女かな

馬道《うまみち》を水鶏《くひな》のありく夜更《よふけ》かな　　芋之助
土橋《どばし》から一人消えたる涼みかな
夕立晴れて磔《はりつけ》柱《ばしら》ならびけり

など化《ばけ》の魂胆を錬るほどに、句数《くかず》はなけれど苦作《くさく》なれば、いずれもだんまりの理《り》に落ちて雨の音のみ淋《さび》しき時、玉茗情《なさけ》なき顔をして、

怪談のかへりは闇の茂《しげり》かな　　玉茗

そこへお気が着かれたら、諸君もう帰ろうかと、あとじさりして遁支度《にげじたく》、そうさな、晩《おそ》くならない内と、はや悠々も座を立つにぞ、待ちたまえ蕎麦が来る、もう直《す》ぐだと止めても肯《き》かず、この大塚の妖怪め、誰が其手《そのて》をくうものか、蚯蚓《みみず》は御免と帰りける。

百物語（「雑句帖」より）

席上の各々方《おのおのがた》、今や予が物語すべき順番の来《きた》りしまでに、諸君が語り給いし種々《くさぐさ》の怪談は、孰《いずれ》も驚魂奪魄《きようこんだつぱく》の価値《あたひ》なきにあらず、然《しか》れども敢《あえ》て眼《まなこ》の唯一個《ただひとつ》なるもの、首の長さの六尺なるもの、鼻の高さの八寸なるもの等《とう》、不具的、仮装的《かそうてき》の怪物を待たずとも、茲《ここ》に最も簡単にして、而《しか》も能《よ》く一見《いつけん》直ちに慄然《りつぜん》たらしむるに足《た》る、最も凄《すさま》じき物体あり。他《た》なし、深更《しんこう》人定《さだ》まりて天に声無き時、途上如何《いか》なるか一人《いちにん》の女性《によしよう》に行逢《ゆきあ》いたる機会是《これ》なり。

知らず、此《この》場合には婦人もまた男子に対して慄然たるか。恐らくはこのことなかるべし。譬《たと》いこれありとするも、其《そ》は唯《ただ》腕力の微弱なるより、一種の害迫を加えられんかを恐るるに因《よ》るのみ。

然《しか》るに男子はこれと異なり。我輩《わがはい》の中《うち》に最も腕力無き者と雖《いえど》も、仍《な》お比較上婦人より力の優《まさ》れるを、自ら信ずるにも関らず、幽寂《ゆうじゃく》の境《きょう》に於《おい》て突然婦人に会えば、一種いうべからざる陰惨の鬼気を感じて、勝《た》うべからざるものあるは何ぞや。

座中の貴婦人方には礼を失する罪を免《まぬか》れざれども、予をして忌憚なくいわしめば、元来、淑徳、貞操、温良、恋愛、仁恕等《じんじょとう》あらゆる真善美《しんぜんび》の文字を以《もっ》て彩色すべき女性というなる曲線が、其実《そのじつ》陰険の忌わしき影を有するが故に、夜半《やはん》宇宙を横領する悪魔の手に導かれて、自《おのず》から外形に露わるるは、恰《あたか》も地中に潜める燐素の、雨に逢いて出現するが如きものなればなり。

憤《いきどお》ることなかれ、恥ずることを止めよ。社会一般のもの尽《ことごと》く強盗ならんには、誰か一人《いちにん》の罪を責むべき。陰険の気は蓋《けだ》し婦人の通有性にして、猶且《なおか》つ一種の元素たり。

しかして夜間は婦人が其特性《そのとくせい》を発揮すべき時なれば、諸君もまた三更無人《さんこうぶじん》の境《きょう》、人目を憚《はばか》らざる一個の婦人が、我より外《ほか》に人なしと思いつつある場合に、不意《ゆくりなく》婦人に邂逅《かいこう》せんか、其《その》感覚果《はた》していかん。（恐《おそろ》しく堅いことね、何も忿懣《ふんまん》しなくっても可《よ》さそうなものだ。）

赤インキ物語

またかとのたまう迄《まで》も化《ばけ》物語。弥生町《むこうがおか》に居たAさん、過般《このあいだ》白山《はくさん》に引越したる、其三日《そのみっか》めなりしと思う。午後の四時半頃なり。本郷の家主《やぬし》が宅に用ありて行きし帰途《かえりみち》、薄寒《うすさむ》くはあり、雨は降る、独身者《ひとりもの》だから定めし淋《さみ》しがって居るであろう、ドレこのあでやかなる顔を見せて、喜ばせてやろうものと、駒込《こまごめ》へ出て白山の背後《うしろ》にまわり、玄関口から女の跫音を学びてしとやかに入《はい》りしに、内に居る学生の取次は待とうとせず、御主人自分で出迎えしが、顔を見ると、何だ大塚《おおつか》の、といったばかり、別に珍しいという色もせず、降るね、と言って長火鉢《ながひばち》の前へ差向いになったまでは無難なりしが、足の裏の汚い奴は玄関から追返《おっかえ》して、決して以て敷かせないという条件づきの紫縮緬《むらさきちりめん》の蒲団を出して、まあ敷きたまえ、何《ど》うだ情婦《いろ》は出来るかいと、清癯鶴《せいくつる》の如き、しなやかな、否《いな》すこやかな手で上げて、この柔《やわらか》なる背《せな》を叩かれ、雨天にしみじみと感じたのが、薄《うす》どろになるはじまりなり。

見たまえ、此内《このうち》の様子というのを、ここが四畳半で、鄰が八畳で、玄関が二畳で、彼方《あっち》が六畳で、三畳のまた三畳、内井戸で、水がよくッて、湯殿《ゆどの》があって、見晴《みはらし》は此通《このとお》りと、むこうの大乗寺《だいじょうじ》の境内から白山の谷へかけて、柳桜《やなぎさくら》の緑紅《みどりくれない》、桃もまだ散らず、山吹も咲きはじめ、青々とある木の間に、池が見えて、鳥が浮くのを、我ものらしく指《ゆび》さしながら、ソレこれを無類という。

いまにまたアレを奉るというわけになると、この敷居から三尺八寸という工合《ぐあい》に手をついて、おや若旦那入《い》らっしゃい、おうッとうしゅうございますことね、だろう、君なんぞはあやかりもんだと、畳みかけかけ、例の如く鷲《わし》の羽《はね》で机の上を掃きながら、まず原町《はらまち》までは俺だろう、と憎らしく澄ましたものなり。

我輩《わがはい》堪えかねてポンとはたき、見てくれ、この容子《ようす》を、この鉄砲張《てっぽうばり》をトやる工合を、よ、ソレこれを無類と言う。御貴殿《ごきでん》に至りては、伊勢新《いせしん》の煙草入《いれ》に銀煙管《ぎんぎせる》を持って居る処はいいが、五匁《ごもんめ》の玉を一週間にめしあがろうと言う、あわれ不便《ふびん》のもので、ソレをまた啣《くわ》えた恰好は、宛《えん》としてこれ唐茄子《とうなす》に手裡剣《しゅりけん》じゃあないか、パイレイトを何と、吸口《すいくち》につけて喫《の》もうという身で、大きな口を利きなさんな。まあさ、世の中にゃ剪刀《はさみ》でもって切目《きりめ》正しくキングを五ツに切って長煙管のさきへつけて呑むのがあるしさ、コンナコンナ風《ふう》に口を捻《ねじ》ったゴムの煙草入の中へフラグラントを詰めながら持ってあるいて、女の児《こ》の前で悠々と巻いて居る輩《やから》もあり、口を煙管に引張《ひっぱ》られて火鉢の上へ頤《おとがい》を突出《つきだ》すのもあれば、ぱくぱくと一服してフハフハいきをせいて咽《むせ》るのもある、煙草の捻《ひね》り方、煙管の持ち方、吸い方、呑み方、払《はた》き方、キッカケ煙草、落着《おちつき》煙草、附合《つきあい》たばこ、持たせ煙草、じらし煙草、御馳走煙草、おさき煙草、其事《そのこと》ならお聞きなさい。米屋よりも借《かり》の多い煙草屋に知己《ちかづき》を持ったのは蓋《けだ》し先《ま》ず僕だろう。口惜《くやし》くばあいてにおなり。亡くなった一葉《いちよう》は、女詩人の号を奉《たてまつ》られた人だが、あれで煙草さえ呑んでくれたらと、喟然《きぜん》として歎《たん》ずると、Aさん俯向《うつむ》いて両手を挙げ、団州《だんしゅう》に少し似た声で、イヤ、分ったよ。何《ど》うも心細い男だな、可《い》いからお茶をおあがり、いまにうどんでも差上げるから、もう少しおれン許《とこ》を聞いてくれ。一体宅《たく》というものは、トここで本読《ほんよみ》の台辞《せりふ》あり。女に口説かれると一般、我輩《わがはい》聞きつけて居るから一向《いっこう》耳にはかけざれど、机から茶棚《ちゃだな》を褒め、茶棚から吸子《きゅうす》を誉め、吸子から茶を褒めて、すぐ食物《たべもの》の自慢をはじめ、おれが内では比目魚《ひらめ》を煮《に》るのに、味醂と醤油《おしたじ》を半々だ、蓋し旨いよ、尽《ことごと》く食べられるね、君も専《もっぱ》ら御修行《ごしゅぎょう》なさい、と言いながら、例の通り刷毛《はけ》の尖《さき》で長火鉢の縁《ふち》を撫でて、灰を落しつつあるかと思えば、直《すぐ》に肘をついて天井を睨《ね》めまわし、背後《うしろ》を望み、前を眺め、右に眼を着け、左を視遣《みや》り、うつむいて畳を見て、イヤ尽く気に入った。専ら誉めてくれ、蓋し妙と、夢中になる顔を斜めに覗いて、蓋し其《その》蓋し次手《ついで》だから聞きますが、家賃は幾干《いくら》だね、と問われて、チョイと行詰《ゆきづま》りしが、そこは年配で少しも抜からず。此処《ここ》はね、家主《やぬし》が鷹揚で、一向つまらないことに頓着《とんじゃく》はしない、イヤ井戸替《がえ》は月番持《つきばんもち》で、大屋から半金《はんきん》出す、後《あと》は長屋中《うち》を集めて日傭《ひよう》が三人綱曳《つなひき》に皆《みん》な出ろ、出ないものは五銭出せ、あまったのでオヤツだ、なぞというケチなんじゃあない。奏任官《そうにんかん》で従何位《じゅなんみ》という持主だから、垣根が破《や》れてますが、宜《よろ》しい、井戸流《ながし》が支《つか》えてますが、宜しい、溝板《どぶいた》が刎《は》ねましたが、宜しい。今日《こんち》はお天気が、宜しいと言う風だもの、何、家賃の如き聊《いささか》な。宜しい、其処《そこ》で易《やす》いと言うのなんだね、分ったよ、なるほど立派だ。尽く気に入った、蓋し妙と、家賃を聞いてから忽《たちま》ち感心して、専ら誉めながらフト見ると、主人《あるじ》新調の袷《あわせ》の下に、中形《ちゅうがた》の浴衣《ゆかた》を襲《かさ》ねて居たので、思わず、思い出したるは、今より三年ばかり前とぞ覚ゆる、やや朝寒《あささむ》となりし頃、横寺町《よこでらまち》にて夜更《よふけ》のことなり。

宵の口に川柳を見ると品川《しながわ》のに、

　品川の衣桁《いかう》股引《ももひき》などもかけ

　　帆柱がなどと初会をあやして居《ゐ》

なんどあるなかに曰《いわ》く

野暮《やぼ》と怪物《ばけもの》品川に入乱《いりみだ》れ

というのに到って、はてな、箱根《はこね》から此方《こっち》には居ないはずだが、此様子《このようす》では怪しいぜと、はじめ江戸には無いものにして、すべて幽霊と言いますのは仏家《ぶっか》で食います青鷺《あおさぎ》の吸物です、亡者と申しますのは、海豚《いるか》の刺身でございます、何のお歯黒べッたりだッて恐《こわ》いことはございません、老年《としより》が総義歯《そういれば》を致したのでと、高慢な講釈をいって、お女中方に聞かせて居た論法少し怪しくなり、這奴《こいつ》、悪くすると故郷《くに》で知己《ちかづき》の妖怪どもが、新橋《しんばし》まで汽車で来てアレから馬車に乗って入《い》り込むかも知れないぜ、おらさ国《くに》さにゃあいろんな恐いことがあったればと、狸やら、獺《かわうそ》やら、犬に翼の生えたのやらで、幼いからおどされて、蒲容柳質《ほようりゅうしつ》、至極お人柄で臆病な処がお人柄だと、猜《そね》まぬ者は噂する我輩《わがはい》少し弱くなりぬ。弱くなると、「今の舌は轆轤《ろくろ》首《くび》でおざりいす」などというのにばかりであい、コイツ柳樽《やなぎだる》としたことが野暮らしいと、秀句を吐いて傍《わき》へやり、手近の随筆、名は今忘れたり、中本《ちゅうぼん》の茶表紙で、三冊ものなりしを取って開くと、のッけら食《くろ》うたり。

山の怪（と標題《みだし》を置いて）

去《さ》る処に、国の太守《たいしゅ》山狩《やまがり》したまはむとて、伴《とも》あまた従へて夜半《よなか》に出《いで》たまひ、朝まだき麓《ふもと》に着き給ひけるが、何の用意もし給はず、其《その》まゝ山路《やまぢ》に懸《かか》らせたまふ。頂《いたゞき》のくらきなかに、何《なに》とも分らぬものの声ありて、申《さる》の年の申の月の申の日に猿を殺せし殿はいまいづくにぞ。

一種言うべからざる感起《おこ》り、巻《まき》を伏せて俯向きしに、戸外《おもて》を遥《はるか》に酒井《さかい》のあたりを、人の跫音聞えたり。

牛込《うしごめ》の御前《ごぜん》が格子戸の前で聞ゆる、カラコロという音は、少しも妖物《ばけもの》の気勢《けはい》がせず、御前といって格子戸も、おかしなるものなり、格子戸といって御前もおかし、これは矢来《やらい》の殿様のことではなく、神楽町《かぐらちょう》のBさんなり。知った方《かた》は御存じなるべし、畝織《うねおり》の三《み》ツ紋着《もんつき》で、りゅうと座に直ると、皆の衆、御礼《おんれい》をと言う声が懸るをキッカケに、パラパラと撒くに因《よ》って、この称《となえ》ありと読みたまえ。

目下子《ね》の刻過《こくすぎ》より、彼処《あすこ》の前で聞ゆるのは、松葉とやら、常磐《ときわ》とやら、めでためでたの若松さまや、末《すえ》よしなどいう処へ出たり入ったりの裾捌《すそさば》き、至極身《み》に染《しみ》るという説もあれど、此《こ》のゾッとするは其《その》ゾッとするゾッとにあらず、あのゾッとは今思ってもゾッとする、酒井の邸《やしき》の前あたりを、人の跫音聞えしまま、余計なことまで思いしは、市内牛込区矢来町《まち》に、(イワシコ)というばけもの住みて、丑《うし》の刻《こく》より寅《とら》のあいだを往来することなりけり。

中《なか》の丸《まる》に住んで居る柳浪氏《りゅうろうし》なぞは名代《なだい》の夜更《よふか》しゆえ、この（イワシコ）にはお知己《ちかづき》にて、昨夜《ゆうべ》もまた行《や》ったヨと、言わるること度々なり。また逢ったヨと言わないで行《や》ったヨとある処に、ばけものの趣味があると、自分で註を入れるに及ばず、あやしのものゆえ姿は見えず、唯霜《ただしも》がれの月の夜更、朧月《おぼろづき》の真夜中を、天とも地とも分《わか》たぬ処、矢来の中に悲しい声の澄み切った細い調子で（イワシコ）とあとを引っぱり、三声《みこえ》呼ぶと聞えずなるが、うっかりした時なんぞは、ツィ戸の外の四角《よつかど》で、密《そっ》とも沙汰せず唐突《だしぬけ》に行《や》ることとなるよし。又行《またや》ったよと言うことは、其時《そのとき》をこそ言うなりけれ、で今夜あたりは何《ど》うだろうと、我輩恐《こわ》いこと一方ならず。気が滅入る、と魔がさして、凡夫《ぼんぷ》ならば一盃のんで繰出《くりだ》そうという処を、生《うま》れ得ての賢人なれば、ただまじまじと畏《かしこま》り、無上《むじょう》に親たちが恋しくなって、いよいよふさぎ、眼を塞ぎ、耳を塞ぎて聞えるな、おイワシコ様が聞えるなと、奉って遠ざけながら、眠気はちっともさそうとせず、ますます魔がさすといろんな気懸《きがか》り、隣の寺は奥座敷で和尚が縊殺《くびりころ》されたという、三年目にあたってるぜ、道理で垣隣《かきどなり》の内の厠じゃあ、変な跫音が聞えると、女中《おんな》たちが恐れて居た。其上《それに》天井で青大将《くちなわ》の臭気《におい》がするという説もあり、此間《このあいだ》二階の窓へ伝わった守宮《やもり》を叩きのめして、瓦屋根へほうり出したのが昨日まで動かないで居て、棄てようと思って竹で挟むと、ピリピリと動いて眼をあけたが、あれは恐らく容易でないぞ。月のはじめの東雲《しののめ》にも、蟇《ひきがえる》七《なな》ツというもの、数珠繋《じゅずつなぎ》にして生捉《いけど》って、穴を掘って中へ入れ、上に蓋をして置きしが、三日めに一ツも残らず、昇天したか、潜ったか、何処へか消えてなくなったを、盛んなれば祟《たたり》なしで、ものの数ともしなかったが、アア落目になれば変なわけなり。それもこれも気にかかりて、蒼くなったる耳許《みみもと》へ故《ふる》いがガタと鼠の音、シャ！迷うたかと起《おき》直《なお》り、腕を組んでキッとなりしが、思い着いたる事こそあれ、毒を以《も》て毒を制すで、可《い》いわ、モ一《ひと》ツ上を越した凄いもので胆を練ろうと、我輩ここに於て種彦《たねひこ》の浅間《あさま》ヶ嶽面影草紙《たけおもかげぞうし》という処を、礫川版《こいしかわばん》の名著集で繙《ひもと》いて、時鳥《ほととぎす》を殺す処へほつほつと読み到り、いつもながら酷《ひど》いことをと、煙管を探すと見当らず、そりゃこそな魔が隠したぞ、いまここに置いた筈と、変な気で上を見ると、御譜代の鉄砲張《てっぽうばり》が本箱の上に乗って居るに、ギョッとして、名にしおう煙草通も此時ばかりは天狗が言われず、持方《もちかた》も、取方《とりかた》も、流儀なしに手を伸ばして、取ろうとしたりし拍子なり、指がさわって直傍《すぐわき》なりし赤インキの瓶を倒すと、うつむけに下に落ち、畳《たた》んで置いたる洗いたての白地《しろじ》の浴衣の上になりて、どぶどぶと溢《こぼ》るるにぞ、吃驚《びっくり》して瓶を取《とり》のけ、ト見れば朱《あけ》に染《そま》りたり。コハ何とせん悲しやで、手に取って、打返《うちかえ》して見て蒼くなりぬ。

　というは、別のことにはあらず。いかがの拍子か四ツに畳みし、上下《うえした》を打通《うちとお》して、恰《あたか》もあつらえたるかの如く、時鳥がなぶり斬《ぎり》にやられたそうな、アスコと、モ一処《ひとところ》べったりとしたのり紅《べに》なりしに、思わずアッといって抛《ほう》り出し、飛退《とびの》いて隅へ寄り、洋燈《ランプ》を隔てて見詰めしまま、夜のあくるをぞ待ちかねたる。

其後《そののち》寝ざめの悪かりしが、日に月に酒を飲みて、怪物《ばけもの》に遠ざかりしにぞ、我輩大《おおき》に強くなり、然《さ》せることは西の海へさらりと忘れて居たりし処、つい五六日あと、Bさんの許《もと》を訪《と》いたるに、御前、燈下に机に対して、(新著月刊)の校正をして居ながら、近来出来ますか、

ト此処《ここ》も同じようなこと。

忙しい癖《くせ》に気が多いな、其儀《そのぎ》ならば容赦すまじと、我輩件《くだん》の煙管を抜いて、手際よく一服吸いつつ、御前、御前しかのたまう君は、出来ますか、いえ、ぐッとのんで、じっとこたえて、ふッと吹くというのが出来ますか。何《ど》ういたして、麝香入《じゃこういり》の細巻《ほそまき》で桐《きり》の箱詰《はこづめ》というのを、眉を顰《ひそ》めてめしあがって、あなたや、のぼせますからおよしなさい、といわるる方《かた》にはと皆までは饒舌《しゃべ》らせず、莞爾《にっこり》笑って向直《むきなお》り、撲《なぐ》るヨ(これは癖)と、筆を持った手を上げたる機《はず》みにインキ壺《つぼ》を引《ひっ》くりかえすと、これがまた校正用の赤色《せきしょく》インキで、畳の上にポタポタポタ。おや、其《それ》という内《うち》に、令妹《れいまい》うつくしく奥より出《い》でて、無事に始末はつけられたが、此方《こちら》は久しぶりで思い出し、昔の情婦《いろ》に逢ったように、いい心持《こころもち》はせざりしを、今また爰《ここ》に、ト恐《おそろ》し

く長いけれど、サハラの大沙漠《だいさばく》の真中で、一服の煙草と一国の美人と、孰方《どっち》が可《い》いと言って見たまえ。其時《そのとき》美人を見も返らず、煙草を喫むのは己《おれ》だろうと、煙草のたとえに沙漠を出すほど、遠き慮《おもんぱかり》のある身とて、気の着くことおびただしく、いまAさんが浴衣を襲《かさ》ねて居たるを見て、さそくに胸に思ったのが、この長々しき間のことなり。折から勝手口に今日《こんにち》はと、高らかに呼ぶものあり。

主人ききつけて、ばあやは居らぬのかな、アノ声を聞いてくれ、威勢が可《い》いではないか。思うに酒屋だ、大塚のお宅とは趣《おもむき》が違いましょう、お出入《でいり》が大したものだぜ。まず米屋、油屋、豆腐屋、仕出屋《しだしや》、牛屋《ぎゅうや》、酒屋が二軒で、肴屋《さかなや》が三軒だ。引越して間もないが、すべてむこうから通帳《かよいちょう》を持込む、と言うお勝手向《むき》だよ。まあまあまあ、まあさ、口惜《くやし》くば勉強しろと、元気なり。

此方《こなた》は浴衣を見てインキを思い、インキに因《よ》りて怪を思い、怪に因りて、家賃を思い、待て待て、格外に易いから、此処を附込んで驚かそうという、怪《ばけ》の魂胆我輩にありとは知らず。ばあやは何《ど》うしたろうと言いながら立って行《ゆ》きたり。

この隙にトそっと出て、次の室《ま》には学校へ行く人居て、赤インキ持ちたるを承知なれば、手早く爪に染めて引返《ひっかえ》し、手洗水《てあらいみず》で濡したあとを、べたりと手拭《てぬぐい》になすって置く。扨《さ》てこの手水鉢《ちょうずばち》の手拭の真白で新《あた》らしいのと、台所の板の間を草履なしの足袋で歩いて裏を汚さぬと、湯の熱いのと、茶碗の大きなのと、煎餅《せんべい》に箸をつけて出さぬとが、Aさんの大の自慢なれば、新らしいだけ目に着き易く、座に戻ると吃驚《びっくり》して、手水鉢の手拭に血がついてるぜ。呀《や》と、いったばかり。ここの思入《おもいれ》、知らぬ顔が出来ないようで、誰がこの狂言をするものか。

さあ然《そ》うすると真顔《まがお》になって、蓋《けだ》し尽《ことごと》く何《ど》うしたわけだと、専《もっぱ》ら不思議がる、暮れかかる、しょぼしょぼ雨の陰気さ加減。果《はて》は眼の色を変えるから、内々《ないない》で腹を抱え、此体《こいつ》を見ながら暗くなっちゃあ帰られない、もう帰るよ、何うして饂飩《うどん》と吃驚が、取りかえになるものか。恐しい恐しい、恐しい事だ、大塚大塚って言うけれど、まさか白昼こんなじゃあないよ、君と僕とばかりだから可《い》いようなものの、ここん処に君がいわゆる、あでやかな者が居て見たまえ、アレといったぎりそれぎりだ。ほんとに牛込の御前にも恥じだよ、彼処《あすこ》のカラコロと此家《ここ》の血手拭、くらべものになるんじゃあない、大塚大塚ッていうけれど、まさか白昼こんなじゃあないよ。だからね、家賃も高いわけさ、といくら怯《おびや》かしても大人しく、まあ待て、あかりの点《つ》くまででも一所に居ないか。談話《はなし》は途絶える、愛想はないが、こういう時は哲理を考え得るものだと頻《しきり》に留《と》むる袂《たもと》を払い、何《ど》うして何うして、これがまた逢魔時《おうまどき》にでもなろうものなら、ぽたぽたと手拭から血が落ちまいものでもないよ。僕は帰る、恐しいことだ、尽《ことごと》く恐しい、専ら不思議だ、蓋し妙と、忽々《そうそう》逃げて出て悠然と立帰《たちかえ》り、尽く真個《ほんと》にした、専ら恐れたろう、蓋し妙。モウ引越したかも知れないと、二日ばかり過ぎて行って見ると、好《い》いお天気の蒼い空、切立《きりたて》の手拭にかけ替わって、手水鉢も取かえたものと見え、水垢《みずあか》少しもつかざるに、漫々と湛えたる溢るるばかりの水の中に、いま咲きかかれる花一枝《はないっし》、牡丹桜《ぼたんざくら》ぞ活けられたる。

春狐談

ばけかた

世の中の姉さんが様子の好《い》いお世辞を謂《い》って人を誑《だま》す、其《そ》の誑すのも対手《あいて》に依《よ》って、千変万化の術があろう。此《これ》は甘茶だなと見て取れば、惚《ほ》れましたといって事が済む。怪物《ばけもの》も其の通り、気障《きざ》な手つきをして、ももんがあ!とやれば田舎漢《いなかもの》はひッくりかえるが、見当を違えて、水道尻《すいどうじり》へ引過《ひけすぎ》に大入道になって出て、おいらん怖いかあ——などとやって見ろ、直ちに、

　ぬしたちも同じ仲間でありんせう

　　沢山化けておちを取らんせ

と高尾に引導を渡されなければならない。同じ手間で土手へ行って駕籠《かご》の棒先を押えて見

なさい、手もなくヒャアというて倒れらあ、けれども其駕籠《そのかご》の中に、親分が居ると、事が些《ち》と面倒だ、其時《そのとき》は又工夫《またくふう》があろう。

何《なに》にしろ、振向《ふりむ》いて、こんな顔、といって目を剝いたり、舌を出したり、行方《ゆきかた》は大抵似て居るが、土地と人情、風俗に因《よ》って些《ちつ》とずつ違って居る。詰《つま》り、かれた奴は誑し悪《にく》いと、姉さんがいうと一般、知識のある人間は甘手《あまて》なことでは化《ばか》し悪《にく》い、瓢箪を泳がせる河童《かつぱ》の観世物《みせもの》、小夜《さよ》の中山夜泣石《なかやまよなきいし》などでは木戸銭《きどせん》は取られぬ理合《りあい》で。

けれども其の所謂《いわゆる》だまし悪《にく》い奴なら、貴下《あなた》のような方が何《ど》うして私の手に乗るもんですか、お気の毒さまですよ、と恁《こ》ういうと、夫《そ》れ惚《ほ》れました、とばかりより利目《ききめ》がある、も一《ひと》ッ飛《とび》上《あが》ったら、死んでも可《い》い！とやる。其《それ》でも乗らずんば嗚呼《ああ》止《や》むことを得ず、癪《しやく》を起《おこ》すか。

男子ここに於《おい》て、うそと知っても癪まで出したら祝儀を遣わして差支《さしつか》えあるまい。況《いわん》や狐《こ》狸妖怪《りようかい》の類に於てをや、化け方がずっと進歩して、此《こ》の文明と相並行《あいへいこう》したら、其処は江戸児《えどつこ》だ、買ってやるべし、

其処で、馭者台《ぎよしやだい》の山高帽子《やまたかぼうし》が、彼《あ》のますッと中天《ちゆうてん》へ舞上《まいあが》ったり、其の馬車に乗って女学校へ成らせられる嬢様の鼻から氷柱《つらら》が下《さが》ったり、芳原《よしわら》で真夜中頃、船を漕ぐ音が聞えたり、肺病の虫の空《くう》を飛ぶのが見えたり、進行中の汽車の屋根を駈けて歩行《ある》く者が居たり、するよ

うなことになると、毎日毎日、人殺《ひとごろし》だの、やれ、詐欺だの、俳優《やくしゃ》が何《ど》うしたのということばかりでなくなって、新聞の種にも、もっと面白い事が出来るではありませんか。態《こ》ういえば何をいう、此のひらけたのに、誰《たれ》が狐狸《きつねたぬき》にたぶらかされる奴があるものかと言わるるであろうが、だまされてやるのも又意気さ。

ここに最も情ないのが一名あって、婦人に振られない工夫というのを凝らした。何《ど》うするというと、何にも逆《さか》らわないで、優《やさ》しゅうするのである。

右向け、ホイ、前へ進め、何でもいいなり次第になって、人品骨柄天晴《じんぴんこつがらあっぱれ》な床《とこ》の番《ばん》というのをやっても、東雲《しののめ》の幽霊が茫乎《ぼんやり》障子を開けて顕われれば、姐《ねえ》さんお早《はよ》うございますと、態《こ》ういう風《ふう》。

剣道の極意、彼《か》の無念無想の構《かまえ》とかいうのだが、これじゃあ人間形《かた》なしだ、東海に魚《うお》あり、其名《そのな》を海月《くらげ》といわねばならない、其代《そのかわり》姐さん調子よくやっておくれ。

曲線

人に悪感《あくかん》と美感を与える線の作用があると聞いた。これは数理から割出したものだそうで、鬼の頤《あご》を描く、きざきざの彼《あ》の栄螺《さざえ》のような線は、恐怖か、嫌悪か、いずれ悪感を与えるので、婦人の乳などを描く柔《やわらか》かな線は、人をして美感を起さしむるものだという。譬《たと》えば鬼の顋の如き形は、茨《いばら》の刺《とげ》にあっても、蟹の甲にあっても、ひいらぎの葉にあっても好《い》い心持《こころもち》のものではない。之に反して、婦人の乳房、又足などは一ッ一ッ切放《きりはな》して、壁にかけてあっても悪くないものかも知れぬ。ほととぎすが杜若《かきつばた》の紫の池で、片腕切落《きりおと》されたといっても、残酷な中に麗《うるわ》しい処がある。女の児でも、錦絵は美しい姉さんの方が好《い》いのであるから、此の感情は男女ともにかわりはあるまい。

して見ると異《おっ》な寸法というのは、畜生ござりゃあがった線を物差で計った時の言葉であろう。鼻の下の伸びたのは馬鹿げた線で、眉間の八の字は顰《ひそ》んだ線で、野郎の褌《ふんどし》がぶらりと下ると、滑稽な線になる。

ものの不思議も、不気味も、難有《ありがた》いのも、嬉しいのも、羨《うらやま》しいのも皆此の線に依って然《しか》りだとあって、彼処《かしこ》の町は、うすら淋《さみ》しいというのも矢張《やっぱり》此の線の配合の様子に外《ほか》ならず。

切支丹坂《きりしたんざか》の下から茗荷谷《みょうがだに》を通って大塚《おおつか》へ出ようという、人通《どおり》の稀《まれ》な細い道の丁《ちゃう》ど中頃に、一本いやな形の榎《えのき》がある。

昼見れば何事もないが、夜は月の時も暗がりにも、何となく気がさして、必ず五七間此方《けんこなた》で立停《たちどま》って、視《なが》められるのが例である。

幹の中央《なかば》あたりから曲って出て居る小さな枝だが、何の所為《せい》か、大《おおき》な犬の頭に肖《に》て厭《いや》な形。見馴れて知って居ても、何時《いつ》でも引返《ひっかえ》そうかと思う位ぼんやりこんもりとかたまった、これが悪感を引く幾百条の線の集合して居るのに違いない。

行って其樹《そのき》の前まで近《ちかづ》くと形が崩れ、傘《からかさ》のように颯《さっ》と拡がって、何でもない。通越《とほりこ》して茗荷谷の方から振返ると、梢がばらばらになって星もまばらに、葉の間《あいだ》、枝の中に見え透いて、些《ちっ》とも不思議はないのである。恁《こ》ういうことは何処でも間々《まま》あるであろう。

或時《あるとき》四五人が集《あつま》って、これまでに一番凄いと思ったのは、箱根の山を朝早く越した時だった、と一人がいった。

それは何《ど》うして、というと、霧が晴れて行《ゆ》く中から、足許《あしもと》に見える山松《やままつ》が底も知れない谷へ、橋になって生えて居る、其の一枝《ひとえだ》、凡《およ》そ七八間《けん》もあるだろうと思う、長く伸《のび》て然《しか》も細いのが谷の上へ蔦《つた》かずらの一条《ひとすじ》もからまず、何にもない処まで差出《さしで》て居た、其の突《とっ》さきと思う所に、新しい草鞋《わらじ》が一足、二ツちゃんと並べてあった。

感応

感応というのであろう。私が小児《こども》の時不思議な事があった。田舎に居て、父は博覧会に出品したものがあった。見物旁《かたがた》東京に出て居た留守、晩方《ばんがた》のことで、ちょうどあかりを点《とも》した時、四歳《よッつ》になる妹の、縁側に居たのが、何かいって駈けた拍子に石の上へ落ちて、頭を切った。颯《さっ》と血がはじいたのを見て、母があッといって思わず声を立てなすった。

すると三日措《お》いて、東京の父から手紙が来て、上野《うえの》の宿坊《しゅくぼう》に一室《ひとま》借りて居る、一昨日晩景《いっさくじつばんけい》、座敷の障子越《ごし》、縁側で、御身《おんみ》があッというのを、形は見ないで聞いたが、別条はなきや、案じ暮すとの一通、おなじ月おなじ日おなじ時。

少し趣《おもむき》は異なるけれど、恐《おそろ》しく雷《らい》の嫌いな人は、其日《そのひ》朝あたりから予《あらかじ》め晩に鳴るのが分るって、多くいう処であるが、知己《ちかづき》の者に、恋人から手紙の来るのを、つい一秒前に、今だなと、思って悟ることが出来るのがある。何時《いつ》かも庭へ朝顔を見に出ようとして、片足おろしたがフッと気がついて、衝《つ》と玄関へ出ると、郵便、御存じより。紅葉先生の内の玄関に一人、夜中《やちゅう》の郵便物を一纏《まと》めにして配達が受取函《うけとりばこ》へ入れるのを、引出しながら暗がりで、手に触る感覚《こころもち》で、多くの中から、其故里《そのふるさと》の親のおとずれを分けて取って誤らないのがあった。

真言

燈《ともしび》へ虫が来るのを、格別に厭がるのが、十二時前後のことだったそうで、洋燈《ランプ》の下に書を開いて読んで居ると、其を防がんため、いくらか暑いのを我慢して閉切《しめき》ってある窓の障子へ、ざらざらといって飛《とび》ついた虫があった。音にもぞっとする位、厭なのであるから、もしやこれが飛込んだ日には怨霊に取着《とりつ》かれたように座敷の中を立って逃げ、居《い》て防ぎ、手で払い、袂《たもと》で払い、じたばた狂い廻らねばならぬ。丁《ちょう》ど書《しょ》を読んで佳境に入って居るのに、情《なさけ》ないと思う内も、ばさりばさりと障子にぶつかる。たわしで擦《こす》るほどの響《ひびき》、小さな雀ででもあろうと思われて、益々恐《ますますおそろ》しい。入れてはならぬと一生懸命、読んで居た書《ほん》も是等《これら》のものであったらしい。妙な考えを持った少年であるから、整然《ちゃん》と坐って、屹《きっ》と向《むか》い、真言《しんごん》を称《とな》えて一心《いっしん》に印《いん》を結《むす》んだ。

別にこれが事を仕出来《しでか》したとも思わず、其《その》まま又《また》机に向うと、つい読み惚れて果《はて》は忘れて了《しま》ったのである。

やがて寝ようという時、其の外の雨戸をしめようと思って、障子をあけると、敷居の処に、かたまったものがある。いますらりと明けて、其者の骸《からだ》にさわったと思うのに、蠢《うごめ》きもしないで、じっとして居るのを、灯《ともしび》をかかげて見ると一疋《いっぴき》の蟬《せみ》。

それではと、気がついたから、羽《はね》を抓《つま》んで掌《てのひら》へ乗せたが、下羽《したは》も振らず、もがき苦しんだように小さな足を寄せたまま冷《つめた》くなって居るのであった。

何心《なにごころ》なかったのが、此体《このてい》に吃驚《びっくり》して、今更験《しるし》のあるのに、我ながら氷を浴びたように悚然《ぞっ》とするばかり。

これが、毒虫ででもあれば知らず、何の罪もないものをと、あわれになった。けれども何とせん、固《もと》より修行を積んだ神通《じんずう》があるのでない、はずみで無心にやったこと。呪《じゅ》を解《と》いて助けてやることが出来ない。とかくして思出したから、人知れず、ああ飛んだことをしたっけ、蟬、蟬、おまえだと思えばこんなことにするのじゃなかった。又いやな灯取虫《ひとり》だと思ったもんだから、つい気の毒なことを、堪忍しておくれ、もう可《い》いから飛んで行《ゆ》かないか、とありのまま打《うち》あけて、それから静《しずか》に呼吸《いき》を吹《ふっ》かけると、むぐむぐ動きはじめたが、這うようにして指のさきまで、擽《くすぐ》ったく歩行《ある》いたので、どきどきしながらふるう掌《てのひら》を、障子の外へ出すと、中庭で颯《さっ》とたって、月のかかった棕櫚《しゅろ》の樹の梢に羽《は》ばたきを聞いたという。

『新選怪談集』序

客《きゃく》、斉王《せいおう》の為《ため》に画《えが》く者有《ものあ》り。斉王問《せいおうと》うて曰《いわ》く、画《えが》く孰《いず》れか難《かたき》。曰《いわ》く犬馬《けんば》難《かたし》。孰《いず》れか易《やす》き者《もの》ぞ。曰《いわ》く、鬼魅《きみ》最《もっとも》易《やすし》。犬馬《けんば》は人《ひと》の知《し》る所也《ところなり》。之《これ》を類《るい》すべからず、故《ゆえ》に難《かたし》。鬼神《きじん》は形無《かたちな》き者《もの》也《なり》。故《ゆえ》に易之也《やすしとす》と、予《よ》惟《おも》うに然《しか》らず。犬馬《けんば》を画《えが》くは難《かた》かる可《べ》し。然《しか》れども犬《いぬ》の義《ぎ》なるもの、馬《うま》の駿《しゅん》なるものを画《えが》かんは愈々難《いよいよかた》し。彼《か》の虎《とら》を画《えが》いて猫《ねこ》に類《るい》するものを見《み》ずや。猫《ねこ》の難《かた》からざるにあらず。虎《とら》の易《やす》からざる也《なり》。虎《とら》の易《やす》からざるにあらず、其《そ》の霊《れい》を写《うつ》さん事《こと》の難《かた》き也《なり》。誰《たれ》か鳳《ほう》を画《えが》くこと雉子《きじ》よりも易《やすし》と云《い》うぞ、鳳《ほう》の難《かた》きにあらず、其《そ》の神《しん》を写《うつ》さん事《こと》の難《かた》き也《なり》。鬼魅《きみ》は猶且《なおか》つ龍《りゅう》の如《ごと》し、霊《れい》にして神《しん》なるもの也《なり》。談《だん》も亦奚《またなん》ぞ易《やす》からん。夫《そ》れ姉様《あねさま》の首《くび》は坊《ぼう》やも画《か》く。ヘマムシ入道豈得《にゅうどうあにえ》て人《ひと》をして森寒《しんかん》せしめんや。要《よう》するに、犬馬難《けんばかたし》、鬼魅易《きみやすし》と云《い》うもの、蓋《けだ》し論客《ろんかく》の説《せつ》なるのみ。工人《こうじん》の意《い》にあらざる也《なり》。以《もっ》て怪談集《かいだんしゅう》の序《じょ》と為《な》す。おどかしたるもの哉《かな》。おお恐怖《こわ》い、恐怖《こわ》い。
矢叫《やさけび》や沖《おき》は怪《あや》しき五月闇《さつきやみ》

『怪談会』序

伝《つた》うる処《ところ》の怪異《かいい》の書《しょ》、多《おお》くは徳育《とくいく》のために、訓戒《くんかい》のために、寓意《ぐうい》を談《だん》じて、勧懲《かんちょう》の資《し》となすに過《す》ぎず。蓋《けだ》し教《おしえ》のために彼《か》の鬼神《きじん》を煩《わずら》わすもの也《なり》。人意焉《じんいいずくん》ぞ鬼神《きじん》の好悪《こうお》を察《さっ》し得《え》んや。察《さっ》せずして是《これ》を謂《い》う。いずれも世道《せどう》に執着《しゅうじゃく》して、其《そ》の真相《しんそう》を過《あやま》つなり。聞《き》く、爰《ここ》に記《しる》すものは皆事実《みなじじつ》なりと。読《よ》む人《ひと》、其《そ》の走《はし》るもの汽車《きしゃ》に似《に》ず、飛《と》ぶもの鳥《とり》に似《に》ず、泳《およ》ぐもの魚《うお》に似《に》ず、美《び》なるもの世《よ》の廂髪《ひさしがみ》に似《に》ざる故《ゆえ》を以《もっ》て、ちくらが沖《おき》となす勿《なか》れ。

一寸怪《ちょいとあやし》

怪談の種類も色々あるのを、理由のある怪談と、理由のない怪談に別《わ》けてみよう。理由のあるというのは、例えば、因縁談《いんねんばなし》、怨霊などという方で。後のは、天狗、魔の仕業で、殆ど端倪《たんげい》すべからざるものを云う。これは北国辺《ほっこくへん》に多くて、関東には少ないように思われる。

私は思うに、これは多分、この現世《げんせ》以外に、一つの別世界というようなものがあって、其処には例の魔だの天狗などというのが居る。が偶々《たまたま》その連中《れんじゅう》が吾々《われわれ》人間の出入《でいり》する道を通った時分に、人間の眼に映ずる。それは恰《あたか》も、彗星《ほうきぼし》が出るような工合《ぐあい》に、往々《おうおう》にして見える。が、彗星なら、天文学者が既に何年目に見えると悟って居るが、御連中《ごれんじゅう》になるとそうはゆかない。何日何時《いつなんどき》か分らぬ。且《か》つ天の星の如く定《きま》った軌道というべきものがないから、何処で会おうもしれない唯《ただ》ほんの一瞬間の出来事と云って可《い》い。ですから何日《いつ》の何時頃、此処で見たから、もう一度見たいといっても、そうは行《ゆ》かぬ。川の流《ながれ》は同じでも、今のは先刻《さっき》の水ではない。勿論《もちろん》この内にも、狐狸《こり》とか他《た》の動物の仕業もあろうが、昔から言伝《いいつた》えの、例の逢魔《おうま》が時《どき》の、九時から十一時、それに丑三《うしみつ》というような嫌な時刻がある。この時刻になると、何だか、人間が居る世界へ、例の別世界の連中が、時々顔を出したがる。昔からこの刻限を利用して、魔の居るのを実験する方法があると云ったようなことを、過般仲《このあいだなか》の町《ちょう》で怪談会の夜中に沼田《ぬまた》さんが話をされたのは、例の「膝摩《ひざさす》り」とか「本叩《ほんたた》き」といったものです。

「膝摩り」というのは、丑三頃、人が四人で、床の間なしの八畳の座敷の四《よ》隅《すみ》から、各《おのおの》一人ずつ同時に中央《まんなか》へ出て来て、中央で四人出会ったところで、皆《みんな》がひったり坐る。勿論室《もちろんしつ》の内は燈《あかり》をつけず暗黒《まっくら》にして置く。其処で先《ま》ず四人の内の一人が次の人の名を呼んで、自分の手を、呼んだ人の膝へ置く、呼ばれた人は必ず返事をして、又同じ方法で、次の人の膝へ手を置く。という風にして、段々順を廻すと、丁度《ちょうど》其の内に一人返事をしないで坐って居る人が一人増えるそうで。

「本叩き」というのは、これも同じく八畳の床の間なしの座敷を暗がりにして、二人が各《おのおの》手に一冊宛《ずつ》本を持って向合《むかいあ》いの隅々から一人宛《ずつ》出て来て、中央《まんなか》で会ったところで、其《その》本を持って、下の畳をパタパタ叩く。すると唯《ただ》二人で、叩く音が、当人は勿論、襖越に聞いて居る人に迄、何人で叩くのか、非常な多人数《たにんず》で叩いて居る音の様に聞えると言います。これで思出《おもいだ》したが、この魔のやることは、凡《すべ》て、笑声《わらいごえ》にしても、唯一人で笑うのではなく、アハハハハハと恰《あたか》も数百人《すひやくにん》の笑うが如き響《ひびき》がするように思われる。

私が曾《かつ》て、逗子《ずし》に居た時分、其の魔がさしたと云う事について、恁《こ》う云う事がある。丁度秋の初旬《はじめ》だった。当時田舎屋《いなかや》を借りて、家内と女中と三人で居たが、家主はつい裏の農家であった。或晩《あるばん》私は背戸《せど》の据風呂《すえふろ》から上《あが》って、縁側を通って、直《す》ぐ傍《わき》の茶の間に坐ると、台所を片着けた女中が一寸家《ちょいとうち》まで遣《や》ってくれと云って、挨拶をして出て行《ゆ》く、と入違《いれちが》いに家内は湯殿に行ったが、やがて、手桶が無いという。私の入って居た時には、現在水が入ってあったものが無い道理はない、といったが、実際見えないという。私も起《た》って行って見たが、全く何処にも見えない。奇妙な事もあるものだと思って、何だか可厭《いや》な気持がするので、何処迄も確《たし》めてやろうと、段々考えて見ると、元来《もと》この手桶というは、私共が引越して行った時、裏の家主で貸して呉《く》れたものだから、若《も》しやと思って、私は早速裏の家へ行って訊ねてみると、案の条、婆さんが黙って持って行ったので。其の婆さんが湯殿《ゆどの》へ来たのは、丁度私が湯殿から、縁側を通って茶の間へ入った頃で、足に草履をはいて居たから跫音《あしおと》がしない。農夫《ひやく》しょう婆さんだから力があるので、水の入って居る手桶を、ざぶりとも言わせないで、その儘《まま》提《さ》げて、暢気《のんき》だから、自分の貸したもの故《ゆえ》、別に断らずして、黙って持って行って了《しま》ったので、少しも不思議な事はない。が、若《も》しこれをよく確めずに置いたら、おかしな事に成ろうと思う。こんな事でも其の機会《きっかけ》がこんがらかると、非常な、不思議な現象が生ずる。がこれは決して前述べた魔の仕業でも何でもない、唯或《ただあ》る機会から生じた一つの不思議な談《はなし》。これから談《はな》すのは、例の理由のない方の不思議と云うのです。

これも、私が逗子に居た時分に、つい近所の婦人から聞いた談《はなし》、其の婦人が未《ま》だ娘の時分に、自分の家《うち》にあったと云うので。静岡の何処か町端《まちはず》れが、その人の父の屋敷だった処、半年《ねん》ばかりというものは不思議な出来事が続《つづ》け様《さま》で、発端は五月頃、庭へ五六輪、菖蒲《あやめ》が咲いて居た。……その花を、一朝《ひとあさ》きれいにもぎって、戸棚の夜具の中に入れてあった。初めは子供の悪戯《いたずら》だろう位にして、別に気にもかけなかったが、段々と悪戯が嵩《こう》じて、来客の下駄や傘《からかさ》がなくなる。主人が役所へ出懸《でが》けに机の上へ紙入《かみいれ》を置いて、後向《うしろむき》に洋服を着て居る間《ま》に、それが無くなる。或時《あるとき》は机の上に置いた英和辞典を縦横《たてよこ》に断切《たちき》って、それにインキで、輪のようなものを、目茶苦茶に楽書《らくがき》がしてある。主人も、非常に閉口したので、警察署へも依頼した、警察署の連中は、多分その家《うち》に七歳《ななつ》になる男の児《こ》があったが、それの行為《しわざ》だろうと、或時その児を紐で、母親に附着《くッつ》けて置いたそうだけれども、悪戯は依然止まぬ。就中《なかんずく》、恐《おそろ》しかったというのは、或晩多勢《おおぜい》の人が来て、雨落《あまお》ちの傍の大きな水瓶へ種々《いろいろ》な物品《もの》を入れて、其の上に多勢《おおぜい》かかって、大石を持って来て乗せて置いて、最早《もう》これなら、奴も動かせまいと云って居ると、其の言葉の切れぬ内に、ガラリと、非常な響《ひびき》をして、其の石を水瓶から、外へ落したので、皆《みんな》が顔色を変えたと云う事。一時《あるとき》などは縁側に何だか解《わか》らぬが動物の足跡が付いて居るが、其《それ》なんぞしらべて丁度障子《しょうじ》の一小間《ひとこま》の間《あいだ》を出入《ではいり》するほどな動物だろうという事だけは推測出来たが、誰《たれ》しも、遂にその姿を発見したものはない。終《つい》には洋燈《ランプ》を火のまま戸棚へ入れるというような、危険千万な事になったので、転居をするような始末、一時は非常な評判になって、家の前は、見物の群集で雑沓《ざっとう》して、売物店《うりものだな》まで出たとの事です。

これと似た談《はなし》が房州《ぼうしゅう》にもある。何でも白浜《しらはま》の近傍《きんぼう》だったが、農家に、以前の話とおなじような事がはじまった。家《うち》が丁度、谷間のようなところにあるので、その両方の山の上に、猟《かり》夫《うど》を頼んで見張《みはり》をしたが、何も見えない。が、奇妙に夜《よ》に入《い》るとただ猟夫がつれて居る犬ばかりには見えるのか、非常に吠えて廻ったとの事、この家に一人、子守娘が居て、その娘は、何だか変な動物《もの》が時々来る、といって居たそうである。

同じ様に、越前国丹生郡天津村《えちぜんのくににゅうぐんあまつむら》の風巻《かざまき》という処に、善照寺《ぜんしょうじ》という寺があって、此処へある時村のものが、狢《むじな》を生擒《いけど》って来て殺したそうだが、丁度その日から、寺の諸所へ、火が燃え上《あが》る。……住職も非常に恐れて檀家を狩集《かりあつ》めて見張ると成ると、見て居る前で、障子がめらめらと燃える。ひゃあと飛《とび》ついて消す間《ま》に、梁《うつばり》へ炎が絡む。ソレと云う内、羽目板から火を吐出《ふきだ》す。凡《およ》そ七日《なぬか》ばかりの間、昼夜詰切《つめき》りで寝る事も出来ぬ。ところが、此寺《ここ》の門前に一軒、婆さんと十四五の娘の親子二人暮しの駄菓子屋があった。その娘が境内の物置に入るのを、誰《たれ》かちらりと見た。間もなく、その物置から、出火したので、早速駈付《かけつ》けたけれども、其だけはとうとう焼けた。此娘《このむすめ》かと云うので、拷問めいた事までしたが、見たものの過失で、焼けはじめの頃自分の内に居た事が明《あきら》かに分《わか》って、未だに不思議な話になって居るそうである。初めに話した静岡の家にも、矢張《やっぱり》十三四の子守娘が居たと云う。房州にも矢張居る。今のにも、娘がついて居る。十三四の女の子とは何だか其の間に関係があるらしくなる。これは如何《どう》いうものか、解らない。昔物語《むかしものがたり》にはこんな家《うち》の事を「くだ」付き家《いえ》と称して、恐《こわ》がって居る。「くだ」というのは狐の様で狐にあらず、人が見たようで、見ないような一種の動物だそうで。……

猫の面《つら》で、犬の胴、狐の尻尾《しっぽ》で、大きさは鼬《いたち》の如く、啼声鵺《なくこえぬえ》に似たりとしてある。追《おっ》て可考《かんがふべし》。

妖怪画《おばけえ》展覧会告条《こうじょう》

そもそも節季《せっき》の恐《おそろ》しきは、借金《しゃっきん》の山の見越入道《みこしにゅうどう》、千倉《ちくら》ケ沖《おき》の海坊主《うみぼうず》、盆《ぼん》も師走《しわす》も異《かわ》りなく、人間の化《ばけ》の皮《かわ》、此時《このとき》に顕われて、式台《しきだい》に眼《まなこ》を剥《む》き、台所に舌を吐くと雖《いえど》も、通《かよ》い帳《ちょう》の鎧武者《よろいむしゃ》、誰も恐るるものは無し。避暑地へ消える算段なく、火遁《かとん》、水遁《すいとん》の術を知らず、女旱《おんなひでり》に雨乞《あまごい》の真似さえ成らぬ、われら式《しき》が、化けたればとて威《おど》せばとて、何《なん》のききめの有《あ》るものぞ、と気《き》早《ばや》に慌《あわ》てる事だけは江戸児《えどっこ》の早合点《はやのみこみ》、盆の相談と聞くと斉《ひと》しく、其《そ》の言訳《いいわけ》の方人《かたうど》か、と日和《ひより》も見ずして遁《に》げんとすれば、画博堂《がはくどう》の若主人、扇子《おうぎ》づかいの手を留《とど》めて、呆《あき》ること十分斗《じっぷんばかり》。仔細《しさい》を聞けば然《さ》も然《そ》うず、先へ驚いたのに縁のある妖怪画展覧会《おばけえのてんらんかい》、もうけずくでは出来ませんと、薄羽織《うすばおり》の襟《えり》を扱《しご》いて尻尾《しっぽ》を見せぬも化けたりけり。実《げ》に然《さ》れど時節柄、女の膚《はだ》の白い処へ、縁日植木《えんにちうえき》の色を飾って、裸骸《はだか》にして売りもすべきに、黒髪に透く星あかりを魂棚《たまだな》の奥に映す、世に可懐《なつかし》き催《もよおし》とよ。然《しか》も画家《かきて》は顔を揃《そろ》えて、腕に声ある面々也《なり》。妖怪知己を得たりと云うべく、なき玉菊《たまぎく》がチレチンと、露をば鳴らす燈籠《とうろう》の総《ふさ》、あわれに美しきを真先《まつさき》に、凄いのは愈々《いよいよ》凄く、不気味なるは益々《ますます》不気味に、床《ゆか》しきは尚《な》お床しからむ。一寸懐中《ちよつとふところ》をおいてけ堀《ぼり》と、言った処で幻のみ、其《そ》の議《ぎ》は御懸念《ごけねん》全く無用。永当満都《えいとうまんと》の媛方《ひめがた》、殿たち、然《さ》りながら、扇子の匕首《あいくち》、団扇《うちわ》の楯《たて》、覚悟をなして推寄《おしよ》せたまえ、二階三階《にかいさんがい》の大広間《おおひろま》、幽霊の浜風に、画《え》の魂の蛍飛《ほたると》んで、ゾッとするほど涼しかるべし。ちょうど処も京橋《きようばし》の、緑の影や柳町《やなぎちよう》と、唄《うた》のように乗気《のりき》の告条《こうじよう》。（大正三甲寅年七月）

除虫菊──「身延の鶯」より

十九

「何だね、まるで身の上話じゃないか。」

と、二三行読んだと思うと、簗野《つきの》は投げるように言ったのであるが──

除虫菊

かぞえ年の三十三は、女の厄年《やくどし》だと言う。……男に係《かかわ》りはなさそうだと思ったが、然《そ》うでない。一昨年の夏は今考えても慄然《ぞっ》とする、其《そ》の三十三を、三《さん》ならびで、俗にさんざんだと担《かつ》ぐとおり、まことに私はさんざんであった。尤《もっと》も作者と言う家業は、筆の上ではあるが、毎日のように、女の身振《みぶり》や声を使う、紅《べに》も使えば白粉《おしろい》も使う。別《べつ》して当時は洗髪《あらいがみ》に水白粉《みずおしろい》ぐらいでは追附《おッつ》かないから、牡丹刷《ぼたんばけ》で固練《かたねり》を用い、梅ヶ香《うめかか》ほんのりとする処を、薔薇《ばら》の薫《かおり》が芬《ぷん》と遣《や》る。……言った形で、而《しか》も美人を、写して至らざる時は、自分が美人であればと思うばかりで、箇所箇所の起居《たちい》では、袖などは思わず姿態《しな》をする次第だから、自然と幾分か女の血が交らないとは限らない。

余計な事だが、それか、あらぬか、で、女の厄年にさんざんであった。可訝《おかし》なもので、其《そ》のさんざんが最《も》う前の年の暮《くれ》からはじまった。「餅《もち》の代《だい》に一つお稼ぎ下さい。」と一《ある》雑誌の編輯員が好意で然《そ》う言ってくれたので、精々《せっせ》と稼いで、漸《やっ》と仕上げたのが師走《しわす》も押詰《おしつま》ってからだったが、怎《こ》うした時は気が急くから、電車で可《い》い処を俥《くるま》で飛ばして、社へ行って、其の編輯員に逢おうとすると、不在だと言う。落胆《がっかり》した。

が、満更知らない仲でもなかったから、其の社の編輯長の某氏を呼んで、応接室《おうせつま》で逢って、次第《わけ》を話すと、その編輯員は、当日不在ばかりではない。暮に退社して了《しま》って、社と関係はなく成ったのだそうである。はっと当惑《とうわく》して、最早少々ふるえの来た手で、右の原稿を恐る恐る差出《さしだ》すと、一寸《ちょっと》手には取ったが、張肱《はりひじ》でポンと二つばかり、小口《こぐち》を敲《たた》きながら、「目下大幅湊《だいふくそう》でしたなあ。」と眉を顰《ひそ》めて言った。——ハッとする処へ、附け足して、「前編輯はお約束したでしょうが、言置《いいおき》がないから引継ぎのしようがありませんな。それに今度からは、すべて材料を精錬しますから。」と言って、ずいと突戻《つきもど》すと、折から洋行帰りで、ばりばり言わせて居た此《こ》の編輯長は、スタイルの新しい洋服の肱を突張《つっぱ》って、金時計《きんどけい》をパチンと鳴《なら》した。取りつく島《しま》もない。尤《もっと》も洋行帰りの威《い》に感じて、ふるえの来るような餅《もち》の代《だい》の原稿では、必ずしも精錬されたものではないから、包みを解《と》いた袱紗《ふくさ》にも極《きま》りが悪い。何、古新聞に引《ひっ》包《くる》んでも可《い》いのだけれど、……

世に出た時の幸先《さいさき》を祝った、めでたい模様にも恥《はず》かしく、すごすごと引込《ひきこ》めると「今後は御依頼申さない原稿は、何《ど》うかお持込《もちこ》みのないように」——と言って、ずかりと起《た》った。口惜《くやし》いのを通越《とおりこ》して情なく成ったのは言うまでもなかろう。重荷に小附《こづけ》の、其の倅をすぐに走らせて、前編輯員の家《うち》へ駈着《かけつ》けると、息せいて玄関へ飛込《とびこ》んだが、又《また》不在だ。剰《あまつさ》え旅行したと言うのであった。

暮から然《そ》うした不出来《ふでか》しが累《かさな》り累り、押せ押せに、真夏に成った。其の間《あいだ》には、短篇を集めて一冊にすると言う相談があるから、泳ぐようにして乗出《のりだ》すと、川の真中《まんなか》で覆える。……師走の話のつづきだから、何だか宝船《たからぶね》と取組合《とっくみあい》をするように聞《きこ》えるが然《そ》うではないので、読者方《あなたがた》には何の事だかお解《わか》りには成るまいけれども、出版元へ前借《ぜんしゃく》を申込んでお断りを食ったことを言うのである。まだ其《それ》は可《い》いとして、一冊が出来あがってから、三度四度と稿料を刻まれて、而《しか》も受取《うけと》るのにお百度《ひやくど》を踏まされる。知りもしない雑誌に、「なにがしは本誌のために目下汗と膏《あぶら》を流しつつ稿《こう》を起《おこ》し居《お》れり。」と薄汚く予告されて、まだ桜の咲く頃だ……貧乏しても銭湯にゃ行《ゆ》くんだから、汗は出そうと、膏は流さないと、独《ひと》り憤《いきどお》りはしたものの、先《ま》ず一《ひと》ツ口《くち》にありついたと、卑しい料簡に引かされて、いつお約束をしましたかと、言うのを機掛《きつかけ》に其の社へ談《はなし》を持掛《もちか》けると、「申《もう》しおくれました、之《これ》から御相談をいたします、本社のために大努力《だいどりよく》をなされて、一大傑作を願いたい。」と言うに就いて、仕事欲しさの悲しさに、汗も膏も流しましょうと、涙の流れそうな弱い音《ね》を出して、さてお手当《てあて》はと、来ると、肝を冷すほど安価《やす》い。……

二十

(除虫菊のつづき)其《その》うちに久しく打絶《うちた》えた男で、近来《ちかごろ》は演劇《しばい》の方へ関係して、某小劇場の脚本部に入って居ると聞いたのが珍しく訪ねて見えた——作者としての地位は、余りよくないのだ、とか噂したが、服装《みなり》は好い。……単衣《ひとえ》の小紋で洒落《しや》れた帯で、男振《おとこぶり》もまた好《よ》く成った。

やあ、お珍しい、何しろ一杯と言う処だけれど、おいそれと間に合うような勝手向ではないから、番茶などを献じて居ると、其の男も、こんな許《とこ》に長居をする気はないので。……早速要談に掛った——話と言うのは、私が前に書いたものを、今度其の座で、舞台に掛けようとするに就いて、承諾を得に来たのである。実際の処、場末過ぎて、余り嬉しくはないのだから、如何《いかが》なものかと、胸に手を置くべき処だけれど、ありようは質ばかり置いて居るのだから、そんな余裕は更《さら》にない。幾干金《なにがし》の脚本料にはありつくと思うので、いやお見出《みだ》しに預《あずか》りましたかと、之で番茶だけでは厚顔《あつかま》しいほどな挨拶をして、虚飾《みえ》なしに畏《かしこ》まると……中に、祭礼《まつり》の場面で、萬燈売《まんどううり》の爺《じい》さんを、唯《ただ》景色だけに使った処がある。あの爺さんを以前新粉細《しんこざい》工《く》の上手《じょうず》があったように、萬燈製造の名人気質《めいじんかたぎ》の爺《じじい》にして、（気に入らない奴には売らねえヨ）とか何とか威張《いば》らせて、芸妓《げいしゃ》を連れた、成金の相場師と、恁《こ》う取組合《とっくみあい》の喧嘩を押《おっ》ぱじめさせる筈です、と手真似で話す……

新粉細工の達者な爺さんや、砂《すな》がきのあくたれ媼《ばあ》さんは別として、萬燈屋の名人は些《ち》と怪しい。……それに、真昼間《まっぴるま》だと言うのに、芸妓を連れて、のそのそ歩く成金も変ではないか知ら……第一芸妓が萬燈を振るのも奇抜だと、言わせも果てず、其処《そこ》が江戸児《えどっこ》です、一葉《いちよう》女史の（丈《たけ》くらべ）の翠《みどり》の意気で、と、飛んでもない、他人様《ひとさま》のものまで穿違《はきちが》えに持出して、其《それ》でなくては此の演劇《しばい》は出来ないと言う。

弱った——が破談に成ってはならないから、（丈くらべ）の翠は泥草鞋《どろわらじ》を投げつけられる方で、萬燈を振廻《ふりまわ》すのは横町《よこちょう》 組《ぐみ》ですよと、他人様の迷惑に成らないだけの注意を静《そっ》として、先《ま》ず納まると、——今度は……大分《だいぶ》面倒だ。

あわれな、艶《あだ》な窶《やつ》れた妾《めかけ》の、男に虐げられるのを、同じ運命で世を果敢《はかの》うした、むかし諸侯の 妾《おもいもの》の精霊《しょうりょう》が幻に顕れて助けると言う——一体大甘《おおあま》ものでさあ——と其時《そのとき》の其の男も言ったが、いや何《ど》うも、恁《こ》う書いて居ても些《ち》と甘過ぎる。……暑さは暑し、お話をするに、一《ひと》先《ま》ず汗でも拭こう。

処で、其のお化《ばけ》の 妾《おもいもの》が、猫を可愛《かわい》がった因縁で、虐げられる妾《めかけ》の家のまわりで時々猫の啼声がする話なのである。が演劇《しばい》には、いよいよ精霊《しょうりょう》の顕れる処は、おばけの妾《おもいもの》は、もの凄いほどの美人に仕立てて、前後に附添《つきそ》う、腰元は、振袖を斑《ぶち》に染めて、一人一人に無地《むじ》と鹿《か》の子《こ》の紅《あか》い狆《ちん》ころ掛《がけ》を結ばせて、ずらりと舞台へ並べると言う。

之には私が吃驚《びっくり》すると、いや、顔は猫にはしませんと、澄《すま》して居た。顔は猫にしないでも、腰元が紅い首玉《くびたま》を結んで、斑《ぶち》の振袖では、誰が見ても是《これ》、絞《しぼり》の浴衣《ゆかた》で猫じゃ猫じゃとおっしゃいますが、と場末の芸妓《げいしゃ》が宣伝とかを踊るようだと、自分が汗の浴衣につけても、少《すくな》からず異議を唱えた処が、其《それ》でないと見物が承知しません、受けません。と言って肯《がえん》じない。演劇《しばい》が出来ず、見物が承知しないのでは、まるで相談に成らないのであるから、右両様《みぎりようよう》とも兎《と》も角《かく》も泣寝入《なきねいり》をした処で、いずれ招待券《しようだいけん》を差上《さしあ》げます、御覧下さい、衣裳や道具は張込みましたよ、と言って、最《も》う立とうとする。

私はトボンとした。

衣裳と道具は張り込んで、招待券は寄越すとして、未だ一言《ひとこと》も其の台本に対する報酬に及んで居ない。

いや、くどい。……早い処が、顔を立てろの、何のと言ったが、強いて少額を要求すると、止むを得ず、そんなら座主《ざしゅ》と相談すると言って帰ったきり……沙汰なし。――お庇《かげ》で、萬燈の喧嘩もなく赤い狆《ちん》ころ掛の腰元も出ないで済んだ。

二十一

(除虫菊のつづき)――けれども、済まぬは作者、私の胸で、何《ど》うせ、一銭にも成らないほどなら、何故《なぜ》あの時、痩せたりと雖《いえど》も大胡坐《おおあぐら》で踏反《ふんぞ》って、不可《いけ》ねえ、と言わなかったろうと思う。……と泣きたくなる。

然《そ》うかと思えば、泣くより笑いと言うのが、まだある。――空腹《すきつぱら》を抱えた為《しょ》う事なしの散歩帰りの晩方《ばんがた》に、おなじように下腹《したつぱら》にこたえのないのが、屈腰《こごみごし》でよぼよぼと、背中へ大行燈《おおあんどん》を背負ったのやら、藍染《あいぞめ》の旗を担《かつ》いだのやら、太鼓も、ちゃるめらも、楽隊の音《ね》を潜《ひそ》めて、寂《しん》として、六人ばかりの一列が、老年《としより》ばかりで悄乎《しょんぼり》として、とぼとぼと広い坂を上《あが》って行《ゆ》くのにすれ違った。梅雨時《つゆどき》の、分けて陰気なたそがれの空へ、坂を上って行くのだから、遠くへ消えて行きそうに見えた。下《した》へ下《お》りるのだと、町並《まちなみ》だから、消してあっても、行燈に灯《あかり》が点《つ》くように見えたろうに。

此《これ》は活動写真の広告で、古映画《ふるえいが》の脱殻が徘徊《さまよ》って通る趣《おもむき》があった……ばかりなら可《い》い、――其《そ》の行燈にも、旗にも、大字《だいじ》で染出《そめだ》したのは、何を隠そう、私の小さな作の題である――而《しか》も編中の女主人公の名が其のまま題に成って居るのである。処を、此の体《てい》は、さながら女の葬礼《とむらい》が通ったようで、悲曲《ひきょく》の結末には編中の主人たちを、我が手に掛けて自殺させるぐらいは遣兼《やりか》ねない、不《ふ》心得《こころえ》な作者も、此には少なからず可哀《あわれ》を感じて、坂の下に思わず涙ぐんで佇《たたず》んだ。

実は麻布《あざぶ》辺《へん》の坂の途中で見たのであった。今でも、その坂を魔所のように思う。……心ある賢者《けんじゃ》、哲人《てつじん》だと、ここらで無常を観じて坊主になる処だけれど、下根《げこん》の凡俗と来て居るから此処に於て、余計にげっそりと腹が空いて、六欲煩悩一斉《いっとき》に、恰《あたか》も熱燗《あつかん》の酒の香《か》の如くむらむらと起った。

某会社撮影と、且《か》つ広告行燈に記した。其の会社からは、原作に対して何の交渉も受けて居ない。言わば無断撮影である。……尤《もっと》も、別の或会社には、それよりして六七年も前に、一つ鍋のものを突《つつ》いた友人《ともだち》から、嘘か、真個《まこと》か知らないけれども、此の頃の、時の相場だ、つき合い給えと言うので、四合罎《しごうびん》二本と、一封《いっぷう》、十円也で、納得させられて、承引《しょういん》したものに相違ない。

が、いま見たのは会社が違う——しかし……ああ、あの当時でさえ、作者が酒二本と、金十円也を着服したばかりに、編中の女主人公は、恰も身売同然の体《てい》で、何うかすると、場末の四辻《よつつじ》や、裏町の土塀の貼《び》紙に、無慙《むざん》や、脛《はぎ》も露出《あらわ》な紅《あか》い蹴出《けだ》しを大路《おおじ》の風に曝《さら》されたり、頬辺《ほっぺた》を垣の柊《ひいらぎ》で突《つつ》かれたり、髪も袖もぐしょぐしょと時雨に濡れたりして居たものだっけ——彼処《あそこ》へ坂の上へ迷って行くのも、いつか、其の幽霊が出たのかとも、思ったが。……智慧は浅し、慾心は深い。

翌日、早速其の某会社へ出向いて、要途の事務員に面会を求めると、何の用かと、膠《にべ》もなく言うのを、其の映画《フィルム》の原作者だと小声に名乗って、僅《わずか》に応接室の椅子へ通されたが、待たせること、やや多時《しばらく》。つゆじけで下腹《したつぱら》が疼《いた》み出《だ》して、顔色《がんしよく》の蒼《あお》しょびれた処へ、てらてらと顔の光沢《つや》の可《い》い、結城縞《ゆうきじま》のしゃんとしたのが出て来て、

「おいでなさい。――映画《フィルム》が何《ど》うかいたしましたか。」

と、のっけに当身《あてみ》を食《く》わされた、もう見苦しく息がはずんで、掠《かす》れ声《ごえ》して、其の無断の由《よし》を詰《なじ》る……とは行《ゆ》かない、恐れながら伺うと――

「いや、あれは、……某会社から当社の方で買取《かいと》ったものですよ。貴方《あなた》が承諾しなさった一通も添えてあります。……何《ど》うもね、所所《しよしよ》へ間塞《まふさ》げに出しては居ますが、雨《あま》だれ沢山《たくさん》、透切《すきぎ》れだらけの持余《もてあま》しものでありましてな。」

其の言《ことば》に、此方《こなた》は力及ばぬと、蟷螂《とうろう》の如く、嚇《かつ》と成って、透切だらけの持余しものを興行される迷惑を一談すると……

「撤回は望む処です。しかし金子《かね》で買ったものですからな。……何なら貴方《あなた》がお買戻《かいもど》しを願いましょうかね。」

えらい！……言うことがきびきびして居る。

二十二

（除虫菊のつづき）――敵ながら、人間《にんげん》が活《い》きて居《い》る。社からは嘸《さ》ぞ好《い》い給金《きゅうきん》を出すであろう。あっぱれ也《なり》と、まだ其《それ》でも、捨鞭《すてむち》を打って遁《に》げしなに歌を詠《よ》むほどの負惜《まけおし》みもあったものだけれど、苦《くるし》さもどんづまりの、暑さの頂上には、もはや討死《うちじに》をするかと思った。

其《そ》の頃は、吐瀉《としゃ》をする可厭《いや》な病《やまい》が世間に流行《はや》った。

一日《あるひ》、某《ぼう》――新聞編輯員と、肩書のある名刺《なふだ》を、女房が取次《とりつ》いで。――逢って見ると、身勝手だから讃《ほ》めて言うではないが、行儀の整った、まことに柔和な人で、お忙しい中であろうが、社の紙上で凡《およ》そ百回見当で、続きものを願いたいと思うが何《ど》うであろうと申出《もうしで》られた。私は武者震《むしゃぶるい》をするほど嬉しかった。屹《きっ》と骨を折りましょうと感激すると、先方《さき》も満足して、さて稿料の処は、……此処《ここ》で二《ふた》つ三《み》つ相談があった。結局、編輯員が、自分では、此《これ》でお取《とり》極《きめ》を申すが、一応帰社の上、即日確答をしますからとの事で座を立ったのである。が、筑波《つくば》の空へ雲が出たほど一寸《ちょっと》気に成る。話が極《きま》ったのではない。折返《おりかえ》してどんな其の「確答」と言うのが出ようも知れぬ。しかし、不出来にした処で、精々《せいぜい》、いくらか原稿料が安く成るだけの事だろうと思うのに、即日と言った其返事が、翌朝に成って届かない、気が気でなく、心では熟《じっ》と信心をしながら、起《たち》つ居《い》つ待って居ると、返事どころか日中暑いのに、本人がわざわざ見えた。私は煽《あお》いで上げたかった――其の人は言悪《いいにく》そうに、自分は昨日のお約束の通りにと、種々心《いろいろこころ》づかいもしましたけれども、社では、もう少し（と額を言って）……だけに願いたいと言うが何うかと言う。見得も外聞も最《も》うない、可《よ》し、働きさえすれば、三月《みつき》は食える。……で、結構です、と潔《いさぎよ》く返事をすると、其人《そのひと》も喜んで、挿絵《さしえ》、組方《くみかた》など打合《うちあわ》せを済《すま》して帰った。

精進潔斎して、其場《そのば》からでも机に向《むか》う料簡だから、行水《ぎょうずい》などは待って居《い》られぬ。……背中に刺青《ほりもの》があらば龍を顕す意気組《いきぐみ》で、手拭《てぬぐい》を鷲掴みに、威勢よく炎天を横町の銭湯へ飛込んで帰ると、褌《ふんどし》は洗ってあるかい、おい来たと、しめ直して、縁側で爪を取って元気に水を打ったから、鉢前《はちまえ》も草も活々《いきいき》する、久しぶりで涼しい気で、煙草を一服する処へ、（速達）と言う声が泥を投《ほう》り込《こ》んだように聞えたから、ハッと思うと、……果《はた》せるかな。……其新聞社からの郵便で、先刻編輯員……某参上《なにがしさんじょう》、お約束いたし候件《そうろうけん》は、本社に都合これあり候条《じょう》、御《おん》とりかかりの儀は一先《ひとま》ずお見合《みあわ》せ下さるべく、此《こ》の段《だん》速達を以て申陳《もうしの》べ候。

ああ、これが「確答」だ。

私は偏《ひとえ》に、紅葉《こうよう》先生が恋しかった。

其の夜《よ》の事である。……新派《しんぱ》の俳優《やくしゃ》の立女形《たておやま》の一人《にん》から、明夜《みょうや》、千駄《せんだ》ヶ谷《や》の某君宅《ぼうくんたく》にて、徹夜の怪談会の催しがある。御一所に参りましょう、お誘いにあがります、と葉書で親しく言って来た。

久しぶりで、気晴《きばら》しにお出掛けなさい。と女房《かない》が、夜あかしの怪談を気晴しだと言って勧めたほどだから、余程《よほど》私は鬱《ふさ》いで居たに相違ない。

で、女房《かない》は箪笥《たんす》の底を掻廻《かきまわ》して居たが、やがて戸外《おもて》へ出て行《ゆ》くと、暫時《しばらく》して、白地《しろじ》の絣《かすり》を一反《たん》、上包《うわづつ》みのまま持って帰って、暦《こよみ》を見て、……翌朝《よくあさ》早朝に成って縫いはじめた、どの単衣《ひとえもの》も洗いざらしだし、羽織はあるが、べんべらだし、会へ行《ゆ》くのに、それでは余り暑くるしいから工面をしたのだそうである。

唯《ただ》もうぐったりして、お惣菜煮《そうざいに》の葡萄豆で、お茶漬で腹を萎《なや》して、家の内でも日蔭の方へ、どたんと倒れて、向うの空箪笥《からだんす》の前に針を運ぶ手を視《なが》めて居る心の裡《うち》は……両国《りょうごく》へ納涼《すずみ》に出掛けるとでも言うなら知らぬ事、新宿《しんじゅく》はずれの怪談会へ、晴着《はれぎ》だと思うと、縫ってる白地が、何帷子《なにかたびら》とか言うものに見えた。

鶴亀《つるかめ》鶴亀……女形《おやま》ではあるが、俠《いなせ》で威勢の可《い》い事は、雪のだんまりに出そうなのが、浴衣がけで誘いに来た。

二十三

新宿で電車を下りて、追分《おいわけ》を抜けた薄暗い処で、連《つれ》の立女形《たておやま》が思い出したように、

「ああ、――新聞から貴方《あなた》に小説をお願い申したそうですね。」

「…………」

「彼社《あすこ》の演芸部の記者からお言託《ことづけ》がありましたよ。……新派《しんぱ》の私たちの一座に適合《はま》りそうなものを成《な》るべくはお書き下さいまし、社でも願って居るッて事でした。」

と歯ぎれの好《い》い調子で言った。

此方《こちら》は其の人にではないが――忽《たちま》ち血を吸われたような気がして、唇は寒かったが、漏らす処のない便りなさに、つい昨日《きのう》からのいきさつを委《くわ》しく話した。

「……と云う始末です――急に断って来たんですがね。――一寸、理由が分《わか》らないんですよ。」

「妙ですね。」

「ですからね、他に、社に何か都合があって模様がえになったのなら、些《ちっ》とも構わないのですが、誰か、私に敵意……は可《い》いとしてです、悪意を持って居るものがあって、平《ひら》く言え

ば水をさした……さしたものがあるようだと、此からの事もあるし、よく考えなけりゃならないと思うのです。」

「まさか……そんな事はありますまい。」

「でもね、しかし、止める分は、どっち道可《みちい》いとして。」

と見得を言う。何、可い事があるものか。

「後々《あとあと》の心得のためにと思うんですが、貴方は演芸部の其の人と大層御懇意だって事ですから、一つ内々《ないない》で様子を訊《き》いて下さいませんか。」

「ええ、成程《なるほど》。」

「……もしや、稿料の方がまだ高価《たか》いからと言うんなら、それは構いません。……新聞も書《や》って見たい処ですから。……それに、社の方の註文なら、……舞台に都合の可《い》いように拵《こしら》えても見ましょうから、」

ああ空腹《ひもじ》さには替えられぬ。芸壇が、もしそれ、小児《こども》の喧嘩だったら、僭越《せんえつ》ながら、二挺《ちょう》の斧は両手に揮《ふ》ろうと思うのが、甲州 街道《こうしゅうかいどう》の短夜《みじかよ》の並木の出会《であい》に、対手《あいて》に向った弱さを見よ。……尤《もっと》も立並《たちなら》んだ其の立女形は、面《おもて》は史進《ししん》にして、体は魯智深《ろちしん》なんだから、強さも強し、面白い。

串戯《じょうだん》はよして、そのかわり、百物語の会に行くのに、此のくらい頼もしい侶伴《みちづれ》は一寸あるまい。尤も此の人と一所でなかったら、当夜の不気味さに、どんな目に逢ったろうも知れぬ――それでなくってさえ、私はあとで煩《わずら》った。

のっけに度肝を抜かれたのは、催主《もよおしぬし》の郊外の住居《すまい》で、暗い路《みち》を辿《たど》って着くと、主人と私たち二人のほか誰《たれ》も居ない。十四五人は集《あつま》る処を、種々《しゅじゅ》の事情で皆不参《みなふさん》だそうで。……小さな卓子台《ちゃぶだい》に凭《よっ》かかって其の断りの葉書を一枚ずつ開いて見せるのが、何《ど》うも皿の数を数えるようで寂しい。処へ、ちょろちょろと出て来た四《よっ》つぐらいの男の児がある。脊《せい》が侏儒《いっすんぼうし》で、手足が痩せこけて、はち瓢《ふくべ》を乗《のっ》けたような大きな顔が蒼《あお》しょびれて、ぶくりとして、円《まる》い白眼《しろめ》がどろんとして、黄色い口が、耳までばくりと開《あ》いて、しかも額《ひたい》が皺だらけだ。此児《このこ》が、客珍しさに踊り跳ねるのだが、頭の重さに、よちよちするから、真夏の事で――奥の障子は開放してあった――柱から柱に四隅《よすみ》を伝って、ドンと打撞《ぶっつか》っては、よろよろと座敷の真中《まんなか》まで退《すさ》って来て、またドンと一方へ打撞《ぶっつか》っては、よちよちと後退《あとずさ》りに退《すさ》って来る。

主人は澄《すま》して団扇《うちわ》を使うし、私たちは顔を見合せた。

少時《しばらく》すると、下谷《したや》広徳寺《こうとくじ》前《まえ》の古道具屋だと言う……煤《すす》の中から出た様な男が来て四人に成った。

「さ、会場へ参りましょう。」

と用意の提灯を立膝《たてひざ》で点《とも》して、

「君は、それを持って下さい。」と、右の古道具屋に座敷から、もう一つ土瓶を持たせて、主人は台所口で、細君《さいくん》の渡した中皿《ちゅうざら》の上に、風呂敷を掛けて、団扇を二三本置添《おきそえ》たのを片手に、片手にビール瓶を二本提《さ》げて、

「さ、何《ど》うぞ。」

と言ったが、勢《いきおい》、立女形が先へ立って、格子戸《こうしど》を開けた処を、提灯と共に細腰《ほそごし》で、スッと出た。

二十四

其処《そこ》を、背後《うしろ》に暗い電灯を背負《しょ》って、瓢形《ふくべがた》の大きな蒼い顔ばかりが、がくりと俯向《うつむ》いて、じろりと出額《おでこ》で睨《にら》んで、粃《しいな》のような指を噛んで居た、上框《あがりがまち》の痩せた児の顔を今でも忘れない。

——後で聞くと、故《わざ》と余所《よそ》の児を借りたのだと云う。

さて杉垣《すぎがき》について、探《さぐ》り足《あし》で行く間も、草が茂って、会場も、背戸《せど》に原を背負《しょ》った倒れた木戸に突支棒《つッかいぼう》をした草の中の古い空屋《あきや》で、六畳の湿《し》けた破れ畳の真中へ、洋燈《ランプ》に其《その》提灯の火

を移したのであるが、古道具屋の順《じゅん》さん――順さんと言うのが、商売柄、茶の心得でもあるかして、口をへの字に、上目づかいで、鹿爪《しかつめ》らしく蠟燭を睨んで、ものものしく、洋燈《ランプ》の心《しん》を熟《じっ》と撓《た》めて、ちょろりと点《つ》けた。ぼッと燃えた工合が、魔を招《よ》ぶ灯《ともしび》の、此が式法《しきほう》かと頷かれる。

奇特《きどく》な事には、お化《ばけ》の会に、卓子台《ちゃぶだい》でもあるまいと、蝶足《ちょうあし》の膳に箱火鉢、薄《すすき》が覗く濡縁《ぬれえん》に、今戸《いまど》の豚が用意してあって、やがて陰気に談話《はなし》をはじめた。

立女形は人も知った話ずきだから、先ず口火――怪談であるから線香の灰の落ちるような――口火を切って、続《つづ》け状《ざま》に二《ふた》つ三《み》つ繋ぐうちに、短夜《みじかよ》は十二時もいつしか過ぎて、早《は》や丑満《うしみつ》。天龍寺《てんりゅうじ》の鐘がゴーンと風の死んだ真夜中の空を其の龍の這うが如くに伝わる……時分は可《よ》しと、真打《しんうち》の主人がはじめた。……此人は左門町《さもんちょう》の組屋敷《くみやしき》あとを通った、木瓜《ぼけ》、山吹の春の日中《ひなか》……四谷《よつや》怪談《かいだん》の妖霊《おばけ》を其《そ》のままに見たと称うる人で、様子は一寸牡丹燈籠《ぼたんどうろう》の新三郎《しんざぶろう》に似て居るが、いつか青梨《あおなし》を袂《たもと》からころんと出すと、人魂《ひとだま》だと思って芸妓《げいしゃ》がキャッと言ったくらい、鼈《すっぽん》の怨念などは、湯銭《ゆせん》と一所に番台へ載せそうなのだから、話も身に沁《し》む。――何よりも、此の会場は、恰《あたか》も此の土間の下あたりが、四谷怪談の妖精《おばけ》が、本所《ほんじょ》から夕立の中を宙を飛んで来て、倒れて無数の蛇《くちなわ》に成った、昔の南瓜畑《かぼちゃばたけ》に当るらしいと言うのである。

蒸暑《むしあつ》いけれども障子を閉めた。

私は便所《ちょうず》に立った。が、手を洗おうとすると、水が粘々《ねばねば》と生暖《なまあたたか》く手に絡《まつ》わる。ゾッとして障子越《しょうじごし》に透かすと、血ではないが、青いほどの腐り水だ。可厭《いや》な心持の、重い頭を横縁《よこえん》から、覗かして、風に当ろうとして見ると、八重葎《やえむぐら》を十坪《とつぼ》あまり離れた、此屋《このや》に就いた物置の、真暗な、埃《ほこり》と煤が霜柱のように堆《うずたか》く積った裡《なか》に、海鼠《なまこ》が潰れた大きさで、どろりと、三ヶ所ばかり、薄びかりに光るものがある。ああ、物置の中に人魂が見えると、附元気《つけげんき》で言うと、出ましたか、待って居たと、立女形は笑いながら座を立った。が、主人は腕拱《うでぐみ》をして、障子に凭掛《もたれかか》ったまま、

「それは其の……昼間、あけに来て見ましたがな、鼠の死んだ奴を猫が食って、其処《そこ》へ反吐《へど》を吐いて居ましたよ。」

と澄《すま》して居た。

私は口に手を当てた。猫の……其《そ》の吐《つ》く病《やまい》が流行《はや》る処へ……鼠のよろしくない方のも、横浜《よこはま》までは来て居たのである。

「一杯景気をつけましょう、頂戴しようじゃありませんか。」

九紋龍字《くもんりゅうあざな》は魯智深で、そんな事には驚かない、立女形《たておやま》も、しかし景気をつけようと言って、

例のビールの瓶を取った。……勿論此方《もちろんこちら》から凭《こ》う出ないでは、一つめしあがれとも、何とも嘗《かつ》て主人は言わないのであった。

其の主人は、恁《こ》うして居ると、種々《いろいろ》な魔ものが見えます、と言って、端然《きちん》と坐って、右の、腕拱《うでぐみ》をして、草臥《くたび》れた夜汽車の如く、破れ障子に頭を押着《おしつ》けて、後脳《こうのう》で桟《さん》をこするようにして、薄目で眠って居た処、と心着いたらしく、

「其《それ》は、其の水なのでして。」

薄目で言う。

「…………」

成程硝子杯《コップ》がない。

「土瓶へ加《さ》します分《ぶん》でしてな。」

二十五

矢張《やっぱ》り薄目で、

「また一つ……それでは私がお話をしましょうかな。」

と引入《ひきい》れられるような陰気な調子で、

「然《しか》も此《これ》は実験談《じつけんだん》でして、保証をしても宜《よろ》しいのですがな。」

とはじめる。で、自分が語《や》ってるうちは、曲《まが》りなりにも薄目を開《あ》いて居るのだが、一段果《いちだんは》てて、道具屋の順さんなり、立女形なり、また私が何か話すと成ると、件《くだん》の端坐《たんざ》のままで、すやすやと眠って居る。……馴《な》れたもので、一順して、番に廻る時分には、屹《きっ》と誂《あつら》えたように薄目を開けて、

「また一つ……それでは私がお話をしましょうかな。」

と引入れられるような陰気な調子で、

「而《しか》も此は実験談でして、保証をつけても宜しいのですがな。」

とはじめる。……様子が、何となく、もの凄い。最《も》うやがて、妖怪退治の武者修行が顕《あらわ》れそうな処を、古道具屋の順さんが、坐直《すわりなお》って名告《なの》りを上げた。――此の順さんは講釈が旨いそうである。いや、講談の速記を、老若男女、其《その》表情を以て読みこなすのが得意だそうである。

「それは、手に入《い》ったものでしてな。」

と主人も薄目で見て保証した。

私たちは、せめてもの事に思った。

火鉢を引寄せ、土瓶を下《おろ》した――勿論火はない――盆を伏せて、其の上へ、予《かね》て用意があ

った赤本《あかほん》の古雑誌を、大きな懐中から出して、ト頂いて、ポンと載せる時、割膝《わりひざ》をぐいと突《つき》寄《よ》せ、畳んで持った手拭《てぬぐい》で、二つばかり鼻をかむと、扇子《せんす》をぴたりと構えたが、

「ええ、未熟ながら一席。——雨夜《あまよ》の破傘《やれがさ》とござりまして、村井《むらい》長庵《ちょうあん》、早乗三次《はやのりさんじ》を使いまして、悪事増長のお物語り。」

と掠《かす》れた咳《しわぶき》とともに調子を沈めると、洋燈《ランプ》の心《しん》を、ぐいと落《おと》した。

——「兄《あん》さまよ、兄さまよ。——」

と心細い、しわがれた女の声。

「真暗なる処、物置同然の二階、階子《はしご》の口よりいたして、泣《なき》の涙のために、目を泣潰しましたおそよが、唯々《ただただ》、娘に逢いたさの一念《いちねん》、瘦せおとろえた顔を出しまして——兄《あん》さまよ、兄《あん》さまよ。——三次《さんじ》見《み》ねえ、あれだぜ——」

と忽《たちま》ち男の声で言うと、古道具屋の順さんは、煤《すす》けた長い顔を仰向けに、ぐっと天井の隅を睨んで、白い目をぎろりと剝いた。其《そ》れッ切《きり》、口も利かず、身動きもせず、黙って居る。

ここが、表情なのであろうけれども、……まだ、ものも言わず睨んで居る。

「蛇でもぶら下ったんじゃありませんか。」と、立女形は、私の耳に囁いたが、少し調子を高めて、

「鮓《すし》を頂きましょう……講釈にはつきものだ。」

と、同じく此《これ》も、主人からは食べるようには言わなかった。先刻《さつき》の中皿《ちゆうざら》に手を出そうとした。

「あ！　御覧なさい、動いて居ます。布巾《ふきん》の下が。」

唯《と》見ると、線を縫うように、布巾の下が蜿々《うねうね》と蠢《うごめ》いた、――そよとの風もなかったのである。

私と二人、言合《いいあわ》せたように、身を開いて、ひょいと背後《うしろ》を見ると、――こんな時は、後《うしろ》を見ないのが可《い》いのだそうである――次の室《ま》の敷居に、二条《ふたすじ》、両方に並んで、同じような蛇が、二つ鎌首を出して居た。

後《あと》は想像に任せる。……主人は今夜ぐらい出来のいい会はないと言ったが、朝露に漸《やつ》と蘇《よみ》返《がえ》って、ひょろひょろと甲州街道を引返して、追分の青物市《あおものいち》を通る時、しらんだ東雲《しののめ》に、さながら草市《くさいち》の中を亡者の徜徉《さまよ》うような気がすると、立女形《たておやま》の顔も青かった。

家《うち》へ帰ると、今朝に限って、亦《また》嬉しそうな顔をした女房《かない》に、碌《ろく》に口も利《き》けないで倒れて寝た。

其《そ》の日の夕《ゆうべ》、其の夕。海から来る、雷は凄いと云うのに、剰《あまつさ》え、芝《しば》、品川《しながわ》の空から、漆《うるし》の如き黒雲が湧いて、おびただしい大驟雨《おおゆうだち》があった。

線香の煙と、古蚊帳《ふるがや》の裡《なか》に、雨戸の雲に包まれながら、私は息もつけなかった。かさねがさね余りの事に、格子戸を敲《たた》き破って、しもげた檜《ひば》の青いのを、其のまませめてもの店にして、女房と二人《かない》で、白玉《しらたま》でも売ろうかと思った。

雨があがった、風の涼しい、枕頭《まくらもと》へ、小判がこぼれた。いや、折目のつかない紙幣《さつ》が並んだ——夢ではない。

二十六

女房が身売をしたのでもないので、不断よく遊びに見える、美術学校の学生で、年紀《とし》の若い、私の愛読者——御贔屓《ごひいき》がおなじく貧乏なんだが、其の後援者に成って居る人から、金策をして来たのであった。

善《い》いにつけ、悪いにつけ、年下の人に金子《かね》の相談をすると言う事は情婦《いろ》に向《むか》って無心を言うに斉《ひと》しい……此のくらい情ない事はないと思って居るにも係《かかわ》らず、よくせき故《ゆえ》に、つい耳づたえに愚痴《ぐち》を漏《もら》した事があったのである——

「……札《ふだ》の辻《つじ》あたりから、激しい驟雨《ゆうだち》に成ったんですが、品川で電車を降りると、ひどい大雨で、それに風が吹きまくったものですから、御殿山《ごてんやま》へ上《あが》ろうと言うのを横飛《よこつと》びに停車場《ステエシヨン》へ駈込みました。」

先刻《さつき》の大雷雨《だいらいう》の時である。品川の空の可恐《おそろ》しい暗さにつけても、聞くだけで、私は身体《みうち》に震《ふるい》が来て、其の深切《しんせつ》と苦労に涙ぐんで……

「いいえ、……今日行《ゆ》きましたのは、此のためではないのです――金子《かね》は昨日請取《うけと》りました、今日のは私の勝手です。」

と打消《うちけ》した。が、しかし、好意ながら、問うに落ちず、語るに落ちて、全く私のためだったことは、あとの話で自然分る。……

――聞くと、美術学校の学生が、余り驟雨《ゆうだち》の激しさに、品川の停車場《ステエシヨン》へ避難した途端である。志《こころざ》した御殿山の雲に、真暗な叢樹立《むらこだち》へ紫色の火の柱《はしら》が閃然《はっきり》と立ったと思うと、其時《そのとき》、雷《らい》がさがった天地は一面に、真蒼《まつさお》な金属製の網を颯《さつ》と打ったように見えた。同時に滝を流す雨が停車場《ステエシヨン》前の広場へ洪水の如く泥波《どろなみ》を立てたと見ると、構内の三和土《たたき》へどぶどぶと鳴りつつ流《ながれこ》込んだ。辻の電車も影法師の如く、潜水夫に似た運転手を突立《つツた》たせたまま立《たち》すくんで、四辺《あたり》に人の気勢《けはい》もなかった。そんなに雷《かみなり》を恐れる方ではないが、余りの事に人をたより、またた人にたよられたと見える。……心付《こころづ》くと、婦《おんな》の背《せ》に、繁吹《しぶき》に濡れた袖を合《あわ》せて、二人ぴったり、待合室の隅に附着《くッつ》いて立って居た——其処には学生と唯《ただ》二人であった。

「ひどい雷様《さま》でございましたね。」

「ひどうございました。」

とはじめて口を利いた。学生が見ると、其の婦《おんな》は、白縮緬《しろちりめん》の蹴出《けだ》しの、しっとりした、裾《すそ》を端折《はしょ》って、吾妻下駄《あずまげた》を素足に穿いて、紺地《こんじ》の浴衣《ゆかた》に、豆絞《まめしぼ》りと黒繻子《くろじゅす》の腹合《はらあわせ》の帯の幅狭《はばせま》に見えるのを引掛《ひっか》けに結んだ、腰に、風呂敷包みをつけて、三味線を両袖で抱いて、濡々《ぬれぬれ》と立って居た。色の浅黒い、鼻筋の通った、口許《くちもと》の、それはそれは優しいのが、姉《あね》さん被りのほつれから、はらはらと鬢《びん》を乱した……年は三十四五ぐらいだったと言うのである。

聞く、私も、門附《かどづけ》の婦《おんな》だとすぐに認《み》て取られた。

今に成って、往来《ゆきき》の人も、濡鼠《ぬれねずみ》のように、ばらばらと飛込んだ。——学生はそれなり目礼《もくれい》ぐらいで、洋傘《こうもり》を拡げて、御殿山を志した。

夏の日もとっぷりと暮れた。望《のぞみ》は達し、用は足りた。が殆《ほとん》ど、魔《ま》の砦《とりで》が、奇蹟なす黒檀《こくたん》の塔を下るような思いで、雷《らい》のあとの御殿山を宵暗《よいやみ》に下《お》りて来ると、ちらちらと青い、影も燈《ひ》も大《おお》きい、不知火《しらぬい》のような電燈の微《かすか》な光を、停車場《ステエシヨン》前の大雨のあとの流《ながれ》の海に、藍《あい》を解《と》いた如く涼しく視《み》た。坂のつまりの、まだ其処《そこ》は暗い、角《かど》を引込《ひっこ》んだ蕎麦屋の前を通ると……

「もし……もし。」

と白いように呼ぶ婦《おんな》の声。――同じ処に人通りはなし、振返ると暖簾《のれん》の陰に、上端《あがりばな》に腰の浅い、裳《もすそ》の色も白縮緬が、ほのめく夕顔に声ある如く思わせた。

肩ですぐに暖簾を分けると、先刻《さっき》の顔が可懐《なつか》しく覗いて、

「貴方《あなた》。」

と言って、すっと寄った――学生は「逢った事はありませんが。」と断りを言って、絵に描《か》いた辻君《つじぎみ》、夜鷹《よたか》に取られたような気がしたと言って話す……

私は偏《ひとえ》に聞惚《ききと》れた。

二十七

時に其の婦《おんな》が、学生に、少々お聞き申したい事がある、手間は取らせないから、と蕎麦屋の土間へ連込《つれこ》んだ。連込まれた方では、風采《ふうさい》は流れものの門附《かどづけ》だけれども、優しい人可懐《ひとなつ》っこい婦《おんな》の調子が、否《いな》やは言わせないばかりでなく――別に然《そ》うしたものはありはしないけれど、――行方《ゆくえ》の知れない姉か、若い叔母《おば》の美しいのにでも逢ったような気がしたそうで。

さて学生を向《むこ》うに坐らせると、婦《おんな》も端折《はしより》を下《おろ》して、おなじく上端《あがりばな》であるが、対向《さしむか》いに成っ

て手拭《てぬぐい》を取った。——引詰《ひッつ》めた総髪《そうがみ》の銀杏返《いちょうがえ》しに結って居る。色も一体は白いのが、此の境遇だから日にやけたらしい。言葉にも時々一寸訛《ちょっとなまり》が交った。——どんな場末の裏長屋でも東京に住みついて居て、町、小路《こうじ》を流して歩行《ある》くのではなさそうで、通りすがりの漂泊《さすらい》に、宿場を稼ぐ旅芸人と云った様子が見えた。

ものには馴れて居るらしい。……連《つれ》が、客が、来たらば怙《こ》うと、はじめから誂《あつら》えが通って居たらしく、顔を合《あわ》せてから註文はしないのに、すぐに種《たね》ものが顕《あらわ》れて、一銚子《ひとちょうし》ついて居た。

「まあ、お一つ。」

学生は、些《ちっ》とも飲まないのだから、杯《さかずき》を受けただけだそうであるが、婦《おんな》は利《い》ける口と見えて、最《も》うはじめから焼海苔《やきのり》で一合附《つ》けて居た。

で、あらためて、其の不作法を詫びながら、実は学生の帰途《かえり》を待って居たのだと言う。……何処《どこ》へ行って、何時《いつ》帰るとも何とも話しはしなかったのに。しかし、白の蹴出《けだし》さえ暖簾《のれん》を差覗《さしのぞ》くように、店の突端《とっぱな》にさし構えた心組《こころぐみ》はよく解《わか》った。

待て、そんな事は何《ど》うでも可《い》い——処で要談である。

「貴方《あなた》、御用事《ごようじ》は調《ととの》ったんでございますか。」

と、前屈《まえかが》みに、先刻《さっき》の大雷雨の凄《すさま》じかったことなど、つい通《とお》り時候《じこう》の話をして煙草を喫《の》んで居たのが、煙管《きせる》を斜《ななめ》に胸へ引いて、居坐《いずまい》を直しつつ訊《き》いた。

「お心通りに、……失礼ですが、御用事は調ったんですか。」

唐突の間《あいだ》に、学生がためらう処を、畳んで訪ねた。此《これ》が要談であった。

「調いました。」

と学生が答えた——即ち、私の枕許《まくらもと》に並んだ、其の若干《なにがし》の紙幣《さつ》の事なのであるが——学生は其の時、思いも懸けない訪ねように、聊《いささ》か希有《けう》と思わなかったのではなかったけれど、婦《おんな》の人情《なさけ》と深切《しんせつ》が、ほとびるばかり、其の色に表れたのを視《み》て、確《しか》と答えた。勿論、隠す必要は何もない。

婦《おんな》は心から嬉しそうに、「ああ、それで安心しました。あんなにもお思いなさいます御用事がもし、お調いなさらないようでしたら、足《た》らわぬながら、私が御相談対手《あいて》に成ろうと存じて、お待ち申したのでございます。」と言って、一寸四辺《あたり》を見たが……「人殺しまでは出来ないでも、盗みぐらいはして上げようと思いました。」と、すっきり言って、「……尤《もっと》も、こんな身体《からだ》ですが、身を売って、それでもお金子《かね》に成らない時の事ですよ。」

と附加《つけくわ》えた。……それが学生の耳に、此《こ》の婦《おんな》が、暗夜《やみ》に、月夜に唱《うた》うであろう、宿場《しゅくば》の店《みせ》行燈《あんどん》、藁屋《わらや》の門《かど》に立つ時の、浄瑠璃《じょうるり》の章句《もんく》を聞くように、悚然《ぞっ》とするほど身に沁《し》みたばかりで、敢《あえ》て不自然にも、誇大にも聞えなかったそうである。

思わず、肩を聳《そび》やかして、膝に手を堅く成った学生の、全く友人の入用《いりよう》のために、金子《きんす》を借りに行ったのであるが、何《ど》うして貴女《あなた》に分《わか》りましたか、と言ったのに対して、よくよく思い詰めておいでなさいました事は、まだ其の音も留《とま》らないのに、いま雷《らい》の降《さが》った黒雲《くろくも》の少し白く成って渦を巻く山の方へずんずん上《のぼ》って行《ゆ》きなすったのでよく解《わか》った――内へお帰りか、他《よそ》へお出掛《でかけ》か、それぞれは、旅で苦労した年上の女が見ればよく解る。……

「それですし、大概の用は金子《かね》で片《かた》が附きますもの。」

と言った。――それにしても、「学生さんの貴方《あなた》に、そんなに身に成って心配をさせる、果報な方はどんな方。」と、もう打解《うちと》けて、莞爾《にっこり》して聞かされた時――

「主人や女のためじゃありません、実は小説を書く方のお手伝いです、と言いました。」

――と学生が、私に更《あらた》めて話した。――

二十八

「蕎麦屋に、待つうちに読んで居《い》られたただろうと思います、其の御婦人は、紅葉先生の紅《こう》葉集《ようしゅう》をお持ちでした。……」

爾時《そのとき》、学生は、頰の窪むばかり気を入れて、私の顔を見て、身に沁むように襟を合せて、
「其の書物を見ましたものですから、差支えはなかろうと思いまして、貴方《あなた》……貴方の名を其の御婦人に申しました……申しますと、……（あら、慶ちゃん。）ッて、其の婦人の方が……」

「おお、お沢さん、姉さん……」

と私は思わず、故郷の従姉の名を言った。……ものに動ずれば夕立の時とは違った意味で、私の顔の色も変ったろう。……此の時の金子《かね》も、また違った意味で、お沢さんが貢いでくれたもののようにさえ思う。其の従姉は、葦《あ》原《はら》煎餅と称うる、温泉土産を売る商人《あきうど》へ縁着いて居たのである。が、近頃旅芸人とか、行商人とか言う流れ渡りの旅の男と駈落《かけおち》したと風のたよりに聞いて居た。……（以上―除虫菊。）

V 談話篇

柳のおりゅうに就て

先頃園部君《そのべ》が見えての話に、今度新富座《しんとみざ》で九女八《くめはち》が柳のおりゅうを演ずるに就き、同優が種々苦心して、初手《しょて》の別《わかれ》は工夫が着いたが、二度目の出と引込《ひっこみ》とが、一体脚色は幽霊で無いのだから、今までのようにすっぽんと消えたり、宙釣《ちゅうづり》に成ったり、焼酎火《しょうちゅうび》を燃したりしたくない、外《ほか》に考案は有るまいかとの事。

其《それ》に就き、私は所好《すき》な役者の為《す》る狂言を選《よ》って見るばかりで、芝居の事に暗いから、唯参《ただ》考までですが、元来凄味と云うものは、余程気を着けぬと、悪くすると滑稽に成る。あの古《ふる》御所《ごしょ》の化物だって、出方が良くないと、大宅太郎《おおやのたろう》に一睨《ひとにら》みにされて幅が利《き》かぬような次第で、恁(こ)うやって坐って居る処でも畳の合せ目から、切禿(きりかむろ)の顔を出して笑ったり、天井から血塗《ちまみ》れの足をぶら下げたり為《し》たのでは、却って道化に成って怖いよりは馬鹿馬鹿しい。第一化物のですから威厳を損じて、もし之《これ》に扮する人があるとすれば、其の人の芸の品格に拘《かかわ》ります。矢張幽霊に限らず、何でも出入《ではいり》は当り前に人の為《す》るようでなくってはいけません。然《しか》し習慣になって居るから、ヒュウドロドロドロは幽霊、バタバタで申上げ升《ます》が出ると、見物の方で承知して済むものの、おりゅうは如何にも木精《こだま》なのですから、焼酎火で出没するのは可笑《おかし》なものです。

私の考えには、又もや残る執着にと云う出の先へ、もし芝居で出来るものなら、颯《さつ》と一《ひと》時《しきり》風の音を聞かせて、知らぬ顔をして、それで見物の気を奪って置いて、やがて自然に障子をすらりと開ける、其中からお柳が、少し奥深く姿を見せて、悠々と澄して出たら可《い》いでしょう。また風の音だけで風情が足りなかったら、二ッ三ッ蛍火《ほたるび》を寂しく飛ばせる事に為《し》たらと思います。(眼七が通力高田の馬場に蛍を飛ばすか、などと言いッこなしですよ。)

それから引込、これは母様《かかさま》いのうと追掛けるのを避けながら、二重なり平舞台なり、勝手の良い処へ行った時、空から柳の葉が繁ったのを一枝、仕掛で颯と下《おろ》すのです。今度は以前見物の目を奪ったと反対に、シテのお柳が、登場して居る他の役者の目を奪うので、平太郎始め、其の柳の枝をお柳の姿だと思う誂《あつら》え、緑丸も取縋《とりすが》るのを機会《きっかけ》に、身を躱《かわ》して其儘《そのまま》すらすらと花道へ出て、澄して通って、揚幕《あげまく》の処で後向《うしろむき》のまま一寸《ちよつと》留る。途端に心着いて、あれ、彼処《あそこ》にと言う思入《おもいれ》で、舞台の三人が形好く振返ると、お柳も振向く、此処で九女八《くめはち》が柳の精神で熟《じっ》と見合って、其なり直《すぐ》に揚幕を揚げさせて入るように為《し》たら如何でしょう。舞台と揚幕の際《きわ》とでは、ちょっと距離が有り過ぎるようだけれど、他の役々が居る処と、木精が消える処とは離れた方が、伐木丁々と照応して、余韻があって好かろうと思うのです。而《そう》して舞台から花道へ掛る工合《ぐあい》は、能の後シテが、橋掛《はしがかり》へ引込む意気込《ごみ》、川柳に悪口が言って有る、消えにけり幽霊未《いま》だ橋掛、でも構わず、大胆に行《や》ったら可《い》いではありませんか、見得だとか、気合だとか、其《それ》は専門の役者に一任するとしてと、折角ですから怘《こ》う申しました。

たそがれの味

世間にたそがれの味を、ほんとうに解して居る人は幾人あるでしょうか。多くの人は、たそがれと夕ぐれとを、ごっちゃにして居るように思います。夕ぐれと云うと、どちらかと云えば、夜の色、暗《やみ》の色と云う感じが主になって居る。しかし、たそがれは、夜の色ではない、暗の色でもない。と云って、昼の光、光明の感じばかりでもない。昼から夜に入る刹那《せつな》の世界、光から暗へ入る刹那の境、そこにたそがれの世界があるのではありますまいか。たそがれは暗でもない、光でもない、又光と暗との混合でもない。光から暗に入り、昼から夜に入る、あの刹那の間に、一種特別に実在する一種特別な、微妙なる色彩の世界が、たそがれだと思います。此《こ》のたそがれと云う一種微妙な世界が、光から暗に入る間に存すると等しく、暗から光に入る境、夜から昼に移る刹那の間隔に、東雲《しののめ》と云う微妙な色彩の世界があります。

これも暗でもなく、光でもなく、暗と光との混合でもない、一種微妙な世界です。世界の人は、夜と昼、光と暗との外《ほか》に世界のないように思って居るのは、大きな間違いだと思います。夕暮とか、朝とか云う両極に近い感じの外に、たしかに、一種微妙な中間の世界があるとは、私の信仰です。私はこのたそがれ趣味、東雲趣味を、世の中の人に伝えたいものだと思って居《お》ります。

このたそがれ趣味、東雲趣味は、単に夜と昼との関係の上にばかり存立するものではない。宇宙間あらゆる物事の上に、これと同じ一種微妙な世界があると思います。例えば人の行《おこな》いにしましても、善と悪とは、昼と夜のようなものですが、その善と悪との間には、又滅すべからず、消すべからざる、一種微妙な所があります。善から悪に移る刹那、悪から善に入る刹那、人間はその間に一種微妙な形象、心状を現じます。私は、重《おも》にそう云うたそがれ的な世界を主《おも》に描きたい、写したいと思って居ります。善悪正邪快不快のいずれの極端でもない、一種中間の世界、一種中間の味《あじわ》いを、私は作品の上に伝えたいとも思って居ります。

怪異と表現法

不思議と云いましても色々ありますが、此処《ここ》では霊顕《れいげん》、妖怪、幽霊なその類《たぐい》に就いて云うのでありまして、是等《これら》のものを文学上に表現致します態度に就て、まあ、お話したいと思います。

不思議を描く。 先《ま》ず第一に不思議を描くには不思議らしく書いては不可《いけ》ません。斯《こ》うやってお話しておりますうち《うち》中に、畳の中から鬼女の首が出現《あらわ》れたなぞと申しましても、あんまり突拍子もなくて凄味もありません。ですから、幽霊を幽霊とし、妖怪を妖怪として書いては怖くない、只《ただ》何となく不思議のものが出て来て、物を云ったり何かする方が恐《おそろ》しいのです。其処《そこ》で幽霊なら幽霊の形を表現《あらわ》すのは未だ容易ですが、夫《それ》に口を利《き》かせるとなると、サア中々難しくなって来ます。何故なら怪異には地方的特色と云うものがあって、例えば牛込《うしごめ》の化物を京橋《きょうばし》へ持って行けば、工合《ぐあい》が悪くなる様なもんですから、其の時と場所に相当した言葉を使わなければならぬ。是《これ》が中々大変です、昔私の故郷《くに》の某所に、一の橋があって其処へ毎夜貉《むじな》が化けて出て通行人に時刻を問い返事をすると、歯を出してニヤリと笑う、と云う話がありますが、其時間《そのじかん》を問う時の言葉は「何時《なんどき》ヤー」と云って長く引張るのです。其《その》引張る調子が如何《いか》にも気味が悪うござんすが、是を若《も》し巣鴨か早稲田辺の橋の袂《たもと》で、「君今何時です」と訊かれたって少毫《ちっと》も恐《こわ》い事はありません。併《しか》し此の場合には、

註入りの意味　「何時ヤー」てんですから、東京人にも意味が判りますけれども、或る地方の言葉なぞになると、全く東京人には判らぬのがある。そんな言葉で幽霊が何と云ったって、東京人には少許《ちっと》も恐く感ぜられない場合があります。ト云って「右は何々の意味に候《そうろう》」と註を入れる訳にも行かないから、どうしても仕方がありません、言葉の難かしいと云う例には斯《こ》んな話もあります。昔の化猫の話に、猫が鴨居を伝わって行って、鼠を捕ろうとして取落したときに「南無三《なむさん》」と云う。此《この》「南無三」と云う言葉は此場合に一種の凄味があるけれども、若し「しまった」と云ったら何だか猫が肌脱ぎに向鉢巻《むこうはちまき》でもして居そうで気が抜けてしまうでしょう。

あら怨《うらめ》しや　昔の幽霊は紋切形の様に「あら怨《うら》めしや」と云いますけれども、こんな言葉

は近代人の耳には凄くもなんともない。そうかと云って「チチンプイプイごよの御宝《おんたから》」とも猶更《なおさら》云えず、訳の判らぬ漢語やギリシャ文字を並べる事も固《もと》より出来ず、全く幽霊の言葉位厄介なものはありゃしません。

夫《それ》で話は又後へ戻りますが、不思議をかいて読者に只の不思議と思わせずに、何となく実《まこと》らしく、凄く思わせる好い例は講釈師の村井一《はじめ》が本郷《ほんごう》の振袖火事の話をして、因縁のある振袖を焼いたら空へ飛上《とびあが》って、スックと人の形の様に突立って、パッと飛散ると共に本堂の棟へ落ちて、それが為《た》めあの大火事になったと話しましたが、其話《その》をする前に、前提として、自分が曾《かつ》て下谷《したや》の或る町を通ると、突然後方《うしろ》の空中で「チャラチャラ」と異様の響《ひびき》がした。不思議に思って振返ると、夫《それ》は風鈴屋が旋風の為に荷を巻上げられて、風鈴が一度に「チャラチャラ」と鳴ったのでした、と云う話をしました。此《この》話をしておいて、振袖火事の方をやったから、普通なら振袖が自然に飛上って、人の様な形をするのは余り不思議で信じ難いのを、此話をきいた為にそんなに不思議でもなくなった。是は実に話を人にきかせる周到な用意で、別に人を欺《あざむ》く手段ではないのです。一寸《ちよつと》した事ですが、此用意を呑込《のみこ》まなければ、中々不思議の事を書くのは難かしいのです。

事実と着想

小説の材料を得ようと思って、旅行などを為《す》る人々があるが、さて無暗《むやみ》に探し歩いたからと云って、好い材料が獲《え》られる物ではない。又、同じ土地を研究するにしても、二度行ったからとて二倍の結果を得られると云うものではない。否寧《いなむし》ろ思い懸けない時、偶然な場合に却って自分の心を動かす機会に遭遇して意外の事実が着想の骨子となる事の方が多い。此《こ》の偶然の機会、意外の事実に多く出会う人が、作家として幸運を賦与せられた者であろうも知れない。

過日吉原仲《よしわらなか》の町《ちょう》で開いた、怪談会の際に斯様事《こんなこと》があった。丁度《ちょうど》其夜私等が会場としたのは、水道尻《すいどうじり》の兵庫屋《ひょうごや》で、行って見ると思懸《おもいが》けない間に、二階の座敷の電燈は、他《た》の室《へや》へ移され、燭台を点《つ》け、床には暁斎《きょうさい》の髑髏の軸を懸け、床柱《とこばしら》には之《これ》も幽霊に因《ちな》んだ白の撫子《なでしこ》の懸花《かけばな》があって、夜が更け行くにつれて、何となくしんみりした感に打たれたが、此処《ここ》に又、丁度その二階の窓越しに、慥《たし》か稲弁楼であろう、その三階の一番端の、通《とおり》の角《かど》に立った部屋に、青い蚊帳が懸《かか》っていて、その蚊帳の前に行燈が終夜《よどおし》点いて居たのが、暗《やみ》の中に微《ほんの》りと見えるのです。場処柄と云い、その風情《ふぜい》が非常に、私等の心を惹きました。この光景を窓越しに見ながら、夜徹《よどお》し怪談会を催しましたが、此の思懸けない事実が、怪談その物に却って非常の趣を加えたなどは実に偶然に得たものとでも云うのでしょう。夫《それ》に又夜明け前から、しとしとと雨が降り出したなども、慥かに待ち設けない不意の出来事が吾々に一段の趣味を与えた事実である。

紅葉《こうよう》先生が、薬の効能書《がき》でも何でも好いから、始終何なりと気を付けて見る様にせよと云われたのは、所詮広く眼を開いて成るべくこの機会に出会う様にとの意味で、些細な事実、つまらぬ出来事だと云って見逃してはならない。平凡な事、無意義のような事の中に却って時として夫《それ》が動機になって、面白い着想を得るものである。

吾々は、測候所の天気予報や、東経何度北緯何度の低気圧が云々など云う様な事よりは、船頭が海の色や、風や雲の方向を見て、彼《あ》の岬に雲が懸ったから、暴風雨《あらし》だと云った方が、如何程《どれほど》吾々の心を動かすか知れない。

夫から、或事実に又遇ったとする。然《そ》うして其事実が根本になって、直ぐ作品を仕上げる事があるし、又其事実が幾年も心の中にあって、何時《いつ》か書こう書こうと思いながら、容易に着想の纏《まとま》らない事がある。或は十年も前の出来事で已《すで》に忘れていた事実が、不図《ふと》した機会から呼起《よびおこ》されて作が出来る場合がある。然して又、若い女に路《みち》で出会った印象が、老いた女を描く動機となったり、又美人を見て醜婦の着想を得る事がある。

景色などを観ても、四季の変化は勿論、風雨の関係などに由《よ》って、昨日観た時の印象は又今日観て得た感想とは大《おおい》に変化がある。又異郷に在って初めて故郷の風物や情味がはっきりと、脳裡に浮んで来るのである。而して故郷に居た時分には、何でもない気にも留めなかった、父母の顔や、友達の事や、果《はて》は箸の上下《あげさ》げの様な些細な事が、却って眼前に髣髴《ほうふつ》する。歳を取ってから子供時代の事が忘れられなかったり、死んだ犬が夢に浮んで出るなどは皆同じ理由である。

一事実があって、それを組立てる場合にも、余りその事実に面接し固着して居ては、却って着想が浮んで出ない。例えば鏡に面《つら》を付けて了《しま》っては、自分の顔が見えるものではない。之《これ》と同様に、事実に深く頭を突込んで了っては、到底書けるものでない。作者とその事実とは絶えず或距離を保って、傍観的地位に立たねばならない。

昔、宝蔵院の僧侶で熱心に槍術を研究して、種々《いろいろ》と工風を凝らして居た、或夜遂に考えに倦《あぐ》んで、何心《なにごころ》なく槍を立てた儘《まま》、うっとり池の岸に起《た》って居たが、不図立てた槍の刃の処へ、冴えた三日月が斜《はす》に懸った影が池水に映ったのを見て、初めて鎌槍を発明したと云う話がある。今茲《ここ》に烈しい恋中の男女があるとする。その二人の恋を描く場合にでも、熱烈な情緒を正面から描写するよりは、その恋の動機となった一寸《ちょつと》した事実を写したら、又不図した機会で、二人の視線が会って、互《たがい》に顔を赧くしたと云った風の事を描いた方が、却って読者の感興を惹起するかも知れない。

医師が精神病者を研究する場合でも、精神病者其者《そのもの》ばかりを如何程《いかほど》詳細に研究したからと云っても、真の精神病学は解らない。普通の人の精神状態と比較研究して、始めて精神病なるものを知る事が出来るのである。又俳優が狂者に扮する場合でも、癲狂院《てんきょういん》へ行って精神病者の状態を見て、之を舞台上で演じたにしても夫《それ》は唯々《ただただ》狂者の皮相を真似得たのに過ぎない。

要するに、事実に向っても、事実其物ばかりを視詰めて居ては、十分に是《これ》を研究し描写し得るものではない。所詮は作家の心が其事実に向って居れば好いので、其事を囲って居る自然人生を見廻して、其内から事件に適応した背景や、点綴人物又は挿入事象などを選《えら》み出して舞台を作り、其上で事件を展開せしめる。其処《そこ》に事実と着想に関する、作家の技倆が伺われるのであろう。

旧文学と怪談

旧文学と怪談とに就いては、特に彼此《かれこれ》という程のことも無いようだが、仔細に観察すると亦《また》多少の詮議なきにしもあらずだ、併《しか》し江戸時代の作物を見ると、そう奇抜な、これはと思うものが尠《すくな》い。——成程《なるほど》怪談といえば種艸紙《くさぞうし》とか合巻本とかには殆《ほと》んど附物《つきもの》で、それがまた遺恨だの憤怨だのというに限られて居るのも太《はなは》だ面白くない。が、流石《さすが》に京伝や種彦のものを見ると敬服する点が多い。例の「逢州執着譚」なぞを読むと、瞿麦《なでしこ》の方《かた》が琴を弾いて居ると、俄《にわか》にその音《ね》が弱くなって、遂に全く鳴らなくなるので、それを訝《いぶか》しむと、折柄《おりから》天井に声あって、鳴るものか、此身《この》を圧《おさ》えて居るというなど、何となく凄愴の気がある。そして怨霊が家《や》の棟《むね》に居て鋸《のこ》引《び》きをするとあって、天井から木屑がバラバラ落ちて来るやら、有名な「幻ぎぬた」の音《ね》がするやら、読んで居て何となく引入れられる。それから「傾城買両筋道」

の遊女一重の幽霊なぞも綺麗に出来て居ていいと思う。此等《これら》は恋故の亡霊だが、江戸文学には如何《どう》もこの恋よりは仇討《あだうち》に関する怪談が多い、でなくば、大抵は支那から輸入もので、其《その》点からいうと「著聞集」や「宇治拾遺」や、「今昔物語」なぞの方が数倍立ち勝って居る。就中《なかんずく》、私が第一だと感ずるのは上田秋成の「雨月物語」の中にある怪談で、例の「青頭巾」や「一つ目の神」乃至《ないし》「片輪車」なぞを読むと、真の怪異に接する想いで、雨風の夜なぞは自《おのずか》ら襟を合わせずには居られぬ。支那輸入でも無く捏造《ねつぞう》でもなく、真に鬼気人に迫るのは此《この》人の作に限るといってもよい。

これを要するに旧文学に於ける怪談は、以上列挙したものを除く外《ほか》には、彼《か》の「牡丹燈籠」の如き支那輸入のものが多くそれも巧《たくみ》に飜案されたのは算《かぞ》える程しかないので、どうも感服しかねるのが多い。此点では能《よ》くは知らぬが、西洋の怪談も理に落ちたのが多いようで、同じく感服しかねる。随《したが》って怪異文学の発展すべき余地は、まだまだ広大であると思う。

古典趣味の行事――「七夕祭と盆の印象」

御儀式通りの七夕祭《たなばた》は漸々廃《だんだんすた》れて行くようであるが、それでも下町辺に行くと、竹に五色《ごしき》の紙を釣ったのが見られる、昔は七つのタライに水を汲んで星の影を映したり、かけ小袖だとか立琴《たてごと》、ねがいの糸など、種々な趣味の深いものが有った。

この祭は恋を祝福する祭で有って、然《しか》も上品な古典趣味の充実した幽《ゆか》しい行事で、女性風なおっとりとした優味《やさしみ》のあることも特色である。自分の願事《ねがいごと》を五色の紙に書いて釣るなどという趣も余程他《た》の行事とは変っておもしろい。中でも七夕流《ながし》ということは更に趣味深い話で有るが近頃では無暗《むやみ》に河に流したりなどすることが能《で》きないから、それも能きない。

私《わたくし》は余りこの七夕のことは研《しら》べたことはないがお節句などと同じことで、年中行事の内でも古雅な祭で、少年少女の趣味を養う上に於ても良い遊びで有ろうと思う。

お盆、これは何処も一定して居るものであるが彼《あ》の他力本願の真宗では、昔からこの霊《たま》迎《むかえ》ということを行《や》らぬことになって居る、私の生れた北陸方面では一軒もこれを行わない。それは本願寺の金蔵《かねぐら》といわれて居るほど他力本願の盛《さかん》な処で有るから、一軒や二軒の禅宗や浄土宗の家でこれを行《や》るのも可笑《おか》しいから自然行《や》らない。門松なども決して樹《た》てない風習である。

東京の盆は非常にこの江戸趣味の出た幽しいもので有る、既にこの祖先の魂を迎え送りするということが優しい趣きのあるもので、またあの浴衣《ゆかた》がけか何かで草市《くさいち》に出て仏壇に供える品々を求めて来る涼しそうな姿、わけても若い細君や娘などが燈籠を提《さ》げて来る趣が神秘な間《うち》に艶が有っておもしろいものである。彼《か》のお露新三郎の牡丹燈籠は支那小説の翻案であるが、あのお露が提げて出る燈籠も盆の晩に墓に供えたもので有る、この燈籠をまた簾越《すだれご》しの縁《えん》に釣ったり、仏壇の前に点《とも》したりすることも幽しい趣が起《おこ》る。またこの盆でおもしろく感ぜられることは、彼の迎火《むかえび》というものは可成《なるべく》早く焚《た》き、送り火は遅く焚くということも祖先の魂に親しむ人の心持が形式的では有るが面白く出て居ると思う。これは事実かどうか判らないが、同じ魂をなつかしむ心から起ったもので有ろうが、送り火を焚く時は必ず雨が降ると定めてある、私の記憶でもよくそれが降って居るようで有る、昔の句に「袖や合ふ雨に送火見えさるは」などと有って、霊の還るのを惜しむ心で何となく幽しい趣がある。

本書は『鏡花全集』（岩波書店）を底本とした。

本文表記は原則、新漢字・新仮名づかいを採用した。

一部、今日の観点からみるとふさわしくない語句・表現が用いられているが、作品の時代的背景と文学的価値に鑑み、そのまま掲載することとした。

収録作品初出一覧

Ⅰ　序篇

おばけずきのいわれ少々と処女作　「新潮」第六巻第五号（明治四十年五月）新潮社

Ⅱ　小説篇

夜釣　「新小説」第十六年第十二巻（明治四十四年十二月）春陽堂　※原題は「鰻」
通い路　「文藝倶楽部」第二十二巻第十五号（大正五年十一月）博文館　※原題は「通路」
鎧　「写真報知」第三巻第五号（大正十四年二月）報知新聞社出版部
五本松　「太陽」第四巻第二十四号（明治三十一年十二月）博文館
怪談女の輪　「太陽」第六巻第二号（明治三十三年二月）博文館
傘　「随筆」第二巻第一号（大正十三年一月）随筆発行所

Ⅲ　随筆篇

露宿　「女性」第四巻第四号（大正十二年十月）プラトン社
十六夜　「東京日日新聞」夕刊　第一六八九三号〜第一六八九七号（大正十二年十月一日〜五日）東京日日新聞社
間引菜　「週刊朝日」第四巻第二十二号（大正十二年十一月十日）大阪朝日新聞社
くさびら　「東京日日新聞」第一六七九八号（大正十二年六月二十七日）東京日日新聞社
春着　「時事新報」朝刊　第一四五三四号〜第一四五三七号（大正十三年一月一日〜四日）時事新報社
雛がたり　「新小説」第二十二年第四号（大正六年三月）春陽堂
城崎を憶う　「文藝春秋」第四年第四号（大正十五年四月）文藝春秋社
木菟俗見　「東京朝日新聞」朝刊　第一六二五六号〜第一六二六一号（昭和六年八月二日〜七日）東京朝日新聞社

Ⅳ　百物語篇

黒壁　「詞海」第三輯第九巻／第三輯第十巻（明治二十七年十月／十二月）成珠社
妖怪年代記　「文藝倶楽部」第三編（明治二十八年三月）博文館
百物語　「北國新聞」第一〇七三号（明治二十九年七月二十六日）北國新聞社
百物語（「雑句帖」より）　「文藝倶楽部」第三巻第十五編（明治三十年十一月）博文館
赤インキ物語　「太陽」第三巻第十八号／第四巻第三号（明治三十年九月／明治三十一年二月）博文館
春狐談　「太陽」第六巻第六号（明治三十三年五月）博文館
『新選怪談集』序　「徒歩主義」第五号（明治四十年三月）徒歩主義同志会
『怪談会』序　『怪談会』（明治四十二年十月）柏舎書楼
一寸怪　『怪談会』（明治四十二年十月）柏舎書楼
妖怪画展覧会告条　「絵画叢誌」第三二四号（大正三年七月）東陽堂
除虫菊――「身延の鶯」より　「東京日日新聞」第一六二六七号〜第一六三三六号（大正十一年一月十二日〜三月二十二日）東京日日新聞社

V　談話篇

柳のおりゅうに就て　「文藪」寅之十（明治三十五年十一月）藻社
たそがれの味　「早稲田文学」第二十八号（明治四十一年三月）金尾文淵堂
怪異と表現法　「東京日日新聞」第一一六〇二号（明治四十二年四月一日）東京日日新聞社
事実と着想　「新潮」第十一巻第四号（明治四十二年十月）新潮社
旧文学と怪談　「時事新報」第九四三〇号（明治四十二年十二月二十七日）時事新報社
古典趣味の行事――「七夕祭と盆の印象」　「台湾愛国婦人」第八十巻（大正四年七月）愛国婦人会台湾支部

＊初出一覧作成にあたり、田中励儀編「著作目録」（岩波書店版『新編 泉鏡花集 別巻二』所収）を参考にさせていただきました。

編者解説

明治・大正・昭和の三代にわたり、伝統的でありながらも真に独創的な、幻妖と怪異を極めた物語世界を築きあげ、長短の小説や戯曲など総計三百篇にのぼる作品を遺した泉鏡花の文業については、「日本語のもっとも奔放な、もっとも高い可能性を開拓し、講談や人情話などの民衆の話法を採用しながら、海のように豊富な語彙で金石の文を成し、高度な神秘主義と象徴主義の密林へほとんど素手で分け入った」（三島由紀夫『作家論』所収「尾崎紅葉 泉鏡花」）という三島由紀夫の名高い頌詞をはじめとして、今日ではその評価もおおむね定まった印象がある。

とりわけ一九七〇年前後に始まる幻想文学ジャンル興隆の気運とともに、三島はもとより、澁澤龍彥、種村季弘、寺山修司、唐十郎、川村二郎、由良君美、紀田順一郎等々といった斯界の重鎮たちが、こぞって鏡花文学の斬新な魅力を説いたり、自作の糧としたことで、云うなれば「夜行巡査」「外科室」「義血俠血」「婦系図」の鏡花から、「春昼・春昼後刻」「草迷宮」「天守物語」「夜叉ケ池」の鏡花へ——という評価軸の一大転換がもたらされたことは特筆に価しよう。

鏡花もちまえの怪談趣味、怪奇幻想嗜好を表わす「おばけずき」という言葉から、かつてのような揶揄のニュアンスが払拭されて、すでに久しい。

しかしながら、その一方で、まこと多岐にわたる鏡花の文業中には、いまだ十全には再評価の及んでいない領域が残されていることもまた、事実である。

本書を編纂するに際して、私が眼目に定めた「小品」の世界は、その最たるものといってよかろう。岩波書店版『鏡花全集』では、巻二十七に「小品」の部として四十四篇が収められているほか、続く「紀行」の部や、巻二十八の「雑記」「雑録」「報条」「序題」等々の各部にも、小品のたたずまいを有する珠玉の収録作が少なくない（これらのほか「小説」の部に収められている作品の中にも、実質は小品とみなして差し支えないものが、思いのほか数多く含まれている）。

ここで参考までに、鏡花存命中に刊行された作品集の中から、はっきり「小品」を意識したセレクションがなされていると考えられる代表的な二冊の内容を列挙しておこう。

『鏡花小品』（小品叢書 第五巻） 明治四十二年九月一日／隆文館発行
道中一枚絵／妖怪年代記／神楽坂七不思議／絵はがき／怪談女の輪／俠言／海の鳴る時／友白髪／見舞の文／千鳥川／さらさら越／蛇くひ／雪の翼／波かしら

『七宝の柱』（感想小品叢書 第四編） 大正十三年三月十二日／新潮社発行
露宿／間引菜／駒の話／くさびら／女波／傘／雨ばけ／小春の狐／大阪まで／寸情風土記／春着／婦人十一題／七宝の柱

前者は明治期の、後者は大正期の作品が対象とされているが、「海の鳴る時」「雪の翼」「傘」「小春の狐」等々、後の『鏡花全集』では「小説」の巻に収録される作品も混在していることが分かる。

それら鏡花小品の内実たるや——随筆あり、小説あり、紀行あり、中国の古典を鏡花流にアレンジした翻案あり、さらには小品本来の姿ともいうべき創作とも実話ともつかない玄妙なる逸品ありで、まことにもって絢爛《けんらん》多彩、興趣は尽きない。

しかも、こうした作品群における鏡花は、実にのびやかな筆致で、みずからの嗜好性癖や幻視家気質、あるいは過去の懐かしき逸話などを率直に吐露しており、鏡花という作家をより深く理解するためにも、これら小品は必読の文献となっているのだ。

彫心鏤骨《ちょうしんるこつ》の窮まるところ、ともすれば晦渋《かいじゅう》に陥るきらいもあり、それ以前に、現代の若い読者にとっては、もはや「古文」の域にあるといっても過言ではない古雅な文体を駆使した小説作品に較べて、これら小品ははるかに平明で親しみやすく、それでいて右に示したとおり、鏡花文学の核心にふれる内実を具えている。

その意味で、本書のような小品中心の鏡花アンソロジーは、鏡花世界参入への最初の一歩、入門の一冊として、今の時代にこそ有意義ではないかと私は考えている。

著名作品の陰に隠れて、これまで脚光を浴びる機会が乏しかった鏡花小品だが、出色のアンソロジーとして定評ある岩波文庫版『鏡花短篇集』の編纂を担当した川村二郎は、全集巻二十七の「小品・紀行」から「二、三羽——十二、三羽」「雛がたり」など五篇を採録するとともに、巻末解説に次のように記して、この分野の再評価にいち早く先鞭をつけた。

長篇ではたとえば、『由縁の女』『山海評判記』『龍胆と撫子』などを、ぼくはとりわけ好むけれども、どういう話だったかといわれると、すんなり筋を通して語るのはあまり楽ではない。ただ作中のそこここのきらめきが、記憶にこびりついて、慕わしい思いをそそり立てるのである。

そしてそのきらめきは、当然のことながら、短い作においてほど、凝集した光として印象づけられる。短い作ほど全体と部分のへだたりが少いからである。一瞬キラリと光って、それで終り。はかないといえばはかない。しかしそれだけ、きらめきのあえかさが、一際深く、見た眼を通して心にしみわたるということがある。

（中略）

『二、三羽——十二、三羽』が、見方によっては物語と呼んでしまえるのに比べれば、同じく「小品」に分類されている『雛がたり』と『若菜のうち』は、全くその名にふさわしく、たとえ物語の因子を潜在させているにしても、それが展開されているとは言いがたい。そうした文字通りの小品が、規模の大小と関わりなく、凝集した幻視のきらめきを核としていることに注目したい。

「凝集した幻視のきらめきを核としている」という指摘は、鏡花小品の特質と魅力を鋭く云い当てているように思う。

右の指摘にも明らかなように、鏡花小品には怪談めいた話柄が、ことのほか目につく。本書『おばけずき』は、それら怪異小品の粋を一巻に集成することで、鏡花と怪談との関わりを一望のもとに展覧すべく編纂されたアンソロジーである。

収録作の選定にあたっては、鏡花文学に特有の「怪異のきらめき」を如実に感得せしめる作品を、能うかぎり網羅するように心がけたが、川村二郎編『鏡花短篇集』との重複は「雛がたり」一篇のみに留めたことを申し添えておく。

以下、全五部の各パートごとに、収録作について若干を記す。

巻頭には「序篇」として、談話の形で発表された「おばけずきのいわれ少々と処女作」を掲げた。

鏡花を論ずるものが好んで引用する名高い一節――「僕は明《あきら》かに世に二つの大《おおい》なる超自然力のあることを信ずる。これを強いて一纏《ひとまと》めに命名すると、一を観音力《かんのんりき》、他を鬼神力《きじんりき》とでも呼ぼうか、共に人間はこれに対して到底不可抗力のものである」を含むこの談話は、鏡花という特異な作家の本質とそのルーツを、作者みずから分析し、なまなましい実例を挙げつつ解説したものとして貴重である。

「小説篇」には、実体験や見聞（鏡花が明治末から昭和初頭にかけて、喜多村緑郎をはじめとする「おばけずき」仲間と百物語怪談会を好んで催し、そこで接した実話を創作の糧としていた実態については、ちくま文庫版『文豪怪談傑作選・特別篇　鏡花百物語集』を参照されたい）にもとづく怪異譚――当世風に申せば「怪談実話系」に属するような逸品六作を収めた。

「夜釣」は、当初「鰻」のタイトルで「新小説」明治四十四年（一九一一）十二月号の「怪談百物語」特集に掲載された。その前年、『遠野物語』を上梓して鏡花を瞠目せしめた柳田國男の「己が命の早使」（後に『妖怪談義』所収）を筆頭に、総勢二十二名のおばけずき文化人が怪談を寄稿するという画期的特集の掉尾を飾った作品である。『鏡花随筆』（一九一八）収録に際して「ばけ鰻」と改題され、さらに「サンデー毎日」大正十三年（一九二四）十月一日号掲載に際して「夜釣」と再改題されている。

「これは、大工、大勝《だいかつ》のおかみさんから聞いた話である」という「夜釣」の書きだしといい、「真個《まこと》に幽霊を視たと云う、信ずべき人の話を聞くと」云々という「通い路」の冒頭といい、平成の現代における怪談実話作品の典型的な文体を髣髴せしめること、驚くばかりであろう（ちなみに平山蘆江『蘆江怪談集』所収の「大島怪談」は、「通い路」と出所を同じくする作品とおぼしい。関心ある向きには併読をお勧めしたい）。

また、鏡花自身の学生時代の体験にもとづく「怪談女の輪」における怪異描写の迫真味――想像を絶する妖異の接近に、怖れ惑乱する語り手の内面と挙動が、息詰まるような筆致でありありと綴られてゆく過程も圧巻であろう。わけても「身体の無いものが、踵ばかり畳を踏んで来る」などという一文は、そうそう誰にでも書けるものではない。


「随筆篇」には、関東大震災の被災体験記というべき三部作――「露宿」「十六夜」「間引菜」を中心に、エッセイや旅行記の類八篇を収録した。

震災直後の異常で緊迫した状況下にも、春風駘蕩《たいとう》たる旅先においても、はたまた慕わしき過去の回想に際しても、鏡花の筆は卑近な日常を映すかと見えて異界の消息に通暁し、光彩陸離たる幻視の光景を読む者にまざまざと垣間見させる。

その意味では、鏡花小品を代表するパートと云ってよいかも知れない。

さるにても、震災三部作の初篇たる「露宿」終盤の幻視は圧巻である。

大正十二年（一九二三）九月一日午前十一時五十八分に発生した関東大震災に、鏡花夫妻は麴町区下六番町の自宅で遭遇した。家屋の被害は軽微で、幸運にも延焼を免れるのだが、鏡花は近隣住民とともに避難した近くの公園（現在の赤坂迎賓館に面した広場付近と推定される）で不安な二昼夜を過ごすこととなった。その渦中にあって鏡花は、鬼神力と観音力の壮大な鬩《せめ》ぎ合いを凝視し、活写し、ついには荘厳な感動を喚起せしめるのである。

東日本大震災を経た今こそ、これら被災記の真価とその凄味が明らかとなろう。本書にその全貌を収載できたことを嬉しく思う。

なお「露宿」の成立事情については、穴倉玉日「『露宿』を読む――泉鏡花と関東大震災」（和泉書院版『論集　泉鏡花　第五集』所収）に委曲が尽くされており必読である。


生涯に手がけた三百篇（小品の類を含めれば五百篇）を超える全作品中、いわゆる怪奇幻想文学が三分の二近くを占める鏡花だが、決して当初から幻想と怪奇を志向していたわけではない。

公刊された鏡花作品の中で、この分野の嚆矢《こうし》と考えられるのは、処女作「冠弥左衛門」発表から二年後の明治二十七年（一八九四）十月と十二月に雑誌「詞海」に発表された「黒壁」である。故郷・金沢郊外の魔処を舞台に丑の刻参りの恐怖を描いた同篇は、「席上の各々方、今や予が物語すべき順番の来りしまでに」と始まるとおり、話の外枠に百物語怪談会が設定されていることを特色としている。

なぜ、鏡花はここで唐突に、百物語を持ち出したのか。

実はその前年にあたる明治二十六年（一八九三）十二月二十五日、東京浅草の奥山閣で「やまと新聞」社主・条野採菊主催の百物語怪談会が開催されていた。三遊亭圓朝、尾上梅幸、幸堂得知、南新二、三宅青軒ほか十数名の文化人が参集したという。このときの速記をもとに、翌年の一月四日から「やまと新聞」紙上で「百物語」と銘打つ連載が始まり（同年二月二十七日完結）、七月には単行本『百物語』（扶桑堂）として刊行されているのであった。同書は史上初の百物語ドキュメント本で、小泉八雲らも愛読したことで知られている（現在は国書刊行会から『幕末明治 百物語』のタイトルで復刊されている）。

百物語を外枠に用いた怪談文芸作品としては、採菊翁とも因縁浅からぬ岡本綺堂の「青蛙堂鬼談」連作（初出は大正十三年十二月）が名高いが、それにはるかに先駆けて鏡花が「黒壁」を執筆した背景には、こうした百物語をめぐる文壇の動向が翳を落としている可能性が高いように思う。

あたかもそれを裏書きするかのように、鏡花は明治二十九年（一八九六）七月二十六日にも「百物語」と題する小品を「北國新聞」に発表しているが（八月に「文藝倶楽部」に再発表）、まさにピタリ時を同じくする同年七月二十五日には、歌舞伎新報社と玄鹿舘共催の百物語が東京向島で開催されているのであった。参会者の中には森鷗外、依田学海、森田思軒といった文壇のお歴々も名を連ねる大がかりなイベントで、鷗外の短篇小説「百物語」は、このときの見聞にもとづく作品である。

明治二十七年から二十九年といえば、鏡花が「夜行巡査」や「外科室」といった深刻小説で文壇に地歩を築いた時期でもあり、後に「おばけずき」の盟友となる若き日の柳田國男とも、同じ頃に交際が始まっている。

やがて明治四十年代に入ると、新派の名女形で終生の友となる喜多村緑郎らと相携えて、鏡花みずから百物語を主催するようになり、その成果は「海異記」（一九〇五）、「吉原新話」（一九一一）、「浮舟」（一九一六）、「露萩」（一九二四）などの小説作品や、百物語ドキュメント本『怪談会』（一九〇九）に結実をみるのであった。

かくも根深い鏡花と百物語との関係を具体的に跡づけるべく、本書には特に「百物語篇」を設けて十一篇の作品を収載した。

すでに本文を一読された向きはお気づきだろうが、「雑句帖」（「文藝倶楽部」明治三十年十一月号掲載）所載の「百物語」は、「黒壁」冒頭部分をほぼそのまま流用したものである。百物語に対する鏡花のこだわりを窺わせる一例として、あえて重複をいとわず採録した次第（とはいえ細かい推敲の痕も、なかなかに興味深い）。

「妖怪画展覧会告条」は、大正三年（一九一四）七月十日から二十五日まで、東京は京橋の美術商「画博堂」で開催された「妖怪画展覧会《おばけえ》」告知のために筆を執ったもの。会期中の十二日には画博堂四階で怪談会も催され、鏡花も中心メンバーのひとりとして参加している。このときは、岩村透、黒田清輝、岡田三郎助・八千代夫妻、長谷川時雨、柳川春葉、市川左団次、市川猿之助、松本幸四郎、喜多村緑郎、吉井勇、長田秀雄・幹彦兄弟、谷崎潤一郎、岡本綺堂、鈴木鼓村ほか六十余名が列席する盛会ぶりで、とある参会者が田中河内介の怪談を語る途中で昏倒するという椿事が出来したことでも、日本怪談文学史上に名高い。

鏡花は同じ大正三年の七月十日頃、代々木山谷で開かれた怪談会にも喜多村緑郎と共に参加している。会主は「歌舞伎新報」記者の鹿塩秋菊であった。このとき語られた話は「都新聞」に七月十二日から十七日まで「怪談精霊祭《たままつり》」のタイトルで連載されているが、本書「百物語篇」の最後に収めた「除虫菊」は、この夜の体験にもとづく作品とおぼしい。秋菊の変人ぶりは、やはり「都新聞」に掲載されたコラム「怪談の会と人」(大正八年七月四日〜八日掲載)に詳しい(「怪談精霊祭」「怪談の会と人」ともに先述のちくま文庫版『鏡花百物語集』所収)。なお「除虫菊」は短篇小説「身延の鶯」の作中作であり、小説家の志摩慶吉が新雑誌「歌舞之菩薩」のために書き下ろしたという設定で、同作の十九章から二十七章に入れ子形式で掲げられている。本書には作中作の全文を収録した。

岩波書店版『鏡花全集』巻二十八に「談話」の部としてまとめられているインタビュー記事の中には、創作の秘密や読書体験、プライベートを窺わせる興味深い発言が数多い。「談話篇」には、その中から鏡花の怪談観や超自然信仰に関わる記事六篇を採録した。巻頭の「おばけずきのいわれ少々と処女作」ともども、鏡花自身による本書の自註自解としてお読みいただければ幸いである。

二〇一〇年二月に刊行された『別冊太陽　日本のこころ167　泉鏡花――美と幻影の魔術師』は、鏡花研究のエキスパートから成る泉鏡花研究会が総力を結集したムックで、美麗な写真や貴重な資料図版も多数収載されており、当代における鏡花入門には最適の一冊である。私は同書に「鏡花のてのひら怪談――小品の魅力をめぐって」と題する一文を寄稿させていただいたのだが、これが機縁となって本書を編むことができた。

企画編集作業全般に御高配を賜った平凡社編集部の坂田修治さん、「怪談女の輪」をモチーフに清新なカバー装画を描き下ろしてくださったイラストレーターの中川学さん、中川さんとの御縁を結んでくださった金沢市立泉鏡花記念館学芸員の穴倉玉日さん――以上のお三方に格別の謝意を表して結語に代えたい。

二〇一二年五月　鏡花所縁の場所に程近い寓居にて

東　雅夫

平凡社ライブラリー　764

おばけずき

鏡花怪異小品集

発行日…………2012年6月8日　初版第1刷
2014年5月29日　初版第2刷

著者……………泉鏡花

編者……………東雅夫

発行者…………石川順一

発行所…………株式会社平凡社
〒101-0051　東京都千代田区神田神保町3-29
電話　東京(03)3230-6579[編集]
東京(03)3230-6572[営業]
振替　00180-0-29639

印刷・製本　……藤原印刷株式会社

DTP…………藤原印刷株式会社＋平凡社制作

装幀……………中垣信夫

ISBN978-4-582-76764-3
NDC分類番号913.6
B6変型判（16.0cm）　総ページ368

平凡社ホームページ　http://www.heibonsha.co.jp/

落丁・乱丁本のお取り替えは小社読者サービス係まで
直接お送りください（送料、小社負担）。